# 음악의 신 16

이창연 장편소설

초판 1쇄 찍은 날 | 2018년 4월 11일
초판 1쇄 펴낸 날 | 2018년 4월 18일

지은이 | 이창연
펴낸이 | 예경원

기획 | 위시북스
편집책임 | 이규재
편집 | 이즈플러스

펴낸곳 | 예원북스
등록번호 | 제396-2012-000132호
등록일자 | 2012. 7. 25
KFN | 제1-244호

주소 | 경기도 고양시 일산동구 호수로 646-24 위너스21 II 빌딩 206A호 (우)10401
전화 | 031-819-9431 팩스 | 031-817-9432
E-mail | yewonbooks@naver.com

ISBN 979-11-6098-906-9 04810
     979-11-5845-408-1 (set)

음악의 신

이창연 장편소설

WISHBOOKS MODERN FANTASY STORY

16

# CONTENTS

음악의 신

**1화**
대륙을 휩쓸다(2)

"某一天—— 突然—(어느 날—— 갑자기——)"

한주연은 이어폰을 꽂고 가사를 흥얼거렸다. 한국에서와는 달리 밴이 아닌 SUV였기에 옆에 앉은 크리스티 안과 계속 어깨를 부딪쳤지만, 그녀는 아랑곳하지 않고 계속 가사를 흥얼거렸다.

평소와 달리 에디오스를 SUV 차에 태운 강윤은 미안함을 감추지 못했다.

"얘들아, 미안해. 데뷔 전까지 어떻게든 밴을 샀어야 했는데 차 번호판을 아직 구하질 못해서…… 빨리 구할 테니까 조금만 이해해 줘."

말한 이는 강윤이었지만 고개를 숙인 이는 운전대를 잡은 매니저였다. 차 구입을 담당한 사람이 그였기 때문이었다.

뒤에 앉아 있던 정민아가 말했다.

"……괜찮아요. 미국에서도 밴은 별로 안 타고 다녔었으니까."

"아하하…….."

그녀의 무뚝뚝한 답에 로드 매니저가 삐질삐질 땀을 흘렸다. 하지만 강윤은 그게 그녀 나름의 괜찮다는 뜻이라는 걸 알았기에 웃었다.

운전석 뒤에 앉은 이삼순은 매니저의 등을 가볍게 다독였다.

"괜찮아요~ 에이~ 우리 오빠 쫄았슈?"

"……쪼, 쫄다니?"

"하하하. 쫄았다, 쫄았다!!"

큰 무대를 앞두고 있었지만 모두 표정이 밝았다. 이젠 무대라면 이골이 난 베테랑이라는 걸 몸소 보여주고 있었다.

그 모습에 안심한 강윤은 서류로 눈을 돌렸다.

"한주연이. 발음 샜다."

한주연의 옆 좌석에 앉은 크리스티 안이 이어폰을 빼며 장난을 치자 인상을 찌푸리며 그녀가 발끈했다.

"지는. 지렁이 꿈틀대는 소리만 내는 주제에."

"……지렁이 꿈틀대는 소리는 뭐임?"

"네 방구 소리."

두 여인의 투닥거림에 차 안은 더더욱 요란스러워졌다.

핸드폰으로 친구와 문자를 하던 에일리 정은 혀를 찼다.

"언니들이 저러면 동생이 뭘 배우겠니. 안 그래, 한유야?"

"하하하…….."

훅 들어오는 언니의 말에, 얌전히 앉아 있던 서한유는 어색한 웃음을 흘렸다.

그러거나 말거나 중국어 발음 이야기는 춤으로, 급기야 누가 인기가 더 많냐는 기싸움으로 번졌다. 좁은 차 안은 갈수록 시장바닥으로 변해갔다.

"……."

하지만 중간의 창가에 앉은 정민아는 시장통에도 조용히 창가만 바라보았다. 교통체증과 빵빵대는 클랙슨 소리에도 그녀의 침묵은 깨지지 않았다.

"워!!"

"……."

같은 라인에 앉아 있던 크리스티 안이 그녀의 어깨를 잡으며 침묵을 깨려 했지만 실패했다.

"뭐 해?"

"그냥. 멍 때림."

"에헤이~ 긴장했어? 에헤에~ 정민아 완전 다 됐네. 얘들아~ 우리 민아 긴장했대~!!"

"민아가아?!"

크리스티 안의 말에 화살이 정민아에게로 집중되었다.

"……긴장은 너 같은 바보나 하는 거지."

"크억~!!"

하지만 리더는 리더였다. 불의의 일격을 맞은 크리스티 안은 가슴을 부여잡고 뒤로 넘어갔다.

에디오스 멤버들의 시끌시끌한 소리에도 아랑곳하지 않고

강윤은 서류를 읽고 있었다.

'한유 반응이 좋아. 생각대로야. 처음은 한유를 중심으로 매스컴에 노출시키고, 반응을 봐서 차차 다른 멤버들의 캐릭터를 만들어야겠어. 일단 오늘 데뷔 무대부터…….'

서류를 검토하며 강윤은 중요한 부분을 체크해 나갔다.

그때였다.

"끄억!!"

운전석 창문으로 갑자기 담배꽁초가 날아들었다. 그 바람에 로드 매니저가 놀라 비명을 지르며 저도 모르게 브레이크를 밟았다.

"꺅!!"

모두의 몸이 앞으로 기울어지며 로드 매니저의 입에서 험한 말이 튀어나갔다.

"아, 씨X…… 아!!"

놀란 마음에 평소 하던 말을 필터링 없이 내뱉은 로드 매니저는 뒤늦게 입을 손으로 막았다.

당황했는지 그의 붉어지는 얼굴과 다르게 강윤은 평온히 서류를 수습하며 말했다.

"괜찮습니다."

"죄…… 죄송합니다."

"중국에서 운전하는 게 쉬운 일은 아니죠. 꽁초 날아드는 일이 많아서 창문은 닫고 운행하는 게 좋습니다."

강윤은 괜찮다며 매니저를 타일렀지만, 그는 계속 '죄송합니다'를 연발했다. 그는 처음으로 함께 현장에 나가는 것이었기에 몇 배나 긴장하고 있었다.

조금이라도 긴장을 풀어주기 위해 강윤은 그의 어깨를 다독였다.

그때, 강윤의 핸드폰에서 진동이 울렸다.

"네, 이강윤입니다. 아, 추 사장님."

안부를 묻는데, 전화기에서 다급한 목소리가 들려왔다.

─이 사장님. 홍커우 콘서트홀에 문제가 생겼습니다.

"문제 말입니까? 어떤……."

─홍커우 콘서트홀 측에서 계약을 취소하겠답니다. 다른 가수와 계약하겠다며…….

강윤의 안색이 파랗게 질렸다. 같은 시기에 공연을 하는 가수가 있는지 몇 번이나 확인했고 관계자 접대에도 심혈을 기울였다. 다른 무엇보다 장소 확보에 자신했는데 이런 문제가 생기다니…….

"……이유가 무엇입니까?"

침착하게 이유를 묻자 추만지 사장은 한숨을 쉬며 이야기를 시작했다.

현재 중국에서 최고 인기몰이를 하고 있는 가수, Code-N이 갑작스럽게 상해에서 콘서트를 하게 되었다며 홍커우 콘서트홀을 쓰고 싶다고 했다.

공교롭게도 그들의 일정이 에디오스와 다이아틴의 콘서트와 겹치는 바람에 홍커우 콘서트홀 측에서 일방적으로 취소해 달라는 요청이 들어왔다는 것이다.

'야, 쉿.'

'조용조용.'

앞 좌석의 심각한 분위기를 느낀 에디오스의 목소리도 잦아들었다.

조용해진 차 안에서 강윤은 마음을 가다듬으며 물었다.

"이미 저희가 무대 세팅도 하는 도중이잖습니까. 지금 취소하면 위약금 문제가 발생할 텐데요."

─위약금은 준다고 합니다. 하지만…… 저희가 원하는 일정에 맞춰 공연을 할 수 있을지부터 의문입니다.

"……큰일이군요."

한 치 앞도 예측할 수 없는 게 중국에서의 사업이라고 했던가. 공연장 설치마저 들어간 판국에 일방적으로 공연을 취소해 달라니…….

─일단 홍커우 콘서트홀로 가는 중입니다. 아무래도 총경리(CEO)부터 만나봐야겠습니다.

"약속은 잡으셨습니까?"

─아니요. 일단 부딪쳐 보려고 합니다.

"……만나기 쉽지 않을 겁니다."

─알고 있습니다. 그래도 양심이 있으면 최소한 얼굴은 비치겠죠. 하하…… 이번 일에 홍바오(紅包. 축의금이나 불법 리베이트를 가리키는 경우가 많다.)를 얼마나 들였는데…….

추만지 사장의 분한 목소리가 들려왔다. 일단 강윤도 그곳으로 가겠다고 이야기하고는 통화를 마쳤다.

"사장님, 무슨 일 있나요?"

뒤에 앉은 정민아가 창가를 바라보며 무심한 목소리로 묻자 강윤은 부드러운 목소리로 답했다.

"별일 아니야. 윤 매니저, 난 저기 거리에서 세워줘요."

"네? 무슨 일 있으십니까?"

하지만 차를 세워달라고 하니 다들 눈치를 못 챌 리가 없었다. 모두의 표정이 심각해졌다.

"사장님, 무슨 일 있으신 거 아니에요? 갑자기 어딜 가세요?"

평소에 강윤에게 말도 잘 걸지 않던 에일리 정이 가장 먼저 나섰다. 다른 멤버들도 근심 어린 눈빛을 쏘아 보낼 때, 정민아가 물었다.

"지금 말하기 곤란한 거죠? 또 괜찮아지면 말해줄 거고. 그렇죠?"

"어이구? 잘 아네?"

"다녀오세요. 무대야 이젠 우리도 베테랑이니까."

고저 없는 정민아의 말이 이상하게 든든하게 들려왔다. 차가 길가에 멈춘 후, 강윤은 그녀의 머리를 가볍게 쓸어내리며 차에서 내렸다.

"다들 잘하고 와. 미안해. 저녁에 보자."

"네!!"

멀어지는 차를 향해 손을 흔들어주며 강윤은 택시를 잡아 탔다.

[훙커우 콘서트홀로 가주세요.]

강윤이 탄 택시는 빠른 속도로 훙커우 콘서트홀로 향했다.

방송국 대기실에서 정민아는 크리스티 안의 볼 터치를 해주고 있었다.

"……민아야."

"왜?"

눈을 감은 채 크리스티 안이 장난기 어린 얼굴로 말했다.

"내가 캐릭터 하나 잡아줄까? 완전 너랑 싱크로 100퍼임."

"뭐라는 거야."

정민아는 웃기지 말라며 화장에 집중했지만, 크리스티 안은 아랑곳하지 않고 씨익 웃었다.

"츤데레. 좋지좋지?"

"……."

정민아는 크리스티 안의 볼을 사과같이 새빨갛게 물들이는 걸로 답을 대신했다.

[이래 봐야 소용없습니다.]

"관재 씨, 나 몰라요? 추만지, 나 추만지라고요. 그때 식사도 같이 했잖아요."

[어허.]

입구를 막아서는 남자 직원을 향해 추만지 사장은 열심히 이야기를 건넸다. 하지만 남자 직원은 곤란하다며 두 팔을 벌리며 그를 막아섰고, 통역을 위해 급히 달려온 다이아틴의 매니저 민혜경은 몇 번이나 힘들 거라며 추만지 사장을 설득하고 있었다.

당연히, 아무 성과도 없는 상황…….

"혜경아, 쟤 어떻게 못 치우냐?"

"사장님, 이대로는 아무것도 안 돼요. 좀 더……."

실랑이가 계속되고 있을 때, 콘서트홀 로비에 강윤이 들어섰다. 그를 발견한 추만지 사장의 안색이 조금은 밝아졌다.

"이 사장님, 오셨군요."

"추 사장님, 민 매니저, 안녕하세요."

"안녕하세요, 사장님."

직원으로 보이는 남성과 추만지 사장의 실랑이에 강윤은 눈매를 좁혔다.

"무슨 일입니까?"

"그게…….”

민혜경 매니저는 입구를 막은 직원을 가리키며 이유를 설명해 주었다. 저 직원 때문에 안으로 들어가지 못해서 한 시간째 실랑이 중이라고.

강윤은 짧게 한숨을 내쉬었다.

"……협상이 쉽진 않겠군요."

"쉽지 않아도 어떻게든 해야죠."

추만지 사장은 물러날 생각이 없는 듯 팔까지 걷어붙이고 다시 직원에게 다가갔다. 직원도 낌새를 알아채고는 한 걸음 앞으로 나올 때, 강윤이 먼저 추만지 사장을 가로막았다.

"사장님, 잠깐만요. 저 직원이 뭐라고 했습니까?"

"관례적인 이야기뿐이었습니다. 지금 총경리가 자리에 없으니 다음에 오라는 말이죠. 하여간 짱ㄱ…….”

"쉿."

짱개라는 금기어가 나오려 하자 강윤은 추만지 사장의 입을 얼른 손가락으로 막았다. 추만지 사장도 실수할 뻔한 자신을 깨닫고는 입술을 꾹 다물었다.

급한 불을 끈 강윤은 직원에게 말을 걸었다.

[안녕하십니까.]

[…….]

[영관재 씨 맞지요? 지난번에 식사할 때 뵈었었는데 기억하십니까?]

[아, 안녕하세요. 이강윤 총경리님이지요?]

[맞습니다. 오랜만에 뵙습니다.]

강윤은 편안하게 직원과 이야기를 시작했다. 사장에 대한 이야기나 공연장에 대한 이야기는 전혀 하지 않고 간단한 브레이킹이 주를 이루었다.

불과 2분 남짓한 대화였지만 고까웠던 남자의 눈빛이 천천히 풀리기 시작했다.

[……하하하. 사장님은 지식도, 유머도 풍부하시군요.]

[감사합니다. 아, 사장님은 자리를 비우셨나 봅니다.]

[네, 유감스럽게도 오늘은 베이징 출장 때문에 자리를 비우셨습니다.]

그 말에 강윤은 남자에게 성큼 다가섰다. 그러고는 그에게 100위안과 함께 명함을 건넸다. 남자가 빠르게 그것들을 주머니에 넣자 강윤은 다시 남자에게서 떨어졌다.

강윤은 아무렇지도 않게 말을 이어갔다.

[아아, 그렇습니까? 급한 용무 때문에 실례를 무릅쓰고 왔는데…… 곤란하게 됐군요.]

[늦은 저녁이 되어서야 들어오실 겁니다. 오시면 연락드릴까요?]

[부탁드려도 되겠습니까? 저녁 9시 정도면 오실까요?]

[그 안이면 오실 겁니다.]

[알겠습니다. 배려에 감사드립니다.]

강윤은 예의를 갖추며 이야기를 마무리 짓고는 추만지 사장에게로 돌아왔다.

둘의 대화를 지켜보던 추만지 사장은 기가 찼는지 연신 콧방귀를 끼었다. 그런 그에게 강윤은 밖으로 나가자고 손짓했다.

일행은 멀지 않은 커피숍으로 향했고 커피를 주문한 뒤 자리에 앉았다.

주문한 커피들이 나오자 추만지 사장은 단숨에 아이스 아메리카노를 비워 버리고는 끓는 속을 식혔다.

"후우…… 그 짱깨 놈…… 내가 주는 돈은 받지도 않더니."

중국인들은 뭐가 이리도 이해하기 힘드냐며 추만지 사장은 빈 잔을 쥔 손을 떨었다.

강윤은 너털웃음을 지으며 답했다.

"우리 이사님이 그러더군요. 중국에서는 뇌물을 주려고 해도 친분이 있어야 한다고 말입니다."

"돈 먹는 주제에 따지기는…… 사업하기 참 힘들군요."

"그런 걸 꽌시라고 하더군요. 한국식으로 중국인을 이해하기 쉽겠습니까. 중국에서 사업하려면 중국 법을 따라야죠."

"그놈의 꽌시. 에휴."

말은 그렇게 했지만 추만지 사장은 분한지 몇 번이나 긴 한숨을 토해냈다.

자신의 사장이 불편한 모습을 보이니, 민혜경 매니저도 경직된 모습으로 커피만 들이켰다.

커피를 다 마실 즈음, 시계를 본 강윤은 곧 '가왕 탑 5' 방송을 할 시간이라는 걸 보고 자리에서 일어났다.

"어디 가십니까?"

"곧 '가왕 탑 5' 방송을 할 시간이라서요. 방송을 볼 수 있는 곳으로 가야 할 것 같습니다."

"TV를 볼 수 있는 곳이 있으려나."

추만지 사장과 강윤이 고민할 때 민혜경 매니저가 손뼉을 쳤다.

"근처에 백화점이 있어요. 전자 제품 코너에 가시면 볼 수 있을 겁니다."

"아, 여기 시얀 백화점 근처였지?"

추만지 사장은 민혜경 매니저에게 칭찬했다. 일행은 근처에 있는 백화점으로 향했다.

시얀 백화점 5층, 전자제품을 파는 코너에 가니 수없이 많은 TV에 다양한 채널이 켜져 있었다.

강윤은 그 중 '가왕 탑 5'가 켜진 TV 앞에 섰다.

[이번 순서는 태양같이 빛나는 55명의 소녀가 펼치는 무대죠?]

[그렇습니다. 최근 112명에서 88명, 88명에서 55명까지 줄여가며 점점 본 모습을 드러내고 있는 아이돌, 샤인의 무대입니다!!]

TV에서 흘러나오는 무대는 장관이었다.

55명의 여가수가 만드는 거대한 무대에 강윤은 저도 모르게 입을 벌렸다. 남심을 흔드는 핑크빛 의상으로 무장한 여자들을 화려한 조명과 무대 장치로 비추니 최근 떠오르는 중국의 위상을 실감하게 했다.

'방송 무대 규모도 엄청나구나.'

매주 이런 무대를 보는 중국 사람들을 만족시키려면 콘서트 무대는 어떻게 구상해야 할지.

디테일은 떨어졌지만 스케일은 엄청났다. 강윤은 필요한 것들을 적어 나갔다.

"숫자는 많은데, 군무는 잘 맞지 않는군요."

옆에서 함께 TV를 보던 추만지 사장은 혀를 찼다. 아무리 화려한 무대 장치가 있다고 해도 도미노 같은 군무는 화려한 장치들을 빛바래게 만들었다.

같은 생각이던 강윤은 미소 지었다.

"저도 같은 생각입니다. 중국은 스케일에 더 신경을 쓴다고 들었는데…… 과연 그런 것 같습니다. 하긴, 저 인원이 칼군무까지 갖춘다면 저흰 굶어 죽어야겠죠."

"하하하. 그건 그렇군요."

"저 팀을 보니 팀원들이 계속 낙오되는 시스템인 것 같은데…… 저런 시스템에서 군무를 맞춘다는 건 힘들겠죠."

"하긴."

서로 평을 나누며 의견을 나누다 보니 샤인이라는 가수의 무대는 끝이 났다.

"저, 사장님. 저기 판매사원이 노려보는 것 같아요."

자신들을 힐끔힐끔 째려보는 판매사원을 민혜경이 가리키자 강윤은 괜찮다며 손을 들었다.

"괜찮을 겁니다. 오히려 저희가 도움이 될지도 모르거든요."

"네?"

민혜경이 의아한 표정을 지을 때, TV에서는 엄청난 환호 소리와 함께 사회자들의 모습이 나타났다.

[무대를 빛내준 샤인, 감사합니다. 다음 무대는 누구의 무대인가요?]

[이번 무대는…… 음…… 음, 이번 무대는 한국 가수들이네요. 이제 데뷔하는 가수들입니다.]

[데뷔요? 오오. 어떤 가수들인가요?]

[치셰이라고 아시나요?]

[당연히 잘 알지요. 매우 좋아하는 DJ입니다. 쓩쓩, 쓩쓩.]

남자 사회자의 디제잉하는 시늉에 관객석에서 웃음을 터뜨렸고, 짧은 원피스를 입은 여자 사회자는 미소를 지으며 말을 받았다.

[하긴, 가룽 씨는 클럽 마니아니까요. 근데 춤은 왜 그렇게 못 추시나요?]

[우욱. 마음만은 춤왕입니다. 마음만은. 아무튼!! 그 치셰이에게 자매들이 있다면 믿으시겠습니까?]

[자매요?]

[네, 한국에서는 이들을 에디오스라고 부릅니다. 오늘 엄청난 무대를 보여준다고 합니다. 소개합니다.]

[에디오스으!!]

사회자의 큰 목소리와 함께 조명이 꺼지며 카메라의 앵글이 무대로 옮겨갔다.

[와아아아----!!]

발랄한 음악이 흐르며 조명이 켜졌다. 그와 함께 에디오스 멤버들이 모습을 드러냈다.

－某一天－－ 突然－(어느 날－－ 갑자기－－)

한주연은 두 손을 모으며 중앙으로 성큼 다가섰다. 한국에서는 서한유의 파트였지만, 더 강한 임팩트를 주기 위해 서로 파트를 바꿨다. 그녀가 손을 위로 뻗고 한 바퀴 돌며 뒤로 물러나자 다음에는 이삼순이 나섰다.

중국인들이 좋아하는 붉은 옷으로 코디한 에디오스를 TV로 지켜보며 강윤은 눈매를 좁혔다.

'잘해줘야 하는데.'

모두를 믿지만 한편으로는 걱정도 되었다. 오늘 같은 중요한 무대에는 자신이 같이 있어주지 못했으니 말이다.

그 마음을 모르는 추만지 사장은 박수까지 치며 에디오스의 무대를 칭찬했다.

"이야, 조금 전 애들하고는 완전히 다르네. 혜경아, 그렇지?"

"정민아 팝핀은 언제 봐도 예술이네요!! 여자들이 완전 빠지겠어요!!"

간주 부분에서 정민아의 관절이 따로 노는 듯한 팝핀에 민혜경은 넋을 놓았다.

세 사람이 계속 TV에서 떠나질 않자 중국인들이 하나둘씩 모여들기 시작했다.

[저기, 이거 TV 괜찮아요?]

한 커플이 다가와 묻자 추만지 사장은 당황했고, 민혜경도 어버버했다.

그때, 강윤이 나섰다.

[네, 화질을 보니까 괜찮은 것 같네요. 여기 가수 무대도 멋지게 나오는 것 보니까.]

[오? 신인인가요? 한국 가수 같은데? 와우.]

TV를 보려던 커플은 강윤의 옆에 서서 에디오스의 공연을 함께 봤다.

일은 그때부터였다. 사람들이 몰려 있는 것을 보고 지나가던 사람들이 계속 모여들기 시작했다.

[이거 TV 좋아요?]

[물론이죠.]

[어떤 게요?]

[여기 가수 춤추는 걸 보세요. 깨끗하게 잘 나오죠? 노래도 깔끔하게 잘 들리고.]

[아아, 그러게요?]

강윤은 굳이 에디오스라는 가수를 이야기하지 않았다. 하지만 사람들은 화려한 춤과 뛰어난 노래 실력을 가진 가수들에 환호했고, 그 가수가 나오는 TV에도 큰 관심을 보였다.

자연히 TV를 사겠다며 판매사원을 찾는 사람들이 줄을 섰다.

조금 전, 판매사원의 눈치를 봤던 민혜경은 민망했는지 머리를 긁적였다.

"정말 강윤 사장님 말씀대로네요. 저희가 도움이 됐어요."

놀라는 그녀에게 강윤은 웃으며 답했다.

"중국 사람들은 같아지고자 하는 심리가 있거든요. 물건을 살 때 특히 더 하죠. 한 사람이 한 코너에 서면 다른 사람도 서고, 또 다른 사람이 서고…… 사람이 몰리기 시작하면…… 이런 식이죠."

"……사장님은 정말 많은 걸 조사하셨네요."

민혜경이 눈을 반짝이자 강윤은 이현지의 조언이 컸다며 공을 그녀에게로 돌렸다.

한편, TV에서는 에디오스의 무대가 끝나가고 있었다.

에일리 정의 열창에 서한유가 알토음을 더하자 크리스티안과 한주연과 이삼순이 허리를 흔들며 요염하게 걸어 나와 대형을 맞췄다.

정민아가 중앙에 서자 멤버들은 자리에 앉았다. 그러자 무대조명이 가운데로 집중되었고, 멤버들 모두가 윙크를 하며 포즈를 취했다.

그와 함께 에디오스의 무대는 끝이 났다.

[와아아아---!!!]

환호성이 터지며 카메라 앵글이 이동하는 것을 보고 강윤도 자리를 옮기려는 데, 뒤에 익숙한 얼굴이 있었다.

[아, 정한위 이사님.]

[이거, 누가 저희 매출을 이렇게 올려주나 봤더니 이 사장님이군요.]

정한위 이사와 강윤은 손을 맞잡았다. 추만지 사장과도 인사를 한 정한위 이사는 일행을 자신의 사무실로 안내했다.

차를 마시며 정한위 이사는 미소 지었다.

[이 사장님, 지난번 일은 조금 실망입니다.]

[하하하. 어떤 일로 실망하셨습니까?]

[민진서 말이지요. 아깝습니다. 그런 좋은 모델을 눈 뜨고 썩혀야 하니 말이지요.]

지나가는 어조였지만, 그의 말에는 서운한 기색이 묻어 있었다.

민혜경의 통역으로 추만지 사장도 돌아가는 상황을 듣고는 어색한 웃음을 흘렸다.

강윤은 서운한 표정으로 답했다.

[지난번에 말씀드렸잖습니까. 민진서를 모델로 쓰는 것보다 더 좋은 걸로 보답해 드리겠다고.]

[하하하. 사람이란 원래 눈에 보이는 성과를 원하잖습니까.]

[그렇지요. 그래도 우리가 그런 것 때문에 흔들릴 사이도 아니잖습니까.]

[후후, 그렇지요?]

두 사람의 대화에 추만지 사장과 민혜경은 긴장에 침을 삼켰다. 추만지 사장도 민진서와 PPL에 대해선 어느 정도 알고 있었다.

월드에서 민진서 만한 카드가 어디 있겠나?

잠시 후, 여유롭게 찻잔을 든 정한위 이사는 눈을 감았다.

[하긴, 우린 친구지요?]

[물론입니다.]

이건 무슨 뚱딴지같은 소리인가?

갑작스레 그걸 묻는 저 이사나, 당연한 듯 답하는 강윤이나 추만지 사장으로선 이해가 가지 않았다.

강윤의 빈 찻잔에 차를 따라주며 정한위 이사가 말했다.

[홍쳐우는 포기하는 게 좋을 겁니다.]

"에에?!"

통역을 통해 이야기를 들은 추만지 사장의 눈이 커다래졌다. 왜 이 말이 백화점 사장에게 나오는지 이해하기 힘들었다. 그와 달리 중국 사람들이 정보에 민감하다는 걸 잘 아는 강윤은 담담했다.

[이번에 Code-N이라는 가수에게 상해시의 실세가 투자를 했다는 소문이 돌고 있습니다.]

[실세가 말입니까?]

[정확한 건 알 수 없지만, 지방 인민대의회의원이라는 소문이 있습니다. 더 이상은 알지 못했지만…….]

추만지 사장은 경악했다.

인민대의회의원이라면 실세 중의 실세였다. 안 되는 일도 되게 할 수 있고, 되는 일도 안 되게 할 수 있는 것이 정부인데 그런 실세가 상대라면 일이 될 리가 없었다.

"으으……."

"사장님……."

추만지 사장은 입술을 깨물며 필사적으로 감정이 드러나는 것을 참으려 애썼다. 강윤도 침착함을 유지하려 애썼다.

'어떻게 하지?'

소문이 거짓일 가능성도 있었다. 정한위 이사가 거짓말을 했을 가능성도 생각해 봤지만 강윤은 고개를 흔들었다. 그래 봐야 그가 얻을 이익이 없었으니까. 그의 대외적인 체면이 땅에 떨어질 게 뻔한데 그런 일을 벌일 이유가 없었다.

잠시 생각하던 강윤은 눈을 떴다.

[소중한 정보와 어려운 과제를 함께 주시는군요.]

김이 올라오는 차를 후후 불며 강윤은 한숨지었다. 뜨거운 기운이 조금은 마음을 편안하게 주는 듯했다.

[이 사장님이 하는 일에 관심이 많으니까요. 앞으로 어떻게 할 생각입니까?]

[……지방 정부를 상대로 이기기는 어렵겠지요?]

정한위 이사는 고개를 끄덕였다.

[아무래도…… 마음은 아프겠지만 승산이 없을 것 같군요. 지금은 위약금 받고 빠지는 걸 추천합니다.]

[알겠습니다. 소중한 말씀, 감사합니다.]

이야기를 마친 후, 강윤은 자리에서 일어났다.

엘리베이터에서 추만지 사장이 물었다.

"중국 정부는 조폭이나 다름없던데, 앞으로 어떻게 하죠?"

"조폭은 피해가야죠."

"이대로…… 포기하는 겁니까?"

추만지 사장이 침울한 표정으로 묻자 강윤은 고개를 저었다.

"아니요."

쾅!!

"무슨 수를 써서라도 해낼 겁니다."

엘리베이터 벽을 향해 정권을 내지른 강윤의 눈은 활활 타오르고 있었다.

격한 감정을 드러낸 강윤의 등을 추만지 사장은 조용히 다독여 주었다.

♪ ♩♪♩ ♪♫♪ ♩♪

데뷔 무대를 성공적으로 마무리 지은 에디오스였지만, 돌아오는 발걸음은 생각만큼 가볍지는 않았다.

"사장님…… 무슨 일 있나?"

가위바위보에서 이긴 덕분에 앞 좌석에 앉은 한주연은 걱정하는 투로 말을 꺼냈다.

"그러니까. 우리 데뷔 무대까지 팽개치고 갈 분이 아닌데……."

서운한 감정을 담아 에일리 정이 중얼거리니, 그녀의 꼬인 머릿결을 정리해 주며 이삼순이 답했다.

"그니까 말이유. 우리 사장님, 뭔 일일까?"

"풋, 삼순이 쟤 또 사투리 쓰네."

크리스티 안이 웃자 이삼순이 발끈했다.

"안 했거든?"

"했거든여, 했거든여, 했거든여?!"

"야, 이, 사투리가 뭐 어때서!!"

민감해진 이삼순과 크리스티 안이 티격태격하니 차 안은 다시 시끌시끌해졌다.

사투리에 강윤 이야기가 쑥 들어간 차 안에서 정민아는 멍한 눈으로 핸드폰을 만지작댔다.

'아저씨, 정말 괜찮은 거야?'

물론 마음은 콩밭에 가 있었다.

♪ ♪♪♪ ♪♪♪ ♪

─……큰일이군요. 갑자기 그런 일이 생기다니.

강윤에게 자초지종을 들은 이현지의 목소리가 급속히 어두워졌다.

옥상에서 담배 연기를 뿜으며 강윤은 말했다.

"급히 쓸 수 있는 돈이 얼마나 됩니까?"

─지금 자금 사정이 여유 있는 편은 아니에요.

"흠…… 그렇습니까?"

아무리 자금을 많이 가지고 있던 월드였다고 해도, 지금은 회사 규모를 확장하느라 일시적으로 자금 여유가 없어진 상황이었다.

가끔 누구보다도 무모해지는 강윤을 잘 아는 이현지는 노파심에 신신당부했다.

─만약에라도 이상한 생각은 하시면 안 됩니다. 절대, 절대로요.

"알겠습니다."

－사장님의 원칙은 대륙에서도 꼭 통할 거예요. 사장님은 만만디(慢慢的)가 있어요. 절대 잊지 마세요.

서두르지 말고 느긋하게.

이현지가 현 상황에 맞지 않는 것을 강조했지만, 강윤은 알았다고 답하며 통화를 마쳤다.

담배를 재떨이에 짓이기며 남은 연기도 허공에 털어냈다.

'쉽진 않겠지만…… 후우.'

갑작스럽게 날벼락을 맞은 상황.

'시간이 됐군.'

시곗바늘이 8시 40분을 가리키고 있었다.

옥상에서 내려온 강윤은 자신을 기다리고 있던 추만지 사장과 함께 홍커우 콘서트홀로 향했다. 로비에 들어서니 낮에 일행을 저지했던 직원, 영관재가 있었다.

[어서 오십시오. 총경리님은 20분 전에 도착하셨습니다. 말씀드릴까요?]

[부탁드립니다.]

강윤은 정중히 부탁했다. 왜 총경리가 왔는데 연락을 주지 않았냐는 둥, 먹튀냐는 둥 따지지 않았다. 낮에 돈이라도 쥐어주지 않으면 이런 말조차 듣지 못했을 것이라는 걸 잘 알았으니까.

일행은 안내를 받아 안으로 들어갔다.

[어서 오십시오.]

상해 홍커우 콘서트홀의 총경리, 리달화(黎達華)는 정중히 강윤 일행을 맞았다. 서로 예를 갖추며 인사를 한 네 사람은 리달화를 상석으로 하여 자리에 앉았다.

"총경리님, 이게 어떻게 된……."

마음이 급했는지 추만지 사장이 바로 용건을 이야기하려는데, 강윤이 서둘러 그를 제지했다.

"추 사장님, 잠깐만요."

"이 사장님."

[총경리님, 먼 길 다녀오신 걸로 아는데 갑작스럽게 방문해서 죄송합니다. 여기, 약소하지만 선물입니다.]

강윤은 백화점에서 사 온 고급 술 2병을 내밀었다.

[크흠, 뭐 이런 걸 다…….]

리달화가 술병을 받고 미소 짓자, 강윤은 웃으며 이야기를 시작했다.

추만지 사장은 그런 강윤의 모습에 속이 끓었지만, 재를 뿌릴 수도 없는 노릇이었다.

[느닷없이 찾아와서 무례를 저질렀습니다.]

[아닙니다. 아까 로비에서 두 총경리님께서 오셨다는 이야기는 들었습니다..]

강윤은 오늘 하루는 어땠냐는 둥, 요새 돌아가는 세상이 어땠냐는 둥 다른 이야기만 꺼냈다.

[아, 오늘 유스타 호텔에 잠깐 들렀었습니다. 거기 민진서가 머무르지요?]

[네, 그렇습니다.]

[역시. 오늘 유스타 호텔에서 미팅이 있어서 들렀는데, 로비에 민진서 팬이 참 많았습니다. 거의 20대였지요. 민진서가 팬들에게 일

일이 악수를 해주는 모습이 참 인상 깊었습니다.]

리달화의 칭찬에 강윤이 웃음으로 답할 때, 추만지 사장은 홀로 속을 끓이고 있었다.

'으……'

쓸데없는 이야기만 30분째였다.

오늘 여기 온 목적을 잊은 건가? 다른 이야기만 하다 갈 생각인 건가? 답답했다.

그렇게 소득 없이 시간만 흘러가고 있었다.

'안 되겠다.'

도저히 안 되겠다 싶다고 생각한 추만지 사장이 나서려는데, 강윤이 또 손을 들었다.

'기다려야 합니다.'

무슨 생각을 하는 건지 추만지 사장은 답답했다. 지금 급한 건 이쪽이었다. 여유를 부릴 상황이 아니었다. 그런데 계속 기다리라고만 하니 속이 터질 노릇이었다.

'될 대로 되라지!!'

추만지 사장은 반쯤 포기한 심정으로 팔짱을 끼며 잘해보라는 듯 소파에 몸을 기댔다.

그렇게 또 30분이 지났다. 여전히 여기 온 목적과 전혀 상관없는 이야기만 계속되었다.

'잠깐. 그런데 왜 가라는 말은 하지 않지?'

추만지 사장은 문득 의문이 들었다. 사전 예고도 없이 방문하는 건 중국에서는 큰 실례였다. 게다가 늦은 시간까지 출장을 다녀온 사람에게 불쑥 찾아왔으니…… 그런데 리달화 이 사람은 1시간 넘게 겉도는 이야기만 해도 다 받아주고 있었다.

'켕기는 게 있나?'

추만지 사장이 의문이 짙어질 때, 대화의 흐름이 바뀌었다.

[……하하. 이 총경리와의 이야기는 즐겁지만 늦었으니 여기까지 했으면 합니다.]

[아이고, 즐거움에 시간 가는 줄 몰랐군요. 또 실례를 저지를 뻔했습니다.]

[아닙니다. 저도 즐거웠습니다.]

말과는 다르게 리달화의 얼굴에는 피곤함이 묻어 있었다. 그러나 웃음으로 이를 감추며 그는 몸을 쑤욱 내밀었다.

[유감이지만 홍쥐우는 내주셔야 할 것 같습니다.]

리달화가 갑작스럽게 치고 들어오자 추만지 사장의 표정이 급변했다.

"자, 잠깐만……."

추만지 사장이 당황해서 한국말로 이야기하려 할 때, 강윤은 시무룩한 얼굴로 중얼거렸다.

[하아…… 그렇습니까. 전 식사 자리에서 한 친구의 약속이라 철석같이 믿고 준비했는데…….]

강윤의 중얼거림에 리달화의 얼굴이 확 달아올랐다.

[크흠흠. 크흠, 크흠!!]

리달화의 기침 소리가 점점 커지는 가운데 추만지 사장은 눈살을 찌푸렸다.

'뭐? 중국 사람들은 식사 자리에서 한 약속은 무조건 지킨

다고? 개뿔…….'

그는 콘서트홀을 계약하기 전, 전 직원들과 함께 한 식사 자리에서 리달화가 했던 말을 떠올렸다.

[우린 이제 친구입니다. 앞으로 잘해봅시다.]

추만지 사장이 안면을 일그러뜨리는 가운데 강윤의 말은 계속되었다.

[사정이 있었을 거라 생각하지만…… 섭섭한 건 사실입니다. 진정으로 좋은 친구가 생겼다고 생각했는데…… 더 할 말이 없군요. 그럼 이만 가 보겠습니다.]

강윤이 자리에서 일어나자 리달화는 얼른 그의 손을 붙잡았다.

[잠깐, 잠깐만. 이대로 가십니까?]

[더 할 수 있는 게 없잖습니까.]

[어허.]

강윤은 몇 번이나 나가려고 했지만, 리달화는 손을 잡고 놓아주지 않았다. 결국 강윤이 못 이기는 척 다시 자리에 앉자, 리달화는 입가로 호선을 그리며 말을 이어갔다.

[일단 마음부터 가라앉히고 천천히 이야기를 해보지요.]

[저희 일은 저희가 알아서 하겠습…….]

[에헤이, 사람이 성질이 그렇게 급해서야.]

리달화는 계속 절절맸다. 힘으로 강윤을 누르는 건 어렵지 않았지만, 그놈의 체면이 문제였다.

식사 자리에서 한 약속을 깼다는 소문이 퍼지면 그의 체면은 바닥까지 추락할 게 뻔했다. 믿을 수 없는 사람이라고 여겨 누구도 그와 꽌시를 만들려고 들지 않을 테니까.

그건 매장을 의미했다.

하지만 계속 강윤이 나갈 기미를 보이자 리달화는 결국 짙은 한숨을 쉬었다.

[하아…… 절대 말하면 안 됩니다.]

강윤이 고개를 끄덕여도 몇 번이나 주의를 준 리달화의 눈매가 좁아졌다.

[연예계 쳰구이저(潛規則, 관행)라는 말을 들어본 적 있습니까?]

쳰구이저라는 말에 강윤의 눈빛이 변했다. 그 단어는 다름 아닌 몸 로비를 의미했으니까.

"허……."

추만지 사장도 입을 다물지 못하는 가운데, 리달화는 말을 이어갔다.

[Code-N은 데뷔한 지 1년도 안 돼서 정상권에 올랐죠. 소속사가 자금력이 풍부한 것도 아니었고, 스타성이 탁월한 것도 아니었습니다. 하지만 그들은 승승장구했죠.]

[뒤를 봐주는 누군가가 있었다는 말입니까?]

[……네, 누군지는 이야기하지 않겠습니다.]

강윤은 이마를 잡고 소파에 몸을 기댔다. 이건 생각보다 더 큰 문제였다.

'하긴, 1년 차 가수가 콘서트를 한다는 것부터가 말이 안 되지.'

하지만 누군가가 뒤에서 도와준다면?

가능할 법도 했다. 사람 마음은 그만큼 요상한 거니까.

잠시 생각을 정리한 강윤은 짧은 한숨을 내쉬었다.

'중간에 취소시켜도 무리가 없을 만한 가수가…… 우리였다는 이야기군.'

추만지 사장의 수심이 가득한 얼굴을 보며 강윤은 몸을 일으켰다.

'홍커우는 더 이상 가능성이 없어.'

불합리한 일에 가슴에 불이 났지만, 강윤은 냉정하게 마음을 수습했다.

[……힘든 이야기 해주셔서 감사합니다.]

[저야말로 이해해 줘서 감사합니다. 혹 필요한 게 있다면 말씀하십시오.]

리달화의 미안한 모습에 강윤은 몸을 그에게 끌어당겼다.

[그러면…… 부탁 하나만 드려도 되겠습니까?]

[말…… 하시죠.]

걱정되는 눈빛을 흘리는 리달화에게 강윤은 차분히 답했다.

[베이징 주 경기장을 이용할 수 있게 해주십시오.]

[네에?!]

리달화는 물론, 옆에 있던 추만지마저 눈이 휘둥그레졌다.

[자, 잠깐만요. 설마 주선만을 이야기하는 겁니까?]

리달화가 힘들다는 뉘앙스로 이야기했지만, 강윤은 말없이 그를 압박했다.

[허…….]

뚜렷한 답을 하기 힘든 상황 속에서, 추만지 사장이 강윤에게 속삭였다.

'에디오스, 다이아틴을 모두 합쳐도 10만 명은 절대 못 채웁니다.'

다이아틴이 뜨고, 에디오스가 좋은 반응을 보인다고 해도 추만지 사장은 10만 명을 채워 넣을 자신은 없었다. 아무리 팬덤이 강해도 기껏해야 5만 명을 채우는 게 한계였다.

하지만 강윤은 생각이 달랐다.

'1선 도시에 한류에 대한 반응. 상해만큼이나 베이징은 좋은 곳입니다.'

'그건 저도 잘 알고 있습니다. 하지만 사장님. 하지만 대관료는요? 게다가 여기 설치된 시설들을 철거해서 베이징에 다시 설치해야 합니다. 그렇게 되면 적자를 메우기 쉽지 않을 겁니다. 10만 명이 관객석을 다 채울 거라는 보장도 없고…….'

추만지 사장의 반대 속에 잠시 생각하던 리달화가 말했다.

[……연결이야 원하신다면 기꺼이 해드리겠습니다. 하지만 대관료가 만만치 않을 텐데요.]

조금은 긍정적인 말이 나오자 강윤이 씨익 웃었다.

[총경리님, 위약금을 베이징 주 경기장 대관료로 대신 지불해 주십시오.]

강윤의 이야기를 전해 들은 추만지 사장은 저도 모르게 무릎을 쳤다. 자신들이 대관하는 요금보다 꽌시가 형성된 리달화가 요청하면 훨씬 싼 가격에 대관할 수 있을 테니까.

[크흠흠…… 그건…….]

리달화의 고민이 깊어지는 가운데, 강윤은 눈을 빛내고 있었다.

♪♩♪♩♪♫♪♪

[에디오스, AFDN '가왕 탑 5' 통해 중국 데뷔]

에디오스의 소속사 월드엔터테인먼트(이하 월드)는 에디오스가 오는 XX일 중국의 음악 방송 '가왕 탑 5'를 통해 데뷔했음을 밝혔다. 각종 음악 사이트 및 윤슬엔터테인먼트의 중국 K-POP 전문 유통 기업, 윤슬뮤직을 통해 '우리 이야기'로 데뷔를 알린 에디오스는 중국인들의……(중략)…….

월드는 이번 에디오스의 중국 데뷔를 위해 앨범의 전 곡을 중국어로 재녹음했으며 멤버 전원이 중국어 연습에 수개월을 매진했다고 밝혔다.

또한 중국에서 활발히 활동하고 있는 윤슬엔터테인먼트의 다이아틴과의 합동 콘서트가 예정되어 있다고 밝혀 많은 팬의 주목을 받고 있다.

에디오스의 중국 진출 소식이 기사를 통해 한국에 전해졌다.

1년에 가까운 시간 동안 고정 프로그램을 제외하고는 전혀 모습을 드러내지 않던 에디오스가 중국 진출을 했다는 소식에 팬들은 반가워하면서도 아쉬움을 금치 못했다.

—우리 미나, 응원한다. 사랑해!!

—서유야, 보고 싶다ㅠㅠ

—월드 주식 폭등하는 소리가 들려온다.

—윗님, 월드 주식 상장 안 했음요.

—이강윤 사장님, 돈도 좋지만 한국도 잊지 말아주세요. 꼭이요~!!

물론 악플도 있었다.

—중국이 돈 된다니까 다 가네, 다 가.

—월드 건물주 되더니 돈독 지대로 오른 듯.

—한국에 걸그룹 점점 늘어나니 딴 집 살림 차리네.

포털 사이트 세이스, 파인스톡의 페이지를 통해서 에디오스에 대한 소식은 계속 올라가고 있었다.

파인스톡의 에디오스 페이지에 올라온 기사를 보고 민진서는 낄낄대며 웃었다.

"풋, 건물주래."

새벽이 넘은 하야스 백화점의 명품관 안에서 휴식을 취하던 그녀에게 같은 소속사 가수의 희소식은 기쁨이었다.

"뭐가 그렇게 재미있을까?"

의자에 앉아 있는 민진서에게 물을 건네며 강기준이 물었다.

"반응이 좋잖아요. 아, 고마워요."

시원하게 물 한 통을 다 비워 버린 그녀는 강기준에게 기사를 보여주었다.

"여기 보세요. 월드더러 건물주래요."

"……이게 웃겨?"

"완전 웃기지 않아요? 풋. 하하하."

뭐가 그리도 재미있는지, 민진서의 입가에서는 웃음이 떠나지 않았다. 밤늦게 시작된 촬영에 피곤하지도 않은지 그녀의 얼굴에는 생기가 가득했다.

명품관 안은 검은 라인과 조명, 카메라가 얼기설기 깔려 있었고, 배우들 분장에 바쁜 스태프들도 분주히 움직이고 있었다.

[진서 씨, 메이크업 수정할게요.]

파우더를 찍겠다는 홍콩 스태프의 요청에 민진서는 눈을 감고는 핸드폰을 내려놓았다.

"에디오스 때문에 선생님 고생 많이 하셨는데…… 이제 한숨 놓겠어요."

누가 강윤바라기 아니랄까 봐.

아직 안심할 때가 아니라는 걸 알았지만, 강기준은 웃으며 고개를 끄덕였다.

"그렇지. 사장님이 그렇게 신경을 썼는데 잘못될 리가 없잖아."

"하긴요. 우리 선생님이 어떤 사람인데."

홍콩 스태프가 메이크업을 마무리하자 곧 촬영에 들어간다는 조연출의 말이 들려왔다.

"저 가 볼게요."

"응, 파이팅."

손을 들어 등을 떠밀어주는 강기준을 뒤로하며, 민진서는 다시 촬영장으로 향했다.

♩ ♪♩♩ ♩♫♪ ♪

자정이 넘은 시간.

막 사무실을 나서던 이현지는 강윤에게 걸려온 전화를 받았다.

"자, 잠깐만요. 베, 베이징이요?"

공연장을 바꿔야 한다는 강윤의 이야기를 듣고, 이현지는 아연실색했다.

─미안합니다. 갑자기 일이 그렇게 됐습니다.

"……잠깐만요. 자료 좀 보고 이야기하죠."

강윤에게 잠시 기다려 달라고 요청한 이현지는 자리로 돌아와 콘서트홀 자료를 뒤적였다.

얼마 있지 않아 '콘서트홀 정보'라는 서류를 발견하고는 '베이징 주 경기장' 정보를 펼쳤다. 홍커우 콘서트홀과는 전혀 다른 어마어마한 관객석과 규모를 마주한 그녀는 이마를 잡았다.

"……여긴 수용 인원만 10만 명이 족히 되는 곳이네요. 올림픽 유치한다고 신경 써서 지은 경기장으로 알아요."

─맞습니다. 그래도 어쩔 수 없었습니다. 아니면 내년으로 일정을 미뤘어야 했으니까요.

"미루면 추만지, 이 양반이 또 난리겠죠. 이런 사정이 있
는데, 차라리 엎었다고 하면 안 됐을까요?"

그 말에 강윤은 단호하게 답했다.

─그렇게 되면 지금까지 우릴 도와준 추 사장님에게 고개
를 들 수 없겠죠.

"어쩔 수 없는 사정이 생긴 거잖아요. 추 오빠가 그렇게
융통성이 없는 사람도 아니고…….."

─그렇긴 합니다만…… 시기를 놓치고 싶진 않았습니다.
상승곡선을 탈 때, 큰 한 방으로 쐐기를 박는 게 좋지 않겠습
니까.

"……여러모로 골치 아프네요."

이현지는 몇 번이나 한숨을 쉬었다. 점점 일이 눈덩이처럼
커지는 기분이었다.

"……알았어요. 그럼 베이징으로 확정된 건가요?"

─늦어도 이번 주 안에 도장을 찍을 겁니다. 리달화 총경
리에게 못을 박았어요.

"대관료는요? 지난번에 말했지만 지금 우리 자금 사정이
그리 좋지는 않아요."

회사 규모가 커지며 일을 많이 벌이다 보니 일시적으로 보
유하고 있는 자금이 줄었다. 장기적으로는 더 큰 돈이 들어
오겠지만, 지금은 아니었다.

─위약금은 홍커우 측에서 베이징 주 경기장 대관료를 대
신 내주는 것으로 합의했습니다.

"그건 다행이네요. 우리가 직접 대관료 협상을 하면 위약

금보다 더 많이 나올 수도 있으니까…… 상대도 좋아했겠네요. 위약금으로 들어가는 돈을 줄일 수 있을 테니까."

─네, 대신 장비들을 옮겨야 하는 수송료가 필요할 것 같습니다.

전화기에서 한숨 소리가 들려오자 이현지가 걱정되는 투로 물었다.

"그 정도는 괜찮아요. 걱정되는 건 그쪽이 배 째라는 식으로 나오면 어떻게 하죠?"

─더 이상 자기 얼굴에 그런 먹칠할 짓은 안 할 겁니다. 그랬다간 업계에서 신뢰를 잃을 테니까요.

"그건 그렇군요. 한 번 약속을 깬 것도 엄청 클 텐데…… 그나저나 사장님, 중국에서 일하는 게 익숙해지셨네요. 작년, 하야스였나? 그쪽하고 약속이 틀어졌을 때는 협상이 안 돼서 고생 많이 하셨잖아요."

그녀의 칭찬에 전화기에서 웃음소리가 들려왔다.

─경험이 큰 자산이 되는 것 같습니다. 이사님께도 많이 배웠고…….

"하하하. 그런가요?"

이후 콘서트에 들어갈 장비 증설로 인한 비용 이야기를 하고 이현지는 통화를 마쳤다.

통화 당시와는 달리 그녀에게 약간의 수심이 감돌았다.

"10만 명을 어떻게 채우나. 마케팅이 문제네……."

창밖, 월드 스튜디오에 붐비는 사람들을 바라보며 이현지는 한숨을 내쉬었다.

리달화와 협상을 한 지 사흘 뒤.

강윤은 베이징에서 상해로 향하는 징후고속철(京沪高速鐵) 안에 있었다.

'빨리 마무리돼서 다행이야.'

기차 안에서 대관을 하겠다는 서류에 찍힌 도장을 보니 온 몸에 힘이 쭉 빠지는 느낌이었다.

위약금을 대체해 주겠다는 말이 주효했는지, 리달화는 위약금보다 저렴한 가격에 베이징 주 경기장과 협상을 마쳤고, 강윤은 그날로 베이징으로 가 도장을 찍었다.

'우리가 그 정도 값으로 협상을 하려면 시간이 너무 많이 들어.'

받지 못한 위약금, 장비 운송비 등이 아까웠지만, 그런 손해는 잊기로 했다.

게다가 베이징 주 경기장은 누구도 콘서트를 할 엄두도 못 내는 엄청난 규모를 자랑하니 강제로 취소될 염려도 없었다.

약 5시간을 달려 상해에 도착한 강윤은 윤슬엔터테인먼트로 가려다 눈앞에 보이는 황푸강을 발견했다.

'진서한테 가 볼까?'

마침 민진서가 시얀 백화점에서 촬영을 하는 날이었다.

강윤은 바로 택시를 잡아타고는 시얀 백화점으로 향했다.

백화점에 도착해서 촬영이 있는 고층에 있는 공중정원에 도착하니 마침 휴식시간이었는지, 촬영장은 시끌시끌했다.

"어? 사장님."

여기저기 두리번거리는 강윤을 발견한 강기준이 그의 팔을 잡았다.

"강 팀장님."

"우리 사장님, 언제 오시나 했습니다."

넉살이 늘었는지, 강기준의 입가에는 여유로운 미소가 걸려 있었다. 그의 뒤를 따라 강윤은 민진서가 메이크업을 받고 있는 나무 아래로 향했다.

의자에 앉아 눈을 감은 민진서에게 한 스태프가 눈 화장을 해주고 있었다.

[잠깐만 빌릴 수 있을까요?]

난데없이 강윤이 난입하자 스태프는 어리둥절했지만, 강기준이 민진서의 사장이라고 이야기하자 순순히 리무버 펜을 건넸다.

눈에 닿는 느낌이 변하자 눈을 감은 채 민진서가 작은 목소리로 말했다.

[저기, 언니. 터치가 조금 꺼끌꺼끌한 것 같은데요.]

강윤은 손에 들어간 힘을 풀었다.

[네, 감사해요.]

사람이 바뀐 걸 몰랐는지 민진서는 조용했고, 정성스럽게 강윤은 그녀의 눈 화장을 해주었다.

메이크업을 다시 해야 하는 것 아닐까, 걱정하던 스태프와 강기준은 강윤의 화장 솜씨에 놀랐는지 표정이 변했다.

[잘하시는데요? 한국 총경리님은 이런 것도 배워서 오나요?]

난데없이 한국 남자가 화장쇼(?)를 펼치니 사람들이 하나둘씩 모이기 시작했다. 진귀한 구경거리가 생겼다며 스태프들과 감독진까지 모두가 웅성거렸다.

'뭐지?'

주변에 인기척이 느껴지자 이상하다 여긴 민진서는 눈을 떴다.

[갑자기 뭐…… 꺄!!! 서, 선생님?!]

상상도 하지 못한 강윤의 등장에 민진서는 순간 몸을 뒤로 물렸다.

그녀의 표정이 지금까지의 이미지와는 너무도 달라 사람들은 웃음을 터뜨렸다.

[푸하하하하하!!]

사람들의 웃음소리에 민진서는 부끄러웠는지 얼굴을 붉혔다.

한편, 강윤은 리무버를 든 채 그녀에게 얼굴을 가까이 했다.

"조금만 있어봐. 거의 다 됐으니까."

"우…… 네."

부끄러웠는지 민진서는 얼굴을 붉힌 채 눈을 감았다. 그것도 아주 질끈.

"다 됐다."

민진서의 눈 화장을 끝내고, 강윤은 펜을 다시 스태프에게 돌려주었다.

[무례를 저질러서 미안합니다. 감사하고.]

[아니에요. 덕분에 좋은 구경했어요.]

민진서에게 뭔가 해주고 싶은 마음에 스태프의 일을 빼앗은 것은 아닐까 하는 생각이 그제야 들었다. 하지만 그녀는 좋은 구경을 했다며 고개를 저었다. 오히려 한국 매니지먼트 사장들은 화장 기술까지 있냐며 치켜세워 주니 강윤은 머쓱해졌다.

민진서는 손거울로 아이라인을 살피며 탄성을 냈다.

"······현아 언니한테 듣긴 했지만······."

민진서는 아직도 부끄러웠는지 얼굴이 달아올라 있었다.

정말 바쁜 상황에서는 강윤이 메이크업까지 한다는 말은 이현아에게 들은 적이 있었다. 그런데 이렇게 뜬금없는 타이밍에······ 일터에서 이러면 안 됐지만 설레는 마음이 진정되지 않았다.

평소와는 달리 민진서가 빈틈을 보이는 게 신기했는지 여기저기서 킥킥대는 소리도 들려왔다.

그걸 아는지 모르는지 원인을 제공한 강윤은 민진서의 눈가에 얼굴을 들이밀었다.

"잘됐나."

"서, 선생님."

"예쁘게 잘됐네. 아주 예뻐."

[하하하하.]

사람들의 웃음소리와 함께 강윤은 물러났고, 곧 스태프는 눈 화장에 맞춰 메이크업을 수정했다. 그녀의 수줍어하는 모습에 평소에 벽을 느꼈던 스태프들도 인간미를 느꼈다.

[총경리님이 정말 자상하시네요.]

[우리 사장님이 최고긴 해요.]

어느새 강윤은 스태프들과 어우러졌고, 격의 없는 모습을 보였다. 그러던 중, 강윤은 한창 모니터링에 열중이던 정혁기 감독을 발견했다.

"감독님, 안녕하십니까."

"오, 강윤 사장님. 어서 오세요."

정혁기 감독은 다가온 강윤에게 자리를 내주며 친밀감을 드러냈다.

촬영에 돌입하기 전, 재신극화에서 강윤이나 민진서에 대한 평은 그리 좋지 않았다. 하야스 백화점과의 갈등 탓에 회사가 이러지도, 저러지도 못하게 만들었다는 이유 때문이었다.

하지만 결과적으로 월드 덕분에 두 백화점의 PPL을 모두 받을 수 있게 되었고, 민진서가 워낙 좋은 연기를 펼쳐 다시 강윤과 민진서의 평판은 올라가는 추세였다.

"저도 볼 수 있을까요?"

"물론이지요."

민진서의 연기를 보고 싶다는 요청에 정혁기 감독은 바로 영상을 재생했다. 민진서가 명품관의 까다로운 손님들의 기호를 맞추며, 사람들의 인정을 받는 신이었다.

"진서는 참 표정이 좋습니다. 발음도 좋고…… 나무랄 곳이 없어요."

정혁기 감독은 칭찬을 아끼지 않았다. 실제로 남자 주인공이나 보조 배우들까지도 민진서의 연기에 몰입해 가는 모습이 눈에 확연히 들어왔다.

'확실히 진서는 타고는 연기자야.'

연기에 대해 잘 모르는 강윤이었지만, 민진서의 연기만큼은 확실히 알 수 있었다.

모니터링 영상이 끝나고, 정혁기 감독은 즐거운 표정으로 말을 이어갔다.

"아직 편집하기도 전인데 촬영본만 보고도 판권이 비싸게 팔려가고 있습니다. 이례적인 일입니다. 진서의 연기 덕분이라고 감히 말할 수 있습니다."

"작가님이 시나리오를 워낙 잘 써주신 덕이죠. 연출도 훌륭하고……."

"그렇게 겸손하지 않으셔도 됩니다. 2차 해외 판권 수출도 순조로울 거라는 말도 나오고 있는데…… 이건 단순히 시나리오만 좋아서는 힘들거든요. 참, 남 말하는 건 그렇지만…… 도대체 MG는 왜 저런 연기자를 스스로 차버린 건지. 나 원."

정혁기 감독은 쓴웃음을 지으며 고개를 흔들었다. 아무리 국가관에 민감한 중국이라지만, 그런 일로 민진서를 팽개친 건 매니지먼트사로서의 자격이 없는 걸 인정한 거라며 열을 올렸다.

강윤은 고개를 흔들었다.

"이제 다 지난 일입니다. 그쪽도 사정이 있었겠죠."

"하하하. 하여간 사장님도…… 아, 이제 슬슬 시작해야겠습니다."

시계를 본 정혁기 감독은 곁에 있던 AD를 불러 모두를 호출할 것을 지시했다.

[촬영 들어갈게요!!]

촬영장에 AD의 힘찬 목소리가 퍼지자 메이크업을 마친 민진서는 다시 카메라 앞에 섰다.

카메라에 들어오는 라인을 정리하기 위해 잠깐의 시간이 날 때, 강윤은 민진서에게 다가갔다.

'선생님.'

아무 말 없이, 강윤은 민진서의 손을 꼭 잡아주고는 돌아섰다. 누구도 보지 못하게 몸으로 모두를 가리고.

'고마워요.'

그의 마음을 느꼈는지 민진서의 눈에 기운이 샘솟았다.

[스탠바이!!]

하지만 여운을 느낄 틈 따위는 없었다.

촬영에 들어간다는 감독의 힘찬 목소리와 함께 카메라에 일제히 불이 들어오며 민진서는 연기에 불을 당겼다.

윤슬엔터테인먼트의 중국 지부.

추만지 사장은 강윤이 가져온 대관 서류에 도장을 찍었다.

"끝, 끝, 끄읕!!!"

진한 해방감을 드러내며 추만지 사장은 만세를 불렀고, 강윤도 후련한 얼굴로 한숨을 쉬었다.

"고생하셨습니다."

"고생은 이 사장님이 다 하셨죠."

추만지 사장은 자신의 책상 위에 있던 커피를 들고 강윤과 마주 앉았다.

"결과적으로 비용 낭비도 없이 규모도 커졌고 다 좋게 됐습니다. 하지만 일정이 빠듯해진 것만 빼면요."

"그래도 기본 컨셉이 있으니까 생각만큼 오래 걸리진 않을 겁니다. 문제는 티켓팅이죠."

강윤의 말에 추만지 사장은 고개를 끄덕였다.

10만 명이라는 관객을 동원하는 초대형 콘서트에서 티켓팅은 매우 중요했다.

"공연장 문제만 아니었어도 당장 할 수 있는 건데…… 더 늦기 전에 시작해야겠습니다."

"사장님, 이렇게 된 바에야 아예 시기를 늦추는 건 어떨까요?"

"흠, 더 늦춘다고요?"

대형 콘서트는 못해도 3개월 전에는 티켓팅을 하게 마련이다. 지금 남은 시간은 2개월 남짓. 결코 빠른 시간이 아니었다.

"이제 에디오스가 데뷔한 지 일주일입니다. 반응은 좋지만, 아직 다이아틴을 따라가려면 시간이 필요합니다."

"크흠…… 역시, 시간이 걸리는군요."

추만지 사장도 에디오스의 반응을 체크하고 있었다. 중국에서 무섭게 치고 올라가는 중이었지만, 콘서트 일정에 맞추려면 아쉬운 부분이 있었다.

다이아틴을 이을 맞수를 키운다는 불안감도 있었지만, 오래 가기 위해서는 라이벌은 필수였다. 그리고 월드 클래식의 노하우를 배울 수 있다는 점도 한몫했고.

그의 걱정을 알았는지 강윤은 무거운 어조로 말했다.

"최선을 다하겠습니다."

"……크흠."

상투적인 말이었지만 추만지 사장은 더 토를 달지는 않았다. 그가 지켜본 강윤은 자신의 말은 지키는 사람이었으니까.

"그럼 난 출연진들 베이징 숙소부터 알아보겠습니다."

이야기를 마친 강윤은 제작 회의를 하기 위해 사무실을 나섰다. 콘서트를 총괄, 제작하는 월드 클래식의 실무진은 공연장 이전으로 인해 모두 베이징으로 가 있었다. 필요한 서류들을 챙겨 들고, 징후고속철을 타기 위해 강윤은 역으로 향했다.

기차에 오르니 이미 해가 중천에 떠올라 있었다.

♪ ♪♩♩ ♫♬ ♩ ♪

[월드 ENT 민진서, 중국 드라마 '명품의 탄생' 출연. 어떤 드라마일까?]

중국 드라마, <명품의 탄생>에 월드엔터테인먼트로 이적한 민진서가 출연한다. 특히 중국 최고의 남자 배우, 귀동진(郭冬慎)과 호흡을 맞춰 중국 내에서도 많은 주목을 받고 있다. 궈동진은 프린세스라고 불리는 민진서와 함께 연기를 하는 게 꿈만 같다고 이야기하면서도, 연기에서는 절대 지지 않겠다며 의지를 불태웠다.

……(중략)…….

전해지는 바로는 중국의 200여 개에 이르는 방송국에서 판권을 사기 위해 경합을 벌였을 정도로 경쟁이 치열했으며, 2차 판권으로 동남아를 비롯해 한국, 일본에서도 좋은 반응을 보이고 있다.


'홍보는 잘되고 있군.'

열차 안에서, 강윤은 홍보팀이 신경 써서 섭외한 칼럼리스트의 인터넷 칼럼을 읽으며 흐뭇한 미소를 지었다.

이름 있는 칼럼리스트의 칼럼이라 반응도 좋았다. 중간중간 악플이 있기는 했지만, 대부분 힘내서 좋은 드라마 촬영하고 한국으로 돌아오라는 긍정적인 메시지들이었다.

한국에서의 반응을 살핀 강윤은 중국의 대표 음원사이트, 큐오에 접속했다.


1. **女士优先**(여자 먼저) – Diateen

2. **告白气球**(고백) – **张碧晨**(장비첸)

3. **深秋的黎明黎明**(가을의 여명) – **黎明**(리밍)

…….

…….

8. **我们的故事**(우리 이야기) – Edios

9. Love – **愛**

## 10. 贝壳哆哆(껍질) - Ara

순위를 보며 강윤은 눈매를 좁혔다.

'8위라······.'

높은 순위였지만 부족하다고 느낀 강윤은 고개를 흔들었다.

이제 일주일째. 하지만 다이아틴을 따라가려면 많이 부족했다. 게다가 시간도 문제였다.

중국의 웹사이트에서 에디오스를 검색하며 강윤은 펜을 굴렸다.

'지금은 여러 곳에 노출하는 것이 필요해.'

에디오스가 누구인지, 어떤 가수인지 알리는 게 필요했다.

그렇게 일을 하다 보니 어느새 열차는 베이징에 도착해 있었다. 열차에서 내린 강윤은 바로 주 경기장으로 향했다.

경기장 안, 건설 현장에서 최경호와 연출진은 벌건 눈으로 강윤을 반겨주었다.

"사장님, 오셨습니까?"

"수고 많으십니다."

인사를 하고 커피를 돌리는 데, 강윤은 현장 사람들의 벌게진 눈을 마주하고는 한숨지었다.

'······힘들만 하지.'

특히 최경호는 많이 피곤했는지 몇 번이나 눈을 비비며 기지개를 켜고 있었다. 공연장을 급작스럽게 변경하는 바람에 일이 늘어 모두가 힘들어진 탓이었다.

제작 회의를 시작하기 전, 강윤은 고개를 숙였다.

"이유가 어찌 되었든, 갑작스럽게 공연장을 바꾼 것은 정말 미안합니다."

"사, 사장님."

강윤의 사과에 제작 회의에 참석한 모두는 목소리를 떨었다. 어쩔 수 없었다는 것은 모두가 잘 알았는데 말이다. 하지만 강윤은 고개를 들지 않고 말을 이어갔다.

"모두 힘들다는 걸 알고 있습니다. 조만간 그 노고에 보답할 테니 조금만 고생해 주십시오."

"아, 네!!"

보답이라는 말에 모두에게서 환호성이 터져 나왔다. 협력 업체 사람들이나 월드 클래식 사람들이나 모두 마찬가지였다.

"그럼, 시작해 볼까요?"

피로감은 온데간데없어졌는지 사기가 충천한 사람들과 함께 강윤은 본격적으로 제작 회의를 시작했다.

공연장 연출을 비롯해 티켓팅 등 여러 가지 이야기가 오갔다. 공연장 도면, 영상, 저작권 등을 논의하다 보니 시간은 순식간에 흘러갔다.

제작 회의가 끝난 것은 밤 9시 무렵이었다.

"……그럼 이대로 진행하는 걸로 알겠습니다."

저녁까지 거르며 진행한 회의를 마친 후, 강윤은 지친 얼굴로 주 경기장을 나섰다.

'이젠 에디오스가 인기를 얻는 것만 집중하면 되겠구나.'

강윤은 상해로 향하는 열차에 몸을 실었다. 어차피 주요 실무는 월드 클래식에서 진행한다. 강윤은 그 방향만 지시하면 됐다. 이제는 에디오스가 좀 더 빠르게 인기를 얻을 수 있는 방법을 구상할 차례였다.

그때.

지잉, 지잉.

주머니에 넣어둔 핸드폰이 진동했다. 받아보니 류양 이사의 전화였다.

[아, 이사님. 안녕하십니까.]

강윤은 반갑게 인사를 건넸다.

[안녕하신가. 통화는 괜찮은지요?]

[물론입니다.]

리웬타오 사장을 만난 이후, 류양 이사와의 관계에 확실한 변화가 있었다. PPL 건으로 말도 많고 탈도 많았지만 이제 그런 과거는 없다는 듯, 그는 살가워졌다.

류양 이사는 잠깐 망설이는 듯하더니 용건을 이야기했다.

[흠, 이번에 우리가 베이징에 5호점을 오픈합니다. 개점 축하 공연에 에디오스를 초대하고 싶은데, 가능할지요?]

[이를 말씀입니까. 5호점 오픈이 이번 주 토요일이었던가요?]

직접 방문하려고 했기에, 강윤은 자세한 일정을 알고 있었다.

강윤의 답에 류양 이사는 크게 웃었다.

[하하하. 감사합니다. 그럼 비용에 대해서는 밑 사람들끼리 이야기하라고 하고, 난 위에 보고하지요.]

[알겠습니다. 나중에 연락드리겠습니다.]

그렇게 갑작스러운 행사가 잡혔다. 한국이었다면 이런 종류의 스케줄을 잡을 이유가 없었지만 지금은 가릴 때가 아니었다. 짧은 시간도 쪼개서 써야 할 중요한 시기였다.

강윤은 스케줄을 관리하는 김대현 매니저에게 전화를 걸어 에디오스의 토요일 스케줄에 대해 물었다.

[화보 촬영이 있기는 하지만 미룰 수 있는 거니까…… 조절해 보겠습니다.]

[네, 그럼.]

에디오스의 스케줄을 조절한 후, 강윤은 의자에 몸을 누였다.


다음 날.

강윤은 에디오스 멤버들과 함께 베이징으로 가기 위해 숙소를 나섰다.

"……황사가 심한데?"

하늘을 뒤덮은 누런 황사에 강윤은 눈살을 찌푸렸다. 갑작스럽게 밀려온 황사였다. 인터넷으로 수치를 보니 외출을 자제하라는 문구가 있는 수준이었다.

"다들 황사마스크 챙기고."

"네."

강윤은 답답해하는 정민아까지 꼼꼼하게 황사마스크를 하게 하고는 공항으로 향했다. 가는 길에 베이징 날씨를 검색했는데 상해와 비슷했다.

그런데 문제는 공항에 도착해서 발생했다.

"……결항?"

공항 전광판에 베이징행 비행기가 황사로 인해 결항됐다는 메시지가 떠 있었다. 승무원들에게 물었지만 답은 한결같았고, 모두는 당황했다.

"사장님, 어떡하죠? 빨리 가서 준비하려고 했는데…….."

서한유가 목소리를 떨자 강윤은 괜찮다며 그녀를 안심시켰다.

"괜찮아. 열차는 운행할 테니까. 일단은 역으로 가자."

"네."

에디오스 멤버들을 안심시킨 후, 강윤은 근처에 있는 역으로 향했다.

다행히 고속 열차는 운행 중이었지만 갑작스럽게 몰려든 손님들 탓에 표 예매하기가 쉽지 않았다.

덕분에 매니저들이 다음 열차를 타고 와야 하는 일이 발생하고 말았다. 코디들이 있었지만, 강윤이 9명 전원을 케어해야 하는 사태가 벌어지고 만 것이다.

"……사장님 있으면 뭐."

매니저가 없었지만 에디오스는 전혀 불안해하지 않았다는 게 문제라면 문제였다.

베이징에 가까워질수록 황사는 더더욱 짙어졌다. 상해의 황사는 앞은 볼 수 있었지만 베이징의 황사는 한 치 앞도 볼 수 없을 만큼 모래 먼지로 천지가 뒤덮여 있었다.

"……으!!"

덕분에 열차에서 내리자마자 모두는 역을 향해 뛰어야 했다.

역 안에 들어서서 옷을 터는데 후두둑 소리가 났다.

"이게 뭐야……."

에일리 정이 울상 지었고, 정민아는 친구를 달랬다. 아니, 그녀뿐만 아니라 한주연이나 서한유 역시 처음 겪는 엄청난 황사의 위력에 질겁했다.

"이런 날 야외 공연 하는 건 아니겠지?"

정민아가 걱정스레 중얼거리자 크리스티 안이 경기를 일으켰다.

"무, 무슨!! 그랬다간 나 사표 쓸 거야!!"

혼자서 9명을 커버해야 했지만, 강윤은 차분히 모두를 차로 이끌었다. 차가 야외 주차장에 주차되어 있던 탓에 모두가 5분 정도를 걸어야 했다.

"완전!! 찝찝해!!"

차 안에서 계속 옷을 털어대던 한주연은 인상을 찌푸렸다.

건설 현장의 먼지 더미 속에 들어온 듯, 어딜 가도 사라지지 않는 황사의 위력은 무시무시했다. 강윤도 불편했지만 내색하지 않고 모두를 달랬다.

"조금만 참자. 공연만 하면 바로 씻을 수 있으니까."

"네."

모두를 어르고 달래다 보니 차는 백화점에 도착했다. 다행히 황사에 영향이 적은 지하 주차장에 차를 주차할 수 있었다.

차에서 내리니 그들을 배웅하러 나온 검은 정장의 보안요원들과 류양 이사가 있었다.

[어서 와요. 고생했네.]

[아닙니다.]

[안녕하십니까!!]

황사 탓에 서둘러 인사를 하고, 모두는 백화점 안에 들어섰다.

짙은 황사에도 백화점 오픈일이라는 효과가 큰 힘을 발휘했는지 로비 안에는 엄청나게 많은 사람으로 붐볐다.

'음?'

주변을 둘러보던 강윤은 뭔가가 이상했는지 류양 이사에게 물었다.

[무대가 보이질 않는군요.]

강윤의 의문에 류양 이사는 잠시 망설이다가 한숨을 쉬며 답했다.

[무대…… 말일세. 그게…… 밖에 있어, 밖에.]

[네에?]

짙은 황사가 뒤덮은 야외를 바라보며, 강윤은 잠시 멍하니 눈을 껌뻑였다.

[……크흠흠.]

강윤의 난감해하는 모습에 류양 이사는 헛기침으로 민망함을 감췄다.

행사가 예정된 야외 무대는 누런 모래 먼지로 뒤덮여 한 치 앞도 보이지 않았다.

오픈 효과에 백화점 내부는 손님들로 북적댔지만, 밖은 조금이라도 빨리 안으로 들어오려는 사람들로 북새통이었다.

"리, 리스. 우리 저기서 노래해야 해?"

"서, 설마."

사장님이 저 무서운 곳에 서게 만들까?

그럴 일은 없다고 생각했지만, 설마 하는 생각에 에일리정과 크리스티 안은 진저리를 쳤다. 수년의 가수 생활로 잔뼈가 굵은 몸이었지만 저런 먼지 구덩이 속에 서고 싶은 마음은 눈곱만큼도 없었다.

모두가 설 수 있다, 없다 의견이 분분할 때 정민아가 나섰다.

"기다리자. 사장님이 설마 우리 나쁜 거 시키겠어?"

시끌시끌하던 멤버들은 그녀의 말에 잠잠해졌다.

항상 최선의 선택을 했던 강윤이었다. 가수를 먼저 생각하는 그였지만…… 저 무대에 자신들을 세운다면 그럴 만한 이유가 있을 게 뻔했다.

한편, 생각에 잠긴 강윤은 손으로 눈을 가리며 한숨을 쉬었다.

'저런 무대에 우리 애들을 세울 순 없어.'

강윤은 고개를 흔들었다. 아무리 무대가 필요해도 저 무대에 에디오스를 세운다는 건 말이 안 됐다.

'이대로 갈 수는 없어. 류 이사의 체면도 생각해야 하고…… 무대를 옮기자. 잠깐. 다른 가수들은 어디 갔지?'

시간이 흘러감에도 다른 가수들이 보이질 않았다. 이상한 기류를 느낀 강윤은 류양 이사에게 물었다.

[무대를 옮기는 게 좋겠습니다. 그런데 다른 분들이 보이질 않는군요.]

[그게…… 다들 사정이 생겨서…….]

류양 이사는 어두운 얼굴로 머리를 긁적였다.

'우리마저 없었으면…… 행사가 아예 취소됐겠군.'

백화점 오픈 행사였다. 황사라는 이유가 있다 해도, 오늘 일이 잘못된다면 류양 이사에게 책임이 떨어질 게 분명했다.

강윤은 차분히 말을 이어갔다.

[백화점 안이라면 가능할 것 같습니다.]

[음…… 바깥은 무리입니까?]

류양 이사가 혹시나 하는 마음에 다시 물었지만, 강윤은 고개를 흔들었다.

[힘듭니다. 무리하게 밖에서 무대를 강행했다간 항의가 빗발칠 게 뻔합니다. 저희 애들에게도, 관객들에게도 최악이라고 생각합니다.]

[하긴…….]

점점 짙어지는 황사를 보며 류양 이사는 한숨을 내쉬었다.

[……알겠습니다. 하지만 조명이나 스피커나…….]

[조명은 포기해야죠. 스피커는 뗄 수 있지요?]

[잠시만요.]

류양 이사는 뒤에 있는 직원들에게 설비에 대해 물었다.

[시간이 조금 걸려도 옮길 수는 있다는군요. 그리고 그, 가수가 듣는 스피커? 그것도 이동이 가능하답니다.]

이미 설비를 어느 정도 예상했던 강윤은 고개를 끄덕였다.

[설비는 해결됐고, 장소가 문제군요. 어디…….]

강윤은 주변을 둘러보다가 로비 중앙의 에스컬레이터가

있는 곳을 가리켰다. 옆으로는 넓은 공터로, 위로는 전 층이 트여 있어 많은 사람이 눈에 확연히 들어오는 곳이었다.

[저 자리에서 무대를 펼쳐도 되겠습니까?]

[저기라면…… 사람이 많이 붐벼서 보안요원들이 필요하겠군요.]

[번거롭더라도 부탁드립니다.]

[……그러지요. 아, 이 사장. 그…….]

류양 이사는 뭔가를 말하고 싶은지 머뭇대자 강윤은 다 안다는 듯, 미소를 지었다.

[다른 가수 몫까지 최선을 다하겠습니다.]

[……오늘 일은 꼭 보답하지요.]

알아서 고민을 해결해 주는 강윤의 답에 류양 이사의 표정이 조금 밝아졌다.

갈 길이 정해지자 모두가 분주해졌다.

야외 무대에서 큰 스피커 두 대와 모니터 스피커들이 로비 중앙으로 옮겨졌고, 이어 큰 믹서와 무선 마이크 6대가 설치되며 로비 중앙에 작은 무대가 만들어졌다.

[저기 뭐야?]

[오늘 오픈 행사 저기서 한대.]

[취소하는 거 아니었어?]

초대받은 가수들이 모두 갔다며 실망하던 사람들은 다시 공연이 열린다는 소식을 듣고 로비 중앙으로 몰려들기 시작했다.

보안요원들의 안내하에, 사람들은 동그랗게 무대를 둘러싸고 자리를 잡아갔다.

1층 로비의 직원 대기실.

에디오스 멤버들은 메이크업을 하고 노래도 맞춰보며 공연 준비를 서두르고 있었다.

정민아가 자신의 솔로곡 안무를 연습하느라 한 팔로 체중을 지탱하는 게 신기했는지 에일리 정은 눈을 빛냈다.

"민아 춤은 서커스 같아."

서커스라는 말에 정민아는 벌떡 일어나더니 에일리 정의 이마에 손가락을 튕겼다.

"아얏!!"

"……피에로라 그러지그래?"

"그…… 너, 너무 잘하니까 그런 건데?"

에일리 정이 울상을 지었지만 정민아는 매정하게 돌아서버렸고, 이를 지켜보던 다른 멤버들은 깔깔대며 웃음을 터뜨렸다.

대기실은 시끌벅적했다.

한주연은 노래 연습을, 크리스티 안과 서한유는 목소리를 맞춰보며 마지막 점검을 서둘렀다.

주어진 시간은 무려 1시간.

마치 작은 콘서트같이 되어버렸기에 솔로곡을 비롯해 듀엣, 중국 유명 가수의 노래까지 적절히 섞었고, 준비에 구슬땀을 흘렸다.

그렇게 모두가 준비를 마쳤을 때, 문이 열리며 스태프가 시작을 알렸다.

[무대 준비 끝났습니다.]

[네, 금방 가겠습니다.]

곧 가겠다고 이야기하고는 강윤은 모두를 불러 세웠다.

"항상 말하지만……."

"내가 다~~ 책임질 거니까, 실수해도 괜찮다고요?"

정민아가 말을 가로채자 강윤은 순간 말문이 막혀 버렸고, 에디오스 멤버들은 웃음을 터뜨렸다.

"사장님은 다 좋은데 레퍼토리가 똑같아."

"그니까."

강윤이 민망해하는 가운데 크리스티 안과 한주연이 쿡쿡 대며 웃었고, 이삼순이 허리에 손을 올렸다.

"야야, 그만들 해. 자꾸 그러다 사장님이 나 몰라라 하면 어쩌려고."

모두가 웃음을 터뜨리는 가운데, 강윤은 어깨를 으쓱였다.

"됐다, 됐어. 실수나 하지 마라."

강윤이 툴툴대며 손을 내밀자 그 위에 에디오스 멤버들의 손이 쌓였다.

"아듀."

"아리에스, 에디오스!!"

강윤의 목소리에 맞춰 모두의 손이 하늘로 높이 올라갔다.

신사동 가로수 길의 중앙에 자리한 카페, Zunn.

커피 맛은 평범했지만 시도 때도 없이 연예인이 출몰해서 항상 팬들로 인산인해를 이루는 유명한 카페였다.

그런데, 오늘은 더 특별했다.

'저기 봐, 저기~!! 주아야, 주아!!'

'대~ 바악. 사인받아야지!!'

'잠깐 있어봐. 저기 심각한 것 같은데?'

창가 구석에 앉은 비니를 쓴 여인, 주아가 있었다.

연예인 중의 연예인이다, 진짜 스타다 등등. 팬들은 호들 갑을 떨며 쑥덕대기 바빴다. 하지만 누구도 쉽게 접근하지 못했다. 이유는 단순했다.

"뭐라고? 고작 그딴 이유로 그룹을 엎어?"

"……네."

주아는 잔뜩 성이나 있었다. 주변에 수많은 사람이 있었지만 그녀는 거침이 없었다.

반면, 맞은편에 앉은 여자의 목소리는 점점 작아져 갔다. 그녀, 후배 강세미는 커피가 식어가도록 고개도 들지 못했고, 그 모습에 주아는 한숨만 토해내며 애꿎은 주먹만 쥐락 펴락했다.

"하여간. 있을 때나 잘하지……. 갑자기 진서 같은 연기자를 키운다니?"

"그러니까요. 저 걱정돼서 죽겠어요. 정말 연기 같은 건 해본 적도 없는데……."

"아, 머리 아프다. 진서는 애초에 연기밖에 관심이 없던 앤데…… 강윤 오빠가 사람을 잘 본 거지…… 하, 진짜. 원 사장 그 사람, 감각 꽝이네, 꽝, 꽝!! 코스프레라도 하고 싶나?"

"……그렇잖아도 요새 회사에서도 그런 말들 돌아요."

고개를 힐끔힐끔 돌리며 강세미는 작게 중얼거렸다.

스타타워 매각 이후 MG엔터테인먼트의 자금 사정은 나아졌지만, 연예인들에게 혜택은 전혀 돌아가지 않고 있었다. 오히려 회사 기반을 제대로 다시 쌓아야 한다는 명분으로 이전보다 스케줄이 더 빡빡해지고 있어서 연예인들이나 연습생들의 신뢰도는 바닥으로 치닫고 있었다.

주아는 고개를 흔들다 다시 물었다.

"……에휴, 그래서 앞으로 어떻게 하려고?"

"……이젠 더 못 참겠어요. 프로필 여기저기 넣어봐야죠. 지금까지는 MG 연습 시스템 믿고 버텨봤는데…… 정작 중요한 데뷔 때 이러면 더 있을 이유가 없잖아요."

"그건 그렇지."

"선배님도 데뷔할 때 이랬어요?"

주아는 단호하게 고개를 흔들었다.

"그랬겠니? 그랬으면 진작 때려치웠지. 나 때는 원 회장님이 꽉 잡고 가서 그런 걱정은 한 적이 없었어. 노래하다가 너, 연기해. 이런 말을 듣는다? 상상도 못 했지."

"……아, 아, 아!! 모르겠어요."

혼란스러운 마음에 마구 고개를 흔드는 강세미에게 주아는 차분한 어조로 말했다.

"진서도 연습생 때 회사에서 가수가 되라고 강요한 적이 있었어."

"아, 맞아. 그랬었죠?"

"응. 진서가 그랬는데, 그런 일을 겪으면 필요한 건 두 가지래."

"……두 가지요?"

소녀처럼 눈망울을 빛내는 강세미에게 주아는 몸을 가까이 내밀었다.

"하나는 내가 생각하는 게 옳다는 확신."

"확신. 그리고요?"

"다른 하나는 그런 나를 믿고, 지원해 주는 회사."

"아……."

당연한 이야기였지만, 강세미의 눈은 초롱초롱 빛났다. 커피를 홀짝이며 주아는 담담히 말을 이어갔다.

"나도 전적으로 같은 생각이야."

"……."

침묵 속에서, 강세미는 선배의 조언을 몇 번이고 되새겨 갔다.

♪ ♪♩♩ ♪♬♬ ♩ ♪

백화점 1층 로비 중앙에 작은 무대가 만들어졌다.

몸에 붙는 붉은 무대 의상을 입은 여자들의 모습에 쇼핑을 즐기던 사람들이 하나둘씩 몰려들었다.

[아듀, 아리에스, 에디오스!! 닌하오, 에디오스입니다.]

사람들에게 에디오스의 인사가 퍼져 나갔고, 로비의 음악이 작아지며 조명이 은은해졌다.

[…….]

'쟤들은 뭔가?'라며 사람들이 고개를 갸웃했지만, 서한유는 동요하지 않고 마이크를 들었다. 멤버들 중 가장 중국어에 능숙한 그녀의 운명이었다.

[안녕하세요. 저희는 한국에서 온 에디오스입니다.]

[…….]

[한국에서 여러 무대를 서봤지만, 관객분들과 이렇게 가까운 거리에서 호흡을 하니 마음이 많이 떨려오네요.]

맑은 목소리로 이야기를 이어갔지만, 사람들의 반응은 생각만큼 신통치 않았다. 하지만 서한유는 계속 멘트를 이어갔고, 이건 아니라는 걸 느낀 강윤은 신호를 보냈다.

'멘트는 짧게.'

강윤의 신호를 알아챈 정민아가 서한유의 귓가에 속삭였다.

'멘트 짧게 하자.'

'네.'

서한유는 말을 끊고, 바로 곡 소개에 나섰다.

[먼저 타이틀곡, '우리 이야기'를 들려드릴까 해요. 모두 함께 즐겼으면 좋겠습니다.]

사람들의 뚱한 반응 가운데, 모두가 대열에 맞춰 섰다.

[어? 이거 그거다.]

[아, 이 노래.]

전주가 흐르자 젊은 관객들이 반응을 보이기 시작했다. 일주일 만에 음원 차트 10위권에 진입한 곡의 위엄이었다.

서한유가 중앙으로 나와 마이크를 잡았다.

−某一天突然−− 成为了傍晚−−−− 和你一起去的公园
−−(어느 날 문득 떠올랐어−− 늦은 저녁 너와 함께 갔던 공원−)

그녀의 목소리에 사람들이 밝은 표정으로 반응했고, 그 반응에 어울리는 하얀빛이 무대를 휘감아 갔다.

'흠……'

엔지니어 옆에서 무대를 지켜보던 강윤의 눈매가 가늘어졌다. 이제 하얀빛은 당연했다. 빛이 일렁이며 변화의 조짐도 보였지만, 아직 은빛으로 변화할 정도는 아니었다.

'흠……'

물론 하얀빛의 힘도 무시할 수 없었다. 점차 무대 앞의 사람들이 '우리 이야기'를 따라 부르고, 손도 흔들며 어우러지고 있었다.

'그래, 이 곡이 전부는 아니니까.'

팔짱을 끼며 강윤은 순항하는 무대를 지켜보았다.

정민아를 중심으로 모두의 군무가 하나로 모이고 있었다. 쉽게 보기 힘든 칼군무와 라이브 무대에 사람들은 천천히 빠져들었다.

그렇게 무대가 진행되어 갔다.

하얀빛의 향연이 계속되면서 무대 중간 사람들도 손을 들며 무대를 즐기기 시작했다. 하지만 여전히 2층이나 무대 뒤편은 암흑지대였다.

그런 가운데, 에디오스가 부르는 중국 가수의 발라드, '愛煙(사랑 연기)'이 끝났다.

[감사합니다.]

[와아아--]

6명이 부르는 발라드가 다르게 들려왔는지 사람들은 박수와 환호를 보냈다.

무대의 중반이 지나갔다.

밝은 노래에서 발라드까지. 사람들의 반응은 괜찮았지만 아직 결정적인 한 방이 부족했다.

이젠 분위기 전환이 필요한 시간이었다.

그런 때에 박수를 받으며 에디오스 멤버들은 퇴장했고 정민아만 무대에 남았다.

'휴식 시간인가?'

'뭐야?'

사람들이 의아한 시선을 보낼 때, 강윤은 무대 위의 정민아에게 빨간 비니를 던져 주었다.

"민아야."

난데없이 날아온 빨간 비니에 사람들이 웅성거렸다. 그러나 정민아는 아랑곳하지 않았고, 비니를 쓰자 이전의 활달한 여대생 같은 느낌은 사라지고 성숙한 여성의 느낌이 풍겼다. 사전에 다른 멤버들과 달리 긴 스키니를 입은 준비도 한 몫을 차지했다.

'뭐지?'

사람들이 웅성대는 가운데, 음악이 흘렀다. 그녀의 솔로곡, 'Hot Smile'이었다.

-Do it, do it--

스텝을 밟아가며, 정민아는 팔을 바닥에 데며 물구나무를 선 채 다리를 90도로 굽혔다.

[으헉!!]

[저, 저거 뭐야?!]

관객들의 눈이 휘둥그레졌다. 지금까지 중국에서 비보잉을 선보인 여가수는 없었다. 아니, 남자 가수도 드물었다. 사람들 모두가 몸을 자유자재로 꺾으며 몸을 흔드는 정민아의 모습에 입을 벌렸다.

찡긋.

정민아는 윙크를 날리며 몸을 앞뒤로 왔다 갔다 하는 인디언 스텝을 밟아갔다. 그리고 몸을 낮춰 무릎으로 한 바퀴 돌더니 다시 일어나 백스핀을 돌았다.

분위기가 급반전했다.

[와아아---!!]

관객들의 환호에 맞춰 빛이 강하게 일렁였다. 강윤의 눈에도 은빛이 조금씩 모습을 드러내기 시작했다.

'좋아.'

이 분위기를 타야 했다. 사람들을 끌어들이기 위해 강윤은 엔지니어에게 볼륨을 조절해 줄 것을 요청했다. 곧, 미세하게 볼륨이 조절되며 은빛이 화려하게 빛을 발했다.

-Eh eh eh eh eh----

자유자재로 몸을 꺾는 정민아의 춤사위가 사람들을 강하게 매료시켰다.

무대 앞은 물론이고, 뒤편의 사람들까지 소리를 질렀고, 2

층, 아니, 3층에서도 무대를 보기 위해 사람들이 계속 몰려들었다.

은빛의 무대는 사람들을 하나로 만들며 절정으로 향해갔다.

−난 이미 원해−− 이 순간 이 느낌 이대로−−

정민아의 무대로 치솟은 분위기는 사람들을 강하게 사로잡았다.


그로부터 3시간 뒤.

중국의 튠이라고 불리는 동영상 전문 사이트, 요우켄(Youken)에 '에디오스 정민아 독무대 − 하야스 베이징점'이라는 이름의 동영상이 올라왔다.

−Eh eh eh eh eh−− 내 가슴을 뛰게−−

웨이브는 기본이요. 온몸을 자유자재로 꺾어대는 여가수의 무대는 사람들을 경악하게 만들었다.


−서커스다.

−한국 가수들은 이젠 무공을 배워 옴?

−미쳤다. 미쳤어.


사람들의 반응은 폭발적이었다.

올린 지 1시간도 안 돼서 음악 챕터 베스트를 찍더니, 2시간이 지나자 투데이 베스트에 드는 기염을 토했다. 더 시간이 흐르니 주간 베스트 조회수까지 넘보는 지경에 이르렀다.

입소문이 났는지 조회수는 기하급수적으로 늘어나고 있

었다.

　-에디오스? 얘들 노래 좋아요.
　-디제이 치셰이 괜찮음. 거기 클럽 물도 좋고.
　-한국에서 온 가수들 실력은 다 괜찮음. 얘들 소속사가 峨鞎(아만)
에 비교됨.

　중국의 거대 기획사, 아만과 비교까지 하며 사람들은 에디
오스가 누구인지 이야기했다. 음원 차트 8위라는 사실과 멤
버로 디제이 치셰이가 있다는 이야기까지, 여러 가지가 복합
적으로 작용해 사람들의 호감이 기하급수적으로 늘어갔다.
　특히 여성들의 호감이 급격히 증가했다.

　-완전 예쁨!! 최고, 최고!!
　-실력은 어떻고? 아…… 완전 반했어!!

　특히 정민아에 대한 팬심은 상상을 초월했다. 남자도 추기
힘든 비보잉을 자유자재로 소화하는 것이 주요했다. 당장 연
습부터 해야겠다며 그녀의 노래를 따라 하는 영상까지 만들
어지고 있었다.
　요우켄을 시작으로 에디오스에 대한 열풍이 불어닥쳤다.
그와 함께 포털 사이트, 에디오스 팬 페이지, 심지어 한국 에
디오스 팬 페이지까지 마비될 지경에 이르렀다.
　하야스 백화점에 다녀온 지 이틀째. 강윤은 모두에게 지시

를 내렸다.

"툰에 올렸던 에디오스 영상 자료들, 요우켄에도 업로드해 주세요."

요우켄에 그동안 업로드하지 않았던 자료들을 풀었다. 물이 들어올 때 노도 저어야 한다고, 사람들에게 '에디오스란 이런 가수다'라는 걸 보여주기 위함이었다.

인터넷을 중심으로 사람들이 요동치자 방송사들도 함께 동요했다.

[안녕하십니까? 한소 방송국 PD…….]

[안녕하세요? MNH 작가, 용화성이라고 합니다. 이번에 '달려라 만리장성'이라는 프로그램에 섭외하고 싶어서…….]

음악 방송뿐만 아니라 예능, 화보 촬영 등 여러 곳에서 섭외가 들어왔다. 막상 방송은 '가왕 TOP 5'에 한 번 나간 게 전부였지만 어떻게 된 건지 출연 요청이 쇄도했다.

그렇게, 에디오스의 이름이 천천히 대륙을 요동치기 시작했다.

**2화**
취임, 그리고 지각 변동

다사다난하던 4월이 가고, 5월이 왔다.

중국에서 에디오스가 파란을 일으키는 동안, 한국에서도 그들의 빈자리를 메우기 위한 전쟁이 계속되고 있었다.

하지만 에디오스나 다이아틴의 빈자리를 메우는 일은 생각만큼 쉽지 않았고, 지금도 그 자리를 메우기 위한 가수들의 노력은 계속되고 있었다.

하지만 이번에는 달랐다. 수확의 달을 노리며 예랑의 윙클과 GNB의 페이션이 나란히 컴백하면서 한국 가요계도 변화의 조짐이 보이고 있었다.

오렌지빛 조명 아래 두 그룹의 기획사 사장 GNB의 한영숙과 예랑의 강시명은 나란히 앉아 술잔을 기울이고 있었다.

"……공교롭게도 말을 못 맞췄네요."

한영숙 사장은 담배 연기를 내뿜으며 쓴웃음을 지었다.

"그러니까요. 이번만 양보해 주시면 가을에는 양보해 드린다니까."

강시명 사장도 잔을 흔들며 쓴웃음으로 응수했다. 그러자 한영숙 사장은 체념한 듯, 어깨를 늘어뜨리곤 그의 빈 잔을 채워주었다.

"후우, 생각해 보면 두 회사 모두에게 이번 시기는 포기하기 힘들긴 했죠. 에디오스, 다이아틴도 없고 5월까지 왔으니. 아쉽긴 해도 무리긴 했어요."

"그렇긴 하죠. 아쉽긴 합니다만…… GNB엔 나엘도 있고, 트위스텔도 있으니깐요."

"그러는 강 사장님도 드라마 제작사가 건재하잖아요?"

늘어진 고무줄 같다가도 금방 팽팽해졌다. 대형 가수끼리는 컴백 시기를 맞추는 게 정석이건만, 이번만큼은 그게 쉽지 않았다. 그만큼 적기였으니까.

그걸 알기에 한영숙 사장은 소모전을 관두고 화제를 돌렸다.

"……이번에 월드 소식은 들으셨어요?"

강시명 사장은 순간 표정이 일그러졌지만, 이내 얼굴을 폈다.

"이강윤이 회장에 취임한다지요? 들었습니다."

"그 사람, 참 물건은 물건이네요. 월드 소속 팀들이 자회사로 독립했다는 이야기를 들었을 때, 짐작은 했었는데…… 결국 그렇게 됐네요."

한영숙 사장은 묘한 얼굴로 잔을 들었다. 인정할 건 인정해야 했다. 무려 엔터테인먼트계의 두 번째 회장 탄생이 임박했으니까.

이것이 의미하는 바는 컸다. 게다가 상장도 하지 않고 회장을 칭한다니. 그만큼 회사 규모에 자신이 있다는 말이었다.

그 말에 강시명 사장의 입가가 뒤틀어졌다.

"……곱게 그런 자리를 줄 순 없죠."

한영숙 사장의 눈가가 꿈틀댔다.

그러고 보니 강시명 사장과 이강윤의 사이는 좋지 않다는 건 업계 사람이라면 모두가 다 잘 아는 사실이었다.

"뭔가 들은 소식이라고?"

"과연, 어떨까요?"

묘한 이야기에 한영숙 사장의 얼굴도 기묘해졌다.

'남자의 질투가 더 무섭다더니.'

그가 이강윤을 싫어한다는 거야 잘 알고 있었지만 이 정도일 줄은 생각하지 못했는데…….

"……전 모르겠네요. 월드 클래식? 그 공연 기획하는 쪽이 어떻게 되는지 보고 생각해 봐야겠어요."

한영숙 사장이 보다못해 뭔가 이야기를 꺼내려 할 때, 옆에서 인기척이 들려왔다.

"별 볼 일 없을 겁니다. 최경호같이 나이 든 사람이 공연 기획이라니요."

두 사람이 돌아보니 MG엔터테인먼트의 원진표 사장이었다. 두 사람과 약간 떨어진 위치에서 홀로 술잔을 기울이고 있었다.

"잠깐 끼어도 되겠습니까?"

"죄송하지만 오늘은……."

"물론입니다."

한영숙 사장이 거절을 하려는데, 강시명 사장이 승낙했고, 원진표 사장은 강시명 사장 옆에 자리를 잡았다.

'저런 사람하고는 엮이면 안 되는데.'

이빨 빠진 호랑이 MG. 아직은 저력이 있었지만 사장이 문제였다. 원진표 사장이 있는 한, 한영숙 사장은 MG에는 희망이 없다고 생각하고 있었다.

각자의 생각을 가진 채, 세 사람은 잔을 부딪쳤고 원진표 사장이 이야기를 꺼냈다.

"……이강윤, 그놈은 속을 알 수 없던 놈입니다. MG에 있을 때부터 그랬습니다. 가수를 위한다는 핑계로 월권을 하는 건 기본이고, 직원들 말은 개똥으로 알며 밀어붙일 줄만 알았죠. 각종 비열한 수로 민진서를 빼갔고, 마지막엔 스타타워까지……."

원진표 사장의 이야기를 듣는 한영숙 사장은 기가 막혔다.

'이강윤이 뺏은 게 아니라 MG가 놓친 거지.'

그런데 그녀의 생각과는 다르게 강시명 사장은 그의 편을 들어주었다.

"이강윤 그놈이 그렇습니다. 독단적이고, 야비하죠. 업계 질서도 마음대로 흐트러뜨리지 않습니까."

"맞습니다. 이츠파인? 그것 때문에 회사들이 말이 많았잖아요? 자기 말은 다 옳고, 다른 사람들은 다 등신들인…… 퉤."

가수들 사정은 더 좋아졌는데도 전혀 다른 이야기를 늘어놓으며 두 남자는 의기투합했다.

월드엔터테인먼트의 행보에 어떻게 대응할지 논의하려는
자리가 변질되는 건 순식간이었다.

'남자들이 찌질하게.'

한영숙 사장은 담배를 비벼 끄며 자리에서 일어났다.

"벌써 일어나십니까?"

술기운에 얼굴이 붉어진 강시명 사장이 묻자 한영숙 사장
은 이전보다 더 밝은 미소를 지었다.

"죄송해요. 급한 일이 생겨서 가 봐야 할 것 같네요."

"이강윤 일은 어떻게 하실……."

"사장님들 결정되시면 이야기해 주세요. 전 바빠서……."

원진표 사장의 말을 끊어버린 후, 한영숙 사장은 가방을
챙겨 들고 밖으로 빠져나왔다.

그녀의 뒷모습을 보며 원진표 사장은 입꼬리를 올렸다.

"여자와는 큰일을 도모하기 힘든 법이죠. 자, 한잔하실까요?"

"원 사장님과 이리도 마음이 통할 줄은 생각도 못 했습니
다. 후후, 이제 진짜 이야기를 해볼까요?"

그녀가 간 이후, 두 사람은 자리를 옮겨 의기투합했다.

올해도 골든위크에 풀로 스케줄을 소화한 이후, 인문희는
한국행 비행기에 올랐다.

"이번에 중요한 발표가 있어요. 꼭 와주세요."

이현지가 직접 연락을 해왔다. 그녀가 직접 연락을 해왔다면 보통 중요한 일이 아니었다.

궁금함과 불안함, 설렘을 안고 인문희는 나리타공항 출국장에 섰다.

[잘 쉬었다 와.]

[선물 사 올게요.]

[괜찮아.]

츠카사 프로듀서의 배웅을 받으며 인문희는 한국으로 출발했다.

인천공항에 도착해서 출국장을 두리번거리는데, 반가운 인물이 그녀를 기다리고 있었다.

"사장님?!"

인문희의 눈이 반가움에 휘둥그레졌다. 중국에 있다는 강윤이었다.

"오랜만이야."

"사, 사장님?!"

반가움에 인문희는 강윤에게 포옹을 하려 했다. 그런데 그를 끌어안기 전, 누군가가 성큼 다가서더니 인문희를 끌어안았다.

"언니, 오랜만이에요."

"아…… 어? 민진, 진서 씨?"

느닷없이 느껴지는 체온이 인문희를 당황스럽게 만들었다.

민진서와 이런 인사를 나눌 사이인가?

의문스러웠지만 그녀의 생글거리는 미소에는 당할 도리가

없었다.

"크흠, 차로 가자."

민진서가 왜 저러는지 아는 강윤은 헛기침을 하곤 앞장섰다.

'이럴 때라도 같이 있어야지.'

강윤의 바로 뒤에서 민진서는 떨어질 생각을 하지 않았다. 강윤이 그녀의 촬영장에 방문한 이후, 얼굴을 제대로 마주한 시간조차 없었던 후유증이라 그도 별말을 하지 않았다.

차에 올라 회사로 향하는 길에서도 대화는 계속되었다.

"에디오스 소식 들었어요. 1달 만에 뜰 줄은 생각지도 못했는데……."

"운이 좋았지."

"에이, 운이라니요. 다들 노력 많이 했다고 들었어요."

인문희의 말에 강윤은 멋쩍은 미소를 지었다.

데뷔 1달 만에 에디오스는 대륙에 이름을 널리 퍼뜨리고 있었다. 이 결과를 위해 모두가 얼마나 노력했을지, 인문희의 눈에도 선했다.

그녀의 반짝이는 눈빛에 강윤은 그녀의 머리를 비볐다.

"내가 아무리 바빠도, 누구 마중인데. 일본에서 그렇게 고생하는데."

"어어? 이러시면 곤란해요. 사장님 같은 분이 그러시면 설레요."

인문희가 부끄러운 척하며 강윤의 어깨를 툭 밀쳤다.

"실없는 소리 하긴. 요새 외로워?"

"아주 외롭죠. 일만 하고 사는데…… 아직 애인 모집 중이랍니다. 아, 연애하고 싶다."

"아직 만나는 사람 없어?"

강윤의 물음에 그녀는 장난스럽게 미소 짓고는 고개를 강하게 흔들었다.

"에이, 사장님. 너무 대놓고 물으시는 거 아니에요? 일본 남자들한테 몇 번 대시 받긴 했는데 영 아니었어요. 섬세한 매력은 있는데 과감함이 없어서 싫었어요. 와일드하고, 화끈한 사람이 좋은데……."

"그런 사람이 누가 있을라나."

그때, 앞 좌석에서 핸드폰을 만지작대던 민진서가 끼어들었다.

"선생님은 확실히 아니네요. 와일드한 분은 아니니까."

화제가 강윤 쪽으로 돌아가자 강윤은 멍해졌고, 인문희는 입을 가리고 웃었다.

"사장님? 사장님이면 최고의 남자죠? 남자지? 아…… 응. 그랬…… 죠? 아니, 그랬어."

"편하게 말씀하셔도 돼요."

"아하하하. 그랬지, 참."

이전에 다 말 놓기로 해놓고선…….

오랜만에 만난 게 어색했던 인문희는 머리를 긁적였다. 그래도 모든 여자의 공통 관심사, 남자 이야기에 모두가 귀를 솔깃했고 대화는 활기를 더해갔다.

강윤은 인문희를 경계하는 민진서가 귀엽게 느껴져 머리를 헝클어뜨렸다.

"너나 잘해, 너나."

"아야앗."

머리에 느껴지는 두툼한 손길에 민진서는 작은 소리를 흘렸다. 그녀가 강윤을 향해 작게 푸념을 했고, 강윤은 웃으며 받아넘겼다.

사이가 좋아 보이는 두 사람의 모습에 인문희의 눈이 장난스럽게 호선을 그렸다.

"오호라. 진서는 사장님 같은 사람을 좋아하는구나?"

느닷없이 인문희가 정곡을 찔러왔지만 강윤은 여유 있게 그녀의 말을 받았다.

"진서 나이도 있는데 그건 아니다."

"어? 선생님 같은 남자면 나이는 상관없는데요."

하지만 돌은 다른 곳에서 날아왔다. 민진서의 장난 아닌 장난에 강윤의 눈은 휘둥그레졌고, 인문희마저 예상외의 답에 눈을 껌뻑였다.

"하긴, 사장님 정도면……."

그때, 강윤은 시야에 들어온 월드 스튜디오를 가리켰다.

"문희야, 저기가 우리 회사야."

"아, 저기가요?"

화제가 전환되었다.

강윤이 가리키는 건물을 보며 인문희는 경악했다. 거리가 가까워질수록 건물은 거대해졌고 입구에 도착해서 건물을 올려다보니 높이가 어마어마했다. 이전의 작은 건물과는 비교가 되지 않았으니까.

"어? 민진서다!!"

"저 사람…… 유리야, 유리!!"

"이강윤이다!!"

입구에 몰려 있던 팬들이 강윤 일행을 발견하고 소리치자, 민진서는 자연스럽게 손을 흔들었다.

"와아아아───!! 민진서~!!"

이전에는 회사에 팬들이 몰려온 일이 거의 없었기에 인문희는 멍해져 눈을 껌뻑였다.

민진서가 팬들에게 손을 흔들어주는 가운데, 강윤은 모두를 이끌고 안으로 들어갔다.

엘리베이터를 타고 회의실로 향하니, 이현지가 그들을 맞아주었다.

"다들 오느라 고생했어요."

회의실에는 월드엔터테인먼트의 모든 직원이 앉아 있었다.

"희윤아, 현아야!!"

"언니이~!!"

인문희가 오랜만에 만난 가수들, 직원들과 회포를 푸는 동안 강윤은 이현지에게 눈을 돌렸다.

"별일 없었습니까?"

"아니요…… 라고 말하고 싶지만…… 없네요."

"그렇군요."

이현지의 장난을 가볍게 넘긴 강윤은 중앙에 자리를 잡고 앉았다.

중국에서 한창 활동을 하고 있는 에디오스부터 스캔들로 말썽은 일으켰지만 활발한 음악 활동으로 꾸준한 사랑을 받는 이현아와 하얀달빛, 이젠 가창력으론 손에 꼽을 정도가 된 김재훈, 히트곡 제조기라고 불리는 이희윤과 쌍둥이 자매를 비롯한 연습생들까지. 모두가 격 없는 대화를 나누고 있었다.

민진서와 월드엔터테인먼트를 이끌어가는 각 팀원들이 나누는 중국 연예계 이야기도 들려왔다.

"문희 씨, 올해 말에 도쿄 돔에서 콘서트 하는 거는……."

"희윤 언니, 저 이번 곡에……."

"선배니임～ 저두……."

그렇게 모두의 이야기를 듣고 있는데, 이현지가 강윤의 어깨를 가볍게 붙잡았다.

"회장님, 무슨 생각하세요?"

"아……."

"다들 기다리잖아요."

그제야 강윤은 주위를 둘러보았다.

잠시 멍해져 있던 탓일까. 주변은 잠잠해져 있었다. 모두의 눈이 자신에게 모여 있는 걸 보니 강윤은 괜스레 웃음이 나왔다.

"그럼, 시작해도 될까요?"

"네!!"

학생들에게나 들을 수 있을 법한 힘찬 답이 강윤의 어깨를 들썩이게 했다.

"바쁜데 모이게 해서 미안하고, 감사합니다. 모두 바쁜 와중에 이렇게 모이게 한 이유는 앞으로의 월드엔터테인먼트에 대해 이야기하기 위해서입니다."

모두가 침을 꿀꺽 삼켰다.

매니저들에게, 직원들에게 모두가 소식을 들어 알고 있었다. 팀들이 성장하는 과정, 회사로 독립하는 과정 등등. 강윤은 이 모든 과정을 전부 알리고 있었으니까.

오늘은 그 결실을 발표하는 순간이었다.

"앞으로 우린 새롭게 출발합니다. 가수를 담당하는 월드엔터테인먼트, 배우를 담당하고 드라마를 제작하는 월드 C&C, 공연 전문 기획사 월드 클래식, 그리고 음원 서비스 이츠파인. 각 팀장님들은 일어나 주십시오."

강윤의 말에 강기준과 최경호, 전형택이 자리에서 일어났다.

"정식으로 인사해 주십시오. C&C를 담당할 강기준 사장님, 클래식의 최경호 사장님, 그리고 이츠파인을 담당해 줄 전형택 상무님입니다."

강윤의 소개에 모두가 박수와 환호를 보냈다.

이미 모든 직원은 자리 배치를 마쳤고, 경력에 맞는 보상과 보너스까지 돌아갔다. 팀장들은 공식화만 안 됐지 사실상 CEO나 다름없었고.

대표로 최고 연장자인 최경호가 마이크를 들었다.

"……제가 월드로 스카우트되기 전, 사장님이 약속하신 것이 있었지요."

모두가 궁금한 표정을 짓자, 최경호는 강윤을 향해 미소를 지었다.

"외부의 압력으로 사람을 포기하지 않는다는 약속이었죠. 공연이라는 게 여러 가지 요인들 때문에 엎치락뒤치락하거든요."

"……."

"사장님은 그 약속을 지키셨습니다. 여기 계신 누구 하나 외부 압력에 노래나 연기하는 걸 포기하지 않았고, 이번 에디오스 콘서트 일에서도 마찬가지였습니다. 외부 문제로 공연장 계약이 취소되었을 때도 사장님은 누구 하나 포기하지 않고, 일을 해결했죠. 부정한 수단도 쓰지 않고……."

최경호의 담담한 말에 모두가 빠져들고 있었다. 잠시 말을 멈춘 최경호의 눈이 빛났다.

"그런 분이라면, 회장 자리에 어울리지 않겠습니까? 그렇지요?"

"네에!!"

"!!!!!"

최경호와 이현지가 눈을 맞추며 씨익 웃는 가운데, 모두의 시선이 강윤에게 쏠렸다.

'이사님도 참.'

모두에게 인정받는 회장.

강윤은 이현지를 바라보며 어깨를 으쓱였다.

모두의 인정을 받는다는 명분.

그녀가 만든 시나리오가 뻔히 보였으니까.

"이런 식으로 아부하셔도 추가 수당은 없습니다만……."

"하하하하."

강윤이 가벼운 농담으로 분위기를 환기하자 회의실 안에

는 작은 웃음보가 터졌다.

잠시 후, 웃음소리가 잦아들자 강윤은 자리에서 일어나 고개를 숙였다.

"식구들 앞에 가장 먼저 인사드리게 돼서 기쁩니다. 정식으로 인사드립니다. 월드 스테이션의 회장이 된 이강윤입니다."

"와아아아아아————!!

강윤의 선언에 모두가 크게 박수를 치며 환호성을 질렀다.

'힘드네.'

후끈 달아오른 회의실을 바라보니 이현지는 큰 산을 하나 넘은 듯한 기분을 느꼈다. 자회사 설립 문제, 회장 취임 문제 등 남모르게 속을 많이 썩어왔기에 누구보다도 이 순간이 가장 기뻤다.

그녀와 잠시 눈을 마주한 강윤은 다시 사람들에게로 눈을 돌렸다.

"그동안 모두 한마음으로 달려온 덕에 작은 2층 건물은 스타타워라는 거대한 사옥이 되었고, 월드엔터테인먼트는 월드 스테이션으로 다시 태어날 수 있었습니다. 제가 이 자리에 서서 회장이라는 거창한 타이틀을 달 수 있었던 것, 전적으로 여러분 덕분입니다. 모두의 노고에 감사드립니다. 앞으로도 힘차게 달려봅시다."

"우오오오오!!!"

짧은 축사가 끝나자, 다시 한번 박수와 환호가 터져 나왔다.

단순히 월급만을 위해 일해온 회사가 아니었기에 모두가

한마음으로 외칠 수 있었다. 일은 고됐지만, 합당한 보상이 따랐고, 성취 동기도 분명했기에 가능한 일이었다.

한국 가요계를 대표하는 기획사 월드 스테이션과 원진문 회장 이후, 다시 나오기 힘들 거라는 엔터계의 회장이 취임하는 순간이었다.

회의실에 강윤의 이름이 퍼져 가는 가운데, 그는 다시 사장들에게로 눈을 돌렸다.

"사장님들은 자리에서 일어나 주십시오."

손을 들어 사람들을 잠잠하게 한 강윤은 문 비서에게 미리 준비한 것들을 가져와 달라고 부탁했다.

곧 그녀는 강윤에게 4개의 작은 박스를 직접 사장들에게 전해주었다.

"이건……?"

"뜯어보세요."

사장들이 박스를 풀자 작은 카드 뭉치들이 나왔다.


「WORLD C&C CEO 강기준(Kang Ki June)」


"!!!!"

새로운 직위에 맞게 제작한 명함이었다. 사장들이 기뻐하는 얼굴로 명함을 만지작거릴 때, 강윤은 직원들에게로 눈을 돌렸다.

"모두에게 직접 명함을 전달해 드리고 싶었지만…… 시간 관계상 사장단만 직접 드립니다. 양해를 부탁드립니다."

이후, 사내 창립기념식 겸 취임식은 계속 진행되었다.

광고 시간에 이현지는 열흘 뒤, 외부 인사를 초청해서 창립 기념 파티를 개최한다는 말을 전하며 가수들의 스케줄도 가급적 뺄 것이라고 전했다.

이어 최경호와 강기준을 비롯한 사장단이 직원들의 배치를 이야기하며 회의는 끝났다.

마지막 말은 강윤이 장식했다.

"……자, 이 시간 이후로 우리는 월드 스테이션의 직원들입니다. 하는 일은 달라도 이 사실을 기억하고 최선을 다해 주십시오. 제가 앞장서겠습니다."

"예!!"

직원들과 연예인들의 힘찬 목소리가 퍼져 나가는 가운데, 강윤이 갑자기 뭔가 떠올랐는지 손가락을 튕겼다.

"아, 맞다. 제일 중요한 걸 빼먹었군."

"에?"

사람들이 고개를 갸웃하는 가운데 강윤은 입꼬리를 올렸다.

"이번 달에 창립 기념 보너스가 입금될 겁니다."

"와아아아----!! 보너스!! 회장님~!! 회장님!!"

지금까지와는 비교도 할 수 없는 엄청난 외침에 회의실은 뜨겁게 달아올랐다.

월드엔터테인먼트의 내부 창립기념식을 마친 후.

리뉴얼 작업이 시작되었다. 홈페이지부터 팬 페이지 등 밖에 보이는 모든 것이 교체되었다.

그 과정에서 '월드 스테이션'이라는 회사의 이름도 모두에게 공개되었다.

"월드 스테이션?"

"자회사 설립 소문만 무성하게 돌더니, 이제야 하나?"

리뉴얼이 빠르게 진행되었지만 팬들이나 업계 관계자들의 동요는 크지 않았다.

사전에 언론에 이야기를 흘렸고, 홈페이지나 팬 카페를 통해 공지를 해놓은 효과였다.

그러나 강윤이 회장에 취임한다는 소식은 전혀 없었기에 모두에게 큰 충격으로 다가왔다.


–엔터계에 드디어 회장이 나오다니…….

–40도 안 된 놈이 회장은 무슨 회장임?

–이강윤이면 괜찮지 않나요? 원진문 회장도 이강윤 실적은 못 따라감.

–윤슬이나 예랑, GNB면 말이 안 되는데, 월드라면 인정각임.

–10년도 안 된 회사에서 회장이 말이 됩니까?


찬성, 반대로 나뉘어 의견이 분분했다. 관심 없다는 사람은 소수였다.

기사가 나올 때마다 댓글란은 연일 토론이 벌어졌다. 월드 스테이션의 회장 탄생은 엔터 업계나 팬들에게 연일 기삿거리를 제공하고 있었다.

이런 영향은 영향력 인사들이 대거 모인 월드 스테이션 창립 파티에서도 이어졌다.

"와주셔서 감사합니다."

평소와 다르게 정장을 갖춰 입은 강윤은 정중하게 정부 인사들을 맞았다.

강윤 옆에 선 이현지도 거의 입어본 적 없는 고혹적인 드레스를 입고, 사람들의 시선을 한 몸에 받고 있었다.

"소문으로 들었지만 이사님이 정말 미인이시군요."

"감사합니다, 정진용 이사관님. 이사관님, 넥타이는 누가 골라주셨나요? 잘 어울리시네요."

작은 키였지만, 좋은 신체 비율을 가진 그녀에게 탄복하는 사람들을 맞는 이현지는 정부 측 사람들을 능숙하게 맞았고, 강윤은 연예계, 방송국 사람들을 상대하며 정신없는 시간을 보내고 있었다.

사장단 최경호나 강기준도 몰려드는 손님맞이에 손이 붓도록 악수하느라 정신이 없었다.

회장, 이사, 사장 모두가 손님맞이에 분주한 모습을 지켜보던 한주연은 질렸는지 고개를 휘휘 내저었다.

"……오늘은 사장님들이 주인공인 듯."

질투라도 하는 건지.

드물게 툴툴대는 언니의 반응에 서한유는 음료수 잔을 건네며 언니의 어깨를 감쌌다.

"에이, 우리가 저런 분들한테까지 인기 많으면 힘들잖아요."

"그건 그렇지만…… 에이."

"좋게 생각하자고요. 어라? 저 사람, 현아 언니 남자친구 맞죠?"

서한유는 손가락으로 이현아와 딱 붙어 있는 위진성을 가리켰다.

가뜩이나 기분이 좋지 않았던 한주연은 둘만의 시간을 즐기는 남녀의 모습에 안면을 구겼다.

"옆구리 시리게……. 나도 연애나 할까?"

"에에? 그거 진심이에요?"

서한유가 눈을 동그랗게 뜨자 한주연은 이내 체념했는지 고개를 떨궜다.

"농담이야, 농담. 농담!! 저번에 엿 먹은 걸로도 충분하거든?"

"……그렇죠?"

"……넌 모태솔로 생활이 좋냐? 딴 애들은 3년만 지나면 비밀 연애도 한다던데. 하여간, 이 군기반장."

한주연은 투덜대며 서한유의 머리를 마구 헝클어뜨리며 인상을 구겼고, 언니의 심술을 받아주며 서한유는 시선을 다른 곳으로 돌렸다.

그녀의 시선이 향한 곳에는 희윤과 피아니스트 계효민이 있었다.

"……아직도 믿기지 않아요. 계효, 효민……."

"언니라고 불러도 돼요."

"네. 어, 언니. 그…… 독주회를 우리 오빠가……."

예술가 특유의 다가가기 힘든 분위기에 눌렸는지 희윤은 목소리를 떨었다. 가수들과는 다른, 독특한 분위기에 말을 꺼내기가 쉽지 않았다.

천재 작곡가라는 희윤의 어리숙함이 귀엽게 느껴졌는지 계효민은 부드러운 얼굴로 입을 열었다.

"강윤 씨가 만든 독주회는 내 슬럼프를 날려 버렸죠. 나중에 생각해 봤는데, 강윤 씨는 무대에 서는 사람을 꿰뚫어 보는 눈을 가진 것 같아요."

"맞아요, 맞아. 진짜 보는 것 같은…… 저희 가수들한테도 그런 말 들었어요."

"그랬구나. 그나저나…… 그 월드의 뮤즈가 아주 미인이네요."

"언니도 미인이세요."

"입에 침은 바르고 하는 말이죠?"

"……진짠데."

가벼운 장난에 당황하는 희윤이 귀여웠는지 계효민의 입가에는 미소가 떠나지 않았다.

그때, 멀지 않은 곳에서 떠들썩한 여인들의 소리가 들려왔고, 희윤의 눈이 자연스럽게 돌아갔다.

"어? 저 가수는 티앤티 아닌가……?"

희윤의 말에 계효민의 눈도 김재훈과 대화하는 5명의 여인에게로 향했다.

"월드가 좋긴 좋은가 봐. 오빠 얼굴 완전 폈네, 폈어."

티앤티의 리더, 김효린은 김재훈의 볼을 꼬집으며 장난을 쳤다.

"오애마에 바오오서 보우더 자나?(오랜만에 봐놓곤 볼부터 잡냐?)"

"오빠 볼은 남자 같지 않게 야들야들해서 좋거든."

"……애 오이 오오이아오 애야?(내 볼이 소고기라도 되냐?)"

양 볼을 잡힌 김재훈이 투덜댔지만 김효린은 그의 볼을 늘렸다 줄였다 하며 함박웃음을 터뜨렸다.

자주 술자리를 가지는 가수들답게 티앤티와 김재훈은 매우 떠들썩했다.

힘겹게 김효린의 마수에서 벗어난 김재훈은 발갛게 달아오른 볼을 만지작대며 근황을 물었다.

"뭘 손이 이렇게 매워? 그건 그렇고, 결국 라우렐하고 재계약했다면서?"

그의 물음에 메인 보컬인 주정현이 답했다.

"그렇게 됐어요. 난 월드랑 계약하고 싶었는데……."

"정현아, 그래도 여잔 의리, 의리 아니겠어?"

"……의리가 밥 먹여주나?"

이민의 말에 주정현이 툴툴대자 그녀는 당황했다.

"그, 그건 그렇지만…… 자꾸 그러면 우리 사장님 운다고."

"됐다 그래. 민이 너도 월드 좋잖아?"

"그, 그게……."

어느새 자기들만의 수다에 빠져 접시 깨지는 줄 모르는 여인들을 두고, 김재훈은 슬금슬금 물러났다.

한편, 강윤은 정부 인사들을 뒤로하고 한 여인을 마주하고 있었다.

"축하드려요, 이 사장님. 내 정신 좀 봐. 이제 회장님이시죠?"

"하하하. 어서 오십시오, 한영숙 사장님."

GNB엔터테인먼트의 사장, 한영숙 사장과 악수를 나눈 강윤은 옆에 있던 잔을 권했다.

"감사해요. 오늘, 많은 분이 오셨네요."

"귀한 시간 내주신 분들입니다. 감사할 뿐이죠."

"저분들은 누구시죠?"

한영숙 사장은 강윤 뒤쪽에서 이현지와 잔을 기울이고 있는 정장 군단을 가리켰다.

"중국에서 오신 분들입니다. 바쁜 와중에 하야스 백화점과 시얀 백화점분들이시죠."

"잠깐, 그 두 업체면 서로 앙숙 아닌가요?"

한영숙 사장이 의문을 표하자 강윤은 미소를 지으며 답했다.

"앙숙이라기보단 라이벌에 가깝습니다. 선의의 경쟁을 하는 관계지요."

'그게 아닌 것 같은데…….'

강윤의 설명에도 한영숙 사장은 수긍하기 힘들었는지 고개를 갸웃했다.

많은 것을 알지는 못했지만, 대륙에서 순위권에 드는 유통업체, 하야스와 시얀이 으르렁대는 사이라는 건 잘 알고 있었다.

'하긴, 두 회사에게 동시에 PPL을 받을 정도라면 이런 장면이야……,'

한영숙 사장은 고개를 휘휘 저었다. 불편한 기색으로 잔을 부딪치는 외국인들을 볼수록 강윤의 수완이 놀라울 따름이었다.

주변을 돌아보니 일본어도 들려왔다. 저 멀리선 영어까지…….

거기에 정부 인사들, 한국에서 온 중소 기획사 사람들, 방송국 등등. 다양한 국적, 다양한 업계, 다양한 사람. '월드'라는 매개로 모인 많은 사람을 접하니, 한영숙 사장은 놀라움을 금치 못했다. 하지만, 한 가지 걸리는 게 있었다.

'그 사람들, 없네.'

묘한 생각이 들었다. 파티 시간은 중간을 넘어 끝을 향해 가고 있었지만, MG나 예랑의 사장단이나 직원들은 코빼기도 보이지 않았다.

남자답지 못한 졸장부라는 인식이 박힌 이들이었지만, 그래도 한 기업을 이끄는 사람들이 보이지 않으니 이상했다.

'시시한 사람들이니, 술이나 푸고 있겠지.'

질투에 눈이 먼 이들이었다. 더 이상 그들에게 에너지 낭비할 필요는 없다고 느낀 한영숙 사장은 강윤을 향해 잔을 들었다.

"월드 스테이션이라……. 어감이 참 좋네요."

"감사합니다."

맑게 잔 부딪히는 소리가 퍼져 나가고, 그녀는 말을 이어 갔다.

"월드의 저력이 놀랍네요. 일본, 중국…… 조만간 동남아시아도 가시겠죠?"

"아마도 그렇지 않을까요?"

"중국하고는 또 다른 곳이니까요. 그곳은 저희와 함께 하는 게 어떤가요?"

"하하하. 나중에 말을 맞춰보지요."

강윤의 시원한 답에 한영숙 사장은 미소를 지었다. 과연 그는 멈추지 않는 사람이라고, 무대를 개척하는 모습에 감탄하며 잔을 들었다.

샴페인을 비운 강윤이 화제를 돌렸다.

"이번에 들었습니다. 한 사장님이 이츠파인에 음원을 보내주셨다고. 덕분에 점유율이 많이 좋아질 것 같습니다. 감사드립니다."

"아니에요. 철저히 실리적인 판단이죠. 이츠파인이 서비스가 좋기도 하고 말이죠."

"그동안 기존 음원 서비스 업체들에게서 이츠파인에 음원을 제공하지 않는 대가로 특혜를 받아오지 않았습니까. 그걸 포기하고 와주신 것, 잘 압니다."

한영숙 사장은 그윽한 미소를 지었다.

MG와 예랑, 두 사장을 만난 이후, 월드와 좀 더 가까워져야겠다는 전략을 수립하고 소속 가수들의 음원을 이츠파인에 제공하기 시작했다. 그 효과가 나타나고 있었다.

"앞으로 저희 GNB와 월드가 잘 지낼 수 있으면 족해요."

"이를 말입니까."

"아, 전 요새 추만지 사장님이 부럽더군요."

윤슬과 월드 사이와 같이 굳건한 사이가 되고 싶다는 의미였다. 강윤이 그 의미를 모를 리 없었다.

"하하하. 그건……."

강윤이 답을 하려는데, 이현지가 급한 기색으로 다가왔다. 그녀는 한영숙 사장에게 묵례를 하곤 강윤에게 눈을 돌렸다.

"회장님, 이야기 중에 죄송합니다."

이현지는 강윤에게 잠시 다른 곳으로 이동하자고 손짓했고, 그는 한영숙 사장에게 양해를 구하고는 그녀와 함께 테라스로 향했다.

강윤은 이현지와 테라스에 나란히 선 후 물었다.

"무슨 일입니까?"

"좋지 않은 일이 생겼어요. 하……."

숨을 고르고, 고개를 몇 번 흔든 이현지는 차분히 말을 이어갔다.

"조금 전에 안 좋은 소식이 들려왔어요. MG와 예랑이 합병을 한다는군요."

"MG와 예랑…… 이 말입니까?"

강윤의 눈이 약하게 꿈틀댔다.

MG와 예랑의 합병. 두 기업이 모두 월드 스테이션을 적대한다는 건 업계에 파다하게 소문이 나 있었기에 결코 좋은 소식이 아니었다. 규모로는 월드에 미치지는 못했지만, 위협 요소로는 충분했다.

"……역시, 쉽게 가진 못 하는군요."

"그럴 듯해요. 회장님, 각오 단단히 하셔야 할 듯?"

이현지의 말에 강윤은 손가락으로 깍지를 끼며 주욱 뻗었다.

두두둑.

뼈마디 부딪히는 소리가 퍼져 가며 강윤은 자신만만한 얼굴로 하늘을 바라보았다.

"재밌게 됐습니다. 붙어보죠."

선선히 불어오는 바람에 머리칼을 휘날리며 두 사람은 다시 파티장 안으로 들어갔다.

월드 스테이션 창립 기념 파티가 한창인 시간.

포털 사이트 '세이스'에 한 기사가 파문을 일으키고 있었다.

[<단독>연예계 지형 변경 예고. MG, 예랑 합병한다.]

헬로틴트, 오르조 등이 속한 MG엔터테인먼트와 예랑엔터테인먼트가 합병한다.

MG엔터테인먼트의 원진표 사장은 예랑엔터테인먼트의 제작 노하우와 일본 시장에서의 사업 노하우 등을 공유하는 형식으로 전략적 파트너십 계약을 체결했다고 밝혔다. 예랑엔터테인먼트는 가수 윙클, 하지영 등과 제작사 예담이 소속되어 있다.

예랑엔터테인먼트의 강시명 사장은 직접 MG엔터테인먼트의 전통 있는 가수 육성 시스템을 극찬하며 '예랑의 시장 확장 노하우와 큰 시너지 효과를 낼 것이다'라고 전했다. 월드 스테이션을 견제해서 합병을 통해 규모를 키운 것 아니냐는 질문에 '합병은 시대를 위한 필수적인 선택'이라며 일축했다.

또한 원진표 사장과 강시명 사장은 나란히 공동대표에 취임하고, 공평한 지분으로 경영을 하기로 합의했다고 밝혔다.

두 대형 기획사의 합병이 월드의 독주가 예견되던 연예계에 어떤 영향을 가져올지 귀추가 주목된다.

그동안 관심에서 밀려났던 MG나 예랑이 검색어에도 오르내리고 있었다.

―초대형 기획사가 2개가 된 거야?
―월드랑 순탄치 않을 것 같음. 스타타워도 뺏긴 데다 드라마에선 눌렸었는데 가만히 있겠음?
―팝콘, 팝콘이 필요하다.

월드 스테이션에 이은 또 하나의 초대형 기획사의 탄생을 놓고 다양한 반응이 오갔다.

그러나 사람들 모두가 알고 있는 것이 하나 있었다.

두 기획사 간의 치열한 전쟁이 시작될 것이라는 걸.

♪ ♩♪♩ ♫♬ ♩ ♪

막바지에 이른 파티장은 난데없는 합병 소식에 들썩이고 있었다.

"……공동대표?"

"대단하군. 사이좋게 공동대표라니."

작은 기업들 간의 합병이나 큰 기업이 작은 기업을 흡수하는 형식의 합병은 여러 번 있었지만, 거대 기획사 간의 합병은 없었다. 그것이 모두를 놀라게 했다.

"기사를 보니 평가액이 최대 4배까지 뛸 거라는 말이 있네요."

"에이, 아무리 그래도 4배까지는 좀…… 언플 향이 솔솔 나는데요?"

"언플이라 쳐도 적게는 2배의 시너지는 확실할 겁니다. 두 기업 노하우와 사업들까지 합쳐진다면 그 정도 효과는 당연하게 나겠죠."

단연 시너지도 대단할 거라며 모두가 입을 모았다.

'하긴, 동요할 만하지.'

파티장으로 돌아온 강윤은 주변에서 들려오는 이야기에 귀를 기울였다.

그도, 이현지도 이번의 예랑이나 MG의 일은 전혀 예측하지 못했다. 비슷한 규모의 기업이 합병이라니.

"그쪽은 앞으로 월드하고는…… 주욱 좋겠죠?"

"그럴 거야. 이거이거, 우리 같은 회사들은 둘 중 하나를 선택해야 하나……."

강윤이 지나갈 때마다 업계 관계자들은 불편한 기색을 숨기는 데 급급했다.

하지만 강윤은 그들의 마음을 이해할 수 있었다.

외주 업체에겐 두 거대 기획사의 관계가 불편해 봐야 좋을

게 없었다. 한 기업에게 일을 받으면 다른 쪽에선 일을 받기 힘들어질 테니 말이다.

사람들의 이야기를 귀담아들으며 강윤은 주변을 두리번거렸다.

'한 사장님은 어디 가셨나?'

하던 이야기를 마무리하기 위해, 한영숙 사장을 찾았지만 그녀는 보이지 않았다. 직원에게 물어보려고 입구로 향하는데, 한영숙 사장의 비서가 다가왔다.

"회장님, 저희 사장님께서 급한 일이 생겨서 먼저 가신다고 전해달라고 하셨습니다."

"급한 일? 안 좋은 일이라도 생겼습니까?"

"죄송합니다. 다음에 좋은 곳에서 식사 대접을 하신다고…… 양해 부탁드립니다."

강윤은 잠시 주춤하다 고개를 끄덕이곤 비서를 보냈다.

비서가 정중하게 인사하곤 파티장을 나서자 강윤의 눈이 날카로워졌다.

'줄타기군.'

이전과 더 친밀한 사이가 될 수 있는 타이밍이었다. 그런데 이 타이밍에 가버렸다는 건, MG나 예랑 쪽에도 발을 걸치겠다는 생각밖에는 들지 않았다.

'윤슬과 GNB는 다르구나.'

씁쓸한 입맛에 강윤은 눈을 감고 한숨을 내쉬었다.


월드 스테이션의 창립 기념 파티는 성황리에 끝났다.

이 파티로 월드 스테이션은 공식적으로 엔터테인먼트계의 제1기업으로 공인되었고, 강윤의 회장 취임도 공식화됐다.

하지만 같은 시각, MG와 예랑의 합병 소식이 전해지며 큰 파문이 일었다.

졸지에 업계 관계자들은 월드냐, 새로 탄생할 기업이냐를 놓고 선택해야 하는 기로에 서게 된 것이다. 파티 중반까지만 해도 화기애애했던 분위기가 막바지에 이르러 흔들렸다는 게 그 반증이었다.

'MG, 예랑…… 앞으로도 쉽지는 않겠구나.'

부우우웅――

창가를 바라보며, 강윤은 상념에 잠겨 있었다.

'출혈경쟁은 피하고 싶건만.'

소속 연예인들의 단가를 후려치거나, 상대방 협력 업체에 좋지 않은 영향력을 행사하는 행위 등 여러 가지가 있을 수 있었다.

선의의 경쟁이 아닌, 격한 전쟁이 펼쳐질 것 같은 예감에 강윤은 고개를 절레절레 흔들었다.

"후우……."

"무슨 한숨을 그렇게 쉬어?"

조수석에 앉아 상념에 잠겨 있는 강윤을 향해 운전대를 잡은 주아는 투덜댔다. 도시 외곽의 한적한 도로를 한껏 질주하는 빨간 스포츠카 안에서 어울리지 않게 한숨질이라며 한껏 타박을 했지만 강윤은 쓴 얼굴로 트인 천장을 바라볼 뿐이었다.

"······그냥. 생각할 게 있어서."

"또, 또 회사 생각이냐? 하여간. 기분 좋게 드라이브 좀 시켜줄랬더니 김빠지게."

"미안."

"됐거든."

부아아앙----

뿔이 났는지 주아는 가속페달을 거세게 밟았고, 강윤의 몸은 뒤로 강하게 쏠렸다.

"야, 야."

"벌이야."

안전운전은 어디로 내다 버렸는지 주아는 괴상한 소리를 내며 가속페달을 밟아댔다.

얼마 있지 않아 두 사람은 원진문 회장이 입원해 있는 병원에 도착했다.

수속을 밟고 병실에 들어가 원진문 회장을 만난 두 사람은 그를 휠체어에 태워 밖으로 나왔다.

산책로에서 강윤은 휠체어를 밀었고, 주아는 원진문 회장의 이야기 상대가 되었다.

"······MTV? 다음엔 CMI 가겠어. 대형 스타가 멀지 않았네."

"에이, 음방 한 번 나간다고 다 대형 스타 되는 건 아니잖아요."

주아가 겸양을 떨었지만, 원진문 회장은 미소를 지었다.

미국의 음악 방송은 동양인이 쉽게 나가기 힘들다는 걸 잘 알았으니까. 그만큼 벽이 높기도 했고. 그래서 에디오스의 진출을 탐탁지 않게 생각했었는데…….

묵묵히 휠체어를 미는 강윤을 힐끔 보던 주아는 한참을 이야기하다 목이 탔는지 손을 들었다.

"저 음료수 좀 사 올게요."

그녀가 자판기가 있는 휴게실로 향하자 원진문 회장은 휠체어를 밀던 강윤에게로 눈을 돌렸다.

"강윤이, 오늘따라 유독 말이 없군."

"주아 이야기가 재미있어서 그랬습니다."

"그랬나? 하하, 혹시 이젠 같은 회장이라 무게라도 잡는 건가?"

원진문 회장의 농담에 강윤은 당황하며 고개를 흔들었다.

"회, 회장님도. 그럴 리가 없잖습니까."

"하하하. 농담일세. 그렇게 당황할 건 없잖나."

원진문 회장은 웃고 있었지만, 강윤은 쉽게 말을 꺼내지 못했다.

간혹 자신이 일 이야기를 할 때마다 부러워하는 그의 마음을 느꼈기에 쉽게 말을 꺼낼 수가 없었다. 혹여나 회장에 취임했다는 사실이 그를 상심케 하는 건 아닐지…….

휠체어가 계속 앞으로 가는 가운데, 원진문 회장이 입가에 미소를 지우며 씁쓸히 중얼거렸다.

"……남자의 질투는 추할 뿐이야."

"……."

말과는 달리 휠체어 손잡이를 잡은 그의 손은 작게 떨리고 있었다. 강윤은 그의 떨려오는 등을 보며 아무 말도 할 수 없었다.

하지만 얼마 지나지 않아 그의 떨림은 멈췄고, 담담한 소리가 들려왔다.

"……자네, 기억나나? 에디오스를 기획할 때 말이야. 그때 자네가 진서를 달라고 했었지."

"아, 물론입니다. 그때, 제가 진서를 달라고 했었나요."

"풋. 그랬지."

원진문 회장은 작게 웃음을 터뜨렸다. 강윤의 입가에도 작게 미소가 걸렸다. 연기를 전공했던 민진서가 급작스럽게 가수반으로 바뀌었을 때, 그는 원진문 회장과 직접 담판을 지었었다.

"난 자네의 뭘 믿고 그렇게 해야 하냐고 물었었지. 그때 답이 가관이었어. 나를 믿고 그렇게 해달라니. 하하하."

"그랬었죠. 저도 그때는 젊었습니다."

"이 사람 보게. 날 놀리나? 아무튼…… 난 아직도 그때의 눈빛이 생생히 기억나."

부드럽게 바람이 불어와 원진문 회장의 머리칼을 휘날렸다. 강윤은 들고 온 카디건을 원진문 회장의 어깨에 걸치자 그는 부드러운 미소를 지으며 강윤에게로 눈을 돌렸다.

"그때 느꼈지. 아, 이놈은 뭔가 되도 크게 될 놈이구나. 어떻게 해서든 꼭 붙들어 놔야겠다."

"회장님."

"뭐, 내가 능력이 부족해서 그렇게 하진 못했지만. 이놈은 뭔가를 해도 크게 할 거라는 걸 느꼈지. 현지도 그걸 알고 자네와 일을 만들어 갔겠지. 그 애도 사람은 잘 보니까."

"……."

얼굴에 연신 금칠이 되자 강윤은 고개를 다른 곳으로 돌렸다. 그때, 원진문 회장이 휠체어 밀대를 잡은 강윤의 손을 잡았다.

"회장 취임, 축하하네."

어떤 말보다도 마음을 진하게 울리는 한마디에 강윤은 눈을 감았다. 아쉬움, 축하 등의 여러 가지 감정이 전해지고 있었다.

이후, 두 사람은 주아가 올 때까지 아무 말 없이 천천히 정원을 거닐었다.

중국에서 에디오스가 데뷔한 지 한 달하고도 절반의 시간이 흘렀다.

에디오스는 1선 도시부터 4선 도시에 이르기까지 대륙 곳곳을 누비며 다양한 활동을 펼쳐 나갔다. 30개가 넘는 방송국에서 활약했고, 기업이나 지역 행사, 화보 촬영을 하는 등 정신없는 시간을 보내야 했다.

헬기까지 대절하며 밤낮없이 스케줄을 소화한 효과는 확실했다.

에디오스의 데뷔곡 '우리 이야기'는 10위권을 넘어 4위, 3위, 1위로 올라서며 안정권에 접어들었다. 이젠 다이아틴과

순위권 경쟁을 하며 이름값을 올려가고 있었다.

"从我的世界里— 只留下回忆—(내 세계에서— 추억만 남긴 채—)"

중국의 거대 방송국, AFDN의 공개홀.

후속곡 '和你一起去吧(너와 함께 달려가요)'를 열창하며 안무를 하는 한주연의 이마에는 구슬땀이 맺혀 있었다.

[와아아아----!!]

팬들의 목소리가 커져 가는 가운데, 전주가 흘렀다.

그와 함께 한주연이 옆으로 빠지며 센터에 정민아가 나섰다. 그녀는 온몸이 끊어질 듯한 팝핀을 선보이며 모두의 시선을 사로잡았고, 열기는 갈수록 뜨거워졌다.

'반응이 좋아.'

무대 뒤편에서 이를 지켜보던 강윤은 팔짱을 끼며 흐뭇한 미소를 지었다.

'우리 이야기'의 히트를 이어갈 '和你一起去吧(너와 함께 달려가요)'.

윤슬의 위진성이 프로듀싱에 나섰고, 다이아틴의 한효정이 작사에 나섰다. 거기에 월드의 이현아가 작곡해 20대 여성의 감성을 진하게 표현해 냈다.

모두가 이르지 않냐며 우려를 나타냈지만, 강윤은 지금이 적기라며 밀어붙였다.

[정민아!! 정민아!!]

여성들의 인기를 한 몸에 독차지하는 정민아를 보며, 강윤은 흐뭇해했다.

타겟팅이 제대로 됐는지 특히 여성 팬들이 열광하고 있었다.

'콘서트에선 편곡을 좀 더 해보자.'

옅은 은빛에 감싸인 무대를 바라보며 강윤은 필요한 것들을 적어 나갔다.

그때, 강윤의 뒤에 있던 키 작은 연습생, 정유리는 눈매를 가늘게 뜬 채 무대 쪽으로 다가갔다.

"유리야, 더 나가면 안 돼."

혹여나 카메라에 비칠까 강윤은 주의를 주었다.

"……."

하지만 그녀는 강윤의 말을 못 들었는지 한 발 더 무대 쪽으로 다가갔다.

안 되겠다 여긴 강윤은 수첩을 덮고 그녀의 팔을 붙잡았다.

"정유리."

"아……."

그제야 정신이 들었는지, 정유리는 정신을 차리곤 고개를 세차게 저었다.

"죄송, 죄송해요."

당황하는 작은 소녀의 모습에 강윤은 실소를 머금었다.

이 소녀, 정유리가 정민아에게 라이벌 의식을 불태운다는 것은 이미 잘 알고 있었다. 그동안 일에 치여 연습생들을 많이 신경 쓰진 못했지만 어떤 아이들인지는 파악하고 있었다.

수첩을 주머니에 넣은 강윤은 그녀를 자신의 옆에 세웠다.

강윤은 다시 팔짱을 끼며 짓궂은 표정을 지었다.

"민아 춤이 대단하긴 하지?"

"……"

정유리의 눈이 더 가늘어졌지만 강윤은 모르는 척 말을 이어갔다.

"민아 춤에는 사람을 사로잡는 뭔가가 있어. 표정부터 몸짓, 분위기까지. 실력이 절정에 오른 것 같네."

"……칫."

회장의 인정을 받는 게 분했던 걸까. 그녀의 표정이 형편없이 일그러졌다. 그 반응이 기분 나쁠 법도 했건만, 강윤은 부드러운 표정으로 그녀에게 눈을 돌렸다.

"유리가 올해 몇 살이지?"

"……14살이요."

"그럼 저기 민아하고 10살 정도 차이가 나겠네."

"……그런 건 상관없거든요."

정유리가 틱틱댔지만, 강윤의 얼굴엔 여전히 미소가 걸려 있었다. 버릇없이 보일 수도 있었지만 이건 승부욕이라는 걸 알았으니까. 무모해 보이기까지 하는 꼬마 연습생을 보니 계속 웃음이 나왔다.

'지금은 산이라는 걸 알게 해줄 때야.'

하지만, 마음과는 달리 강윤은 근엄한 얼굴로 입을 열었다.

"저런 무대에 서기까지, 민아는 얼마나 많은 시간을 견뎠을까?"

"매일 8시간씩 연습했다고 들었어요."

"그렇지. 그럼 너도 매일 8시간씩 연습하면 저렇게 될 수 있을까?"

툴툴대는 사춘기 소녀의 등을 두드리며 강윤은 직격탄을 날렸고, 그녀는 순간 움찔했다.

"그, 그건……."

"왜? 자신 없어?"

"그게……."

그제야 그녀는 자신이 누구 앞에 서 있는지 자각이 되었다.

회사에서 가장 높은 사람, 회장.

이 답이 어떤 영향을 미칠지 걱정되는 마음에 그녀의 눈이 그렁그렁해졌다.

하지만 강윤은 달래주지 않고 답을 재촉했다.

"자신감은 어디 가고. 솔직히 말해봐."

"……."

강윤은 웃고 있었지만, 정유리는 쉽게 입을 열 수 없었다. 무서웠다. 이 답이 어떤 결과를 가져올지.

하지만, 말해야 할 것 같았다. 그래서 망설이다가 입을 열었다.

"……네, 할 수 있어요."

그 답에 강윤의 미소가 더더욱 짙어졌다.

"나도 그렇게 생각해."

"네?"

뜻밖의 말이 들려오자 정유리의 눈이 화등잔만 해졌다.

"오히려 네가 민아 나이가 됐을 때, 더 큰 무대에 서 있을 거야."

"⋯⋯회, 회장님."

"그 마음, 잊지 말고."

"⋯⋯네!!"

힘찬 답을 뒤로하고, 강윤은 무대를 마친 에디오스를 맞으러 걸어갔다.

'그래!! 할 수 있어!!'

정유리가 막연히 정민아에게 가졌던 승부욕이 가수라는 목표를 향해 타오르는 순간이었다. 에디오스 멤버들과 하이파이브를 하는 강윤을 바라보며 정유리는 작은 주먹을 불끈 쥐었다.

방송국 스케줄을 마치니 한밤중이었다.

하지만 정민아와 이삼순은 숙소로 가지 못하고 멀지 않은 헬기장으로 향해야 했다. 또 다른 스케줄을 수행하기 위해 다른 성으로 향해야 했기 때문이었다.

헬기의 프로펠러 소리가 퍼져 가는 헬기장 앞에서 이삼순은 소리쳤다.

"회장니임!! 저거!! 너무!! 힘들어요!!"

정민아도 표정으로 그녀의 의견에 함께했지만, 강윤도 방법이 없었다.

"몇 달만!! 참아!!"

소음 탓에 대화는 길게 할 수 없었다. 두 멤버와 매니저, 코디를 태워 보낸 후, 강윤과 문 비서는 헬기가 떠난 공터에서 어깨를 늘어뜨렸다.

"고생했어요, 문 비서."

"아닙니다, 회장님."

강윤은 문 비서의 어깨를 다독였다. 이제 비서 일에 익숙해졌는지 문 비서는 강윤을 잘 보좌했고, 덕분에 강윤도 편안하게 외근을 해나갈 수 있었다.

숙소로 복귀하기 위해 차로 향하는데, 문 비서에게 전화가 걸려왔다.

"……알겠습니다. 바로 보고드리겠습니다."

전화를 끊은 문 비서의 표정이 굳은 것을 본 강윤이 물었다.

"무슨 일 있습니까?"

"회장님, 아무래도 내일은 베이징에 가 보셔야 할 것 같습니다."

"베이징에요? 안 좋은 일이라도 생겼습니까?"

콘서트장도 거의 완공된 시점이었다. 베이징에는 리허설을 위해서나 가게 될 것이라고 알고 있었는데…….

문 비서는 굳은 표정으로 말했다.

"베이징 주 경기장에서 사고가 났습니다."

"사고요?"

"그게…… 설치한 조명이 떨어져서 직원 두 명이 다쳤답니다. 현재 병원에 이송 중이고……."

난데없는 사고 소식에 강윤의 눈매가 일그러져갔다.

**3화**

그녀가 튀었어요

발표 이후, MG와 예랑의 합병 작업은 발 빠르게 진행되었다.

기존 기업을 청산하고 새로 신설하는 기업에 합병하는 신설 합병 형식으로 진행되었기에 사람들은 경악을 금치 못했다.

법인세 등 각종 세금 문제가 불거질 거라는 걱정도 있었지만, 새 술은 새 부대에 담아야 한다는 명분으로 모든 반대를 찍어 눌렀다.

두 오너의 결단은 얼마 있지 않아 겉으로 드러났다.

「종합 엔터테인먼트 지예」

합병 발표가 난 지 한 달 반 만에 월드 못지않은 종합 엔터테인먼트가 모습을 드러낸 것이다.

"하하하. 이제 자잘한 일들만 남았군요."

이젠 전 MG엔터테인먼트 사장실이 된 집무실.

원진표 사장은 강시명 사장과 글라스를 부딪치며 만면에 미소를 띠고 있었다.

"원 사장님의 빠른 결단 덕입니다."

"제가 한 일이 있겠습니까. 강 사장님이 빠르게 움직여 주신 덕분이지요."

두 사람은 서로에게 공을 돌리며 띄워주기에 바빴다. 아무리 규모가 비슷하다지만, MG나 예랑은 엄연히 평가액이 다른 상장 기업들이었다. 그렇기에 청산 과정에서 난항이 예상되었지만 청산과 합병 작업은 그야말로 일사천리로 진행되었다.

예랑이야 강시명 사장이 꽉 잡고 있었고, MG는 리처드가 나가면서 이사들의 힘이 완전히 빠져 버려 원진표 사장의 힘이 거대해진 탓이었다.

"원 사장님, 그쪽 애들 계약은 잘돼가고 있습니까?"

얼음이 녹아버린 원진표 사장의 잔에 얼음을 넣어주며, 강시명 사장이 물었다.

"물론이지요. MG가 아니면 회사를 나가겠다는 애들이 몇몇 있긴 합니다만. 뭐, 이쪽도 방법이 있으니까요."

"후후, 너무 약만 줘서는 애들이 말을 안 듣긴 하지요."

"그렇죠, 그렇죠. 이쪽은 조만간 마무리될 겁니다. 강 사장님 쪽은……."

"저희 쪽은 어제 다 도장 찍었습니다."

"아이고, 저도 서둘러야겠군요."

원진표 사장이 미안한 표정을 짓자 강시명 사장은 고개를 저었다.

"아닙니다. 천천히 해주셔도 괜찮습니다."

"하하하하. 우리 건배할까요?"

잔을 드는 원진표 사장에게 자신의 잔을 가져가며 강시명 사장은 입가를 묘하게 들어 올렸다.

'이제 얼마 안 남았군.'

"응? 제 얼굴에 뭐가 묻었습니까?"

순간, 강시명 사장의 눈빛에 묘한 기류를 느꼈는지 원진표 사장이 고개를 갸웃했다.

"하하하, 아닙, 아닙니다. 자, 받으시죠."

강시명 사장은 자연스럽게 원진표 사장의 빈 잔을 채워주었다.

덕분에 원진표 사장은 그에게서 느껴진 묘한 기류를 아무렇지 않게 넘기고는 화제를 돌렸다.

"그나저나, 오늘 북경 그 경기장에서 사고가 났다지요?"

"아, 인 부장에게 들었습니다. 조명이 떨어졌다는데. 쯧쯧. 그 클래식인가 뭔가 큰 곤욕을 치르겠군요. 걱정입니다."

말과는 다르게 강시명 사장에는 고소하다는 웃음이 걸려 있었다. 원진표 사장도 눈매는 걱정하는 기색이었지만, 입가는 점점 올라갔다.

"그러게 말입니다. 그런 초대형 콘서트를 주관하는 첫 한국 기업으로 아는데…… 좋은 선례를 남겨줘야 뒤가 편한데 말이죠."

"그러게 말입니다. 문제네요, 문제."

걱정을 빙자한 뒷담화는 오랜 시간 계속되어 갔다.

급보를 접한 강윤은 새벽 기차를 타고 강윤은 상해에서 베이징으로 향했다.

"……최 사장님께서 부상자에 대한 조치와 문화부, 공상보험(중국의 산재보험) 측과 협의 중이라고 전해달라 하셨습니다."

본격적으로 강윤을 수행하게 된 문 비서는 최경호에게 받은 현지 상황을 보고했고, 강윤은 안색을 굳히며 턱에 손을 올렸다.

"협의 중이라……. 공상보험에서는 뭐라 했다던가요?"

"우리 측 과실 여부를 많이 물었다고 하셨습니다. 다행히 태자당 출신 대관 관리자와 잘 이야기해서 큰 문제는 발생하지 않을 것 같다고 전해달라 하셨습니다."

"그렇다면 다행이군요. 하지만 태자당 출신 관리자가 있다고 해도 긴장은 해야 할 겁니다."

"그렇게 전하겠습니다."

문 비서는 강윤에게 받은 지시들을 세세하게 적고 최경호에게 문자로 전송했다.

쒜에에에에─────

어느덧 도시는 보이지 않고, 하염없는 벌판이 펼쳐지기 시작했다.

한없는 지평선을 잠시 바라보다가 강윤은 앞에 꽂혀 있는 잡지를 꺼냈다. 그런데 표지에 익숙한 얼굴이 있었다.

'지숙이네?'

다이아틴의 막내, 김지숙이 블라우스 차림으로 붉은 입술을 내밀고는 귀여운 포즈를 취하고 있었다. 계속 눈이 갈 법한 사진이었지만, 강윤은 이상한 기시감을 느꼈다.

'뭐지? 사진 찍기 싫었었나?'

입가부터 볼이 살짝 경직되어 있었다. 자세히 보지 않으면 잘 보이지는 않았지만 팬이라면 당연히 이상하다는 걸 알 법한 사진이었다.

'B컷을 썼나?'

사진작가의 역량을 의심하던 강윤은 고개를 갸웃하며 페이지를 넘겼다.

'여기 있군.'

하얀 털 소파에 앉아 있는 민진서가 머리를 풀어 헤치고 앉아 있는 사진과 함께 실려 있는 인터뷰였다.

'2주 전에 했다는 인터뷰네.'

드라마 촬영에 인터뷰까지 하게 돼서 힘들었다는 민진서의 말이 불현듯 떠올랐다. 가끔 자신을 향해 칭얼대는 그녀의 귀여운 모습이 떠오르니 입가가 살며시 올라갔다.

「Q: 함께 연기하고 싶어 하는 분이 많아요. 혹시 같이 연기하고 싶은 배우가 있다면?

A: 당황하실지 모르겠는데…… 이강윤 회장님이요. (웃음)」

"푸읍!!"

황당한 타이밍에 자신이 나오자 강윤은 입가에 머금었던 물을 뿜었다.

그 소리에 놀랐는지 문 비서가 안대를 벗고 일어났다.

"회, 회장님. 무슨 일 있으신가요?"

"아니, 아닙니다. 하하……."

강윤은 어색한 웃음을 흘리며 문 비서를 간신히 진정시켰다.

「Q: (당황하며)이유가 무엇인가요?

A: 농담이지만, 반은 진담이에요. 가장 배울 것이 많다고 생각하는 분이라고 생각하거든요. 그런데 회장님은 음악 쪽 일만 하시니까 함께할 기회가 없어요. 발연기가 예상되지만 (웃음) 배울 게 많을 것 같아요.」

이마를 부여잡은 강윤은 잡지를 얼른 제자리에 넣어버리곤 창가로 눈을 돌려 버렸다.

몇 시간 후.

강윤은 병원에 도착해서 다친 사람들을 위로했다.

[……치료비는 걱정 마시고 회복에만 집중하세요.]

가장 중요한 돈 문제를 해결해 주겠다고 하니 다친 사람들의 얼굴은 환하게 밝아졌다.

문 비서를 통해 병원 진료비를 계산하고, 강윤은 의사에게 향했다.

[이러지 않으셔도 되는데…….]

말과는 다르게 의사는 몰래 찔러준 돈 봉투를 얼른 집어넣었다. 가장 훙바오가 심한 곳이 병원이었으니.

병원을 나서며 문 비서는 걱정되는 얼굴로 물었다.

"저…… 회장님. 제가 회장님 하시는 일에 이런 말씀드려도 되는지 모르겠습니다만…….."

"왜요? 너무 돈으로만 해결하려는 것 같나요?"

"아…… 그게."

순간 뜨끔했는지 문 비서는 움찔했다.

그녀의 반응이 재미있었는지 강윤은 입가에 미소를 짓고는 말을 이어갔다.

"문 비서 말이 맞아요. 좋은 방법은 아니죠."

"그러면 왜…….."

"여기가 중국이니까요. 로마에서는 로마법을 따라야 하듯, 여기도 여기에 맞는 방법이 있지 않겠어요?"

"그 방법이 돈밖에…… 없는 건가요?"

자신의 말에 아차 싶었는지 문 비서는 얼른 입을 닫았다.

하지만 그녀의 직언에 오히려 강윤은 크게 웃었다.

"하하하. 그런 말들, 좋습니다. 앞으로도 가감 없이 말해줘요."

"회장님…….."

"회장이라고 너무 어려워할 것 없어요. 나도 귀가 있고, 문 비서도 입이 있습니다."

"……알겠습니다."

"그럼, 설명해 줄게요. 이곳 병원은 돈을 안 주면 엉뚱한 처치를 해버리는 경우가 허다하거든요. 애를 낳으러 간 임산부가 홍바오를 안 줬다고 항문을 꿰매 버린 경우도 있으니까요."

"……네에에?!"

상상을 초월하는 이야기에 문 비서가 비명을 지르자 강윤은 더더욱 크게 웃고 말았다.

그렇게 병원 일을 마무리하고 강윤은 바로 베이징 주 경기장으로 향했다.

[야!! 안전모는 쓰고 가야지!!]

[안전화!! 거기!! 좀 신어!!]

사고가 있었다지만, 현장은 잘 돌아가고 있었다.

경기장 관중석에서 현장을 내려다보던 강윤은 무대 앞에서 디자이너와 이야기 중이던 최경호를 발견하고는 바로 그에게로 향했다.

"최 사장님."

"아, 회장님. 오셨습니까."

마침 이야기가 끝난 최경호는 강윤을 정중하게 맞아주었다.

"제가 방해한 것은 아닌가요?"

"아닙니다. 마침 할 이야기도 많고요. 자, 이쪽으로 가시죠."

무대 디자이너를 보낸 최경호는 강윤과 함께 그늘진 구석으로 향했다.

문 비서도 현장 사무실에서 서류를 받기 위해 자리를 비우자 두 사람은 나란히 담배를 꺼내 불을 붙였다.

"······고생 많으십니다."

강윤이 불을 붙여주자 최경호도 그에게 불을 붙여주며 쓴 웃음을 지었다.

"회장님이야말로 고생하십니다. 베이징과 상해가 보통 거리는 아니지요?"

"KTX 타고 부산 왕복 한 번에 하는 기분이죠."

연기를 내뿜으며 강윤은 고개를 흔들었다. 바람이 불며 연기를 간단히 흩뿌렸고, 최경호는 상황을 이야기했다.

"회장님이 오시기 전에 문화부와도 일은 잘 끝났습니다. 대관 업무 담당자 주명진(州明进)이 그쪽과 꽌시를 잘 형성하고 있어서 크게 걱정할 것은 없었습니다."

"다행이군요. 류양 이사님 덕에 이번에 큰 도움 받았네요."

"나중에 한잔 사셔야겠습니다. 류 이사님 덕에 모실 수 있었던 분이잖습니까."

"그래야겠군요. 아, 병원 일은 제가 어느 정도 마무리하고 오는 길입니다. 의사들에게 훙바오도 찔러줬고 환자들에게도 치료비도 약속했으니 그대로 진행해 주시면 됩니다."

"치료비나 보상금 문제를 벌써 이야기하신 겁니까? 분명히 그쪽에서 더 달라고 할 게 뻔한데······."

"소송 가면 우리나 그쪽이나 서로 피곤하니까요. 게다가 공상보험이 우리 편은 아니잖습니까. 이럴 땐 빨리 돈 쥐어주고 협의를 끝내 버리는 게 낫다고 봤습니다."

"······그렇긴 합니다만. 쓸데없이 돈을 많이 쓰지 않았나는 생각도 듭니다."

"대신 평판을 얻잖습니까. 우리 같이 중국에서 일하는 외국 기업들은 한 사람, 한 사람이 중요합니다. 분쟁이 일어나거나 소송으로 가 봐야 우리에게 이로울 게 없습니다. 돈을 더 들이는 게 낫습니다."

"······알겠습니다."

차라리 과할 만큼 줘버린다. 이러면 더 달라고 하고 싶어도 주기 힘들어져 버린다.

최경호는 강윤의 작전 아닌 작전에 동의하고는 이후의 일정을 논의했다.

베이징에서의 회의를 마치니 어느새 밤이었다.

돌아오는 고속 열차 막차 안, 문 비서는 졸리는 눈을 어떻게든 뜨려고 애를 썼다.

"······우으."

"문 비서, 괜찮아요?"

"아니, 아니에······ 아닙니다. 괜찮습니다."

기차에 오르자마자 축 늘어진 문 비서가 안쓰러웠던 강윤은 캔 음료를 건넸다.

"회장님······."

"한숨 자요. 도착하면 또 일해야 하니까."

강윤에게 받은 음료수를 단번에 마셔 버린 문 비서는 상해에 도착할 때까지 잠들어서 일어나지 못했다.

상해에 도착해 기차에서 내리니 새벽이었다.

"제, 제가 할게요!!"

주차장에서 운전석에 들어가려는 강윤을 문 비서는 간신

히 뜯어말렸다.

"괜찮아요."

"아니, 아니, 아니에요!! 절대 안 돼요!!"

잠시 실랑이 끝에 강윤을 조수석으로 밀어 넣고 문 비서는
차를 몰아 윤슬엔터테인먼트로 향했다.

♪♩♫♪♩

윤슬엔터테인먼트의 중국지사, 사장실.

추만지 사장은 오늘 발매된 잡지, '时尚888(패션888)'을 펼쳐
놓고 이마를 잡았다.

반면, 그의 앞에 앉아 있던 여자는 배 째라며 고성을 질러댔다.

"……그래서 저 당분간 노래에만 집중할 거라고 했잖
아요!!"

갑작스럽게 뒤통수를 얻어맞은 듯한 느낌에 추만지 사장
은 눈을 껌뻑였다.

"지, 지, 지금 지숙이 너……."

추만지 사장이 순간 말을 더듬자 제대로 독이 오른 그녀의
입은 속사포를 쏘아댔다.

"이날도 원래는 효정이 스케줄이었잖아요. 전 표지 모델
같은 건 재능 없다고 이야기 계속 했는데…… 자꾸 저도 못
하는 걸 하게 하세요?"

"김지숙, 그걸 지금 말이라고……."

"……월드처럼 지원이라도 빵빵하게 해주든가!!"

쾅!!

제대로 역린을 건드린 그녀는 사장실을 뛰쳐나갔다.

"……야!! 김지숙!!"

언제나 묵묵하던 막내의 히스테리는 상상을 초월했다. 잠시 머뭇댔던 추만지 사장도 곧 그녀를 따라나섰다.


"야!! ㅡㅡㅡ숙!!"

로비에 들어선 문 비서는 갑작스레 들려온 고성에 놀라 순간 움찔했다.

"사, 사장님."

문 비서의 떨리는 목소리에 강윤은 그녀를 진정시키며 주변을 살폈다. 새벽이라 로비를 지키는 직원이나 다른 사람은 전혀 보이지 않았다.

"무슨 일이 있나 보군요."

"제, 제, 제가 사, 사, 살펴볼까요?"

비서다운 말이었지만, 눈빛은 심하게 떨려오고 있었다.

말과 다른 눈빛을 보며 강윤은 웃었다.

"괜찮습니다. 같이 가 보죠."

"……네, 네."

두 사람은 소리가 들려온 계단을 향해 천천히 걸어갔……..

쾅!!

"아얏!!"

"윽."

계단 앞에서 강윤은 묵직한 뭔가와 충돌했다.

충돌한 누군가는 충격 때문에 뒤로 넘어졌지만 강윤은 약간 아픈 정도였다.

"아야야야······."

"지숙이?"

"······가, 강윤 작곡가님?"

자신과 부딪힌 사람이 김지숙이라는 걸 확인한 강윤은 손을 내밀어 그녀를 일으켜 주었다.

"밤중에 갑자기 뛰고 그래?"

"······아무것도 아니에요."

시무룩하게 고개를 숙인 그녀는 이내 강윤에게서 돌아섰다.

그때.

"야!! 김지숙!! 너 이 새······ 아."

쿵쾅대는 소리와 함께 한 남자가 씩씩대며 계단을 뛰어 내려왔다.

얼굴이 형편없이 일그러졌던 그는 김지숙 옆에 있던 강윤을 발견하고는 멈칫했다.

"이, 이 회장님."

"추 사장님, 밤중에 이게 무슨 일입니까?"

"······그게."

곤란한 상황 속에서, 강윤과 추만지, 그리고 김지숙 사이에 침묵이 감돌고 있었다.

'곤란하군.'

타이밍이 좋지 않았다. 추만지 사장이 이러지도 저러지도 못하는 모습과 김지숙의 얼굴이 씰룩이는 표정을 마주하니 강윤의 난감함은 그 정도를 더해갔다.

어색한 분위기를 견디지 못한 김지숙은 낮은 톤으로 이야기했다.

"……가 볼게요."

"아직 내 말 다 안 끝났…….."

아직 이야기가 안 끝났다며 그녀를 제지하려던 추만지 사장을 강윤이 제지했다.

"나중에 이야기하기 하는 게 좋을 것 같습니다."

김지숙은 총총대는 소리를 내며 계단을 내려갔다. 그녀의 뒷모습을 보며 추만지 사장은 씩씩댔지만 강윤은 그를 막았다.

"무슨 이유인지는 모르겠지만, 지금은 마음을 가라앉히는 게 우선일 것 같습니다."

그제야 추만지 사장은 분노에 떨리는 자신의 팔을 보며 깊은 한숨을 내쉬었다.

"……못난 꼴을 보였습니다."

"아닙니다. 애들이 크면 흔히 볼 수 있는 모습 아닙니까."

"……하아."

기획사 대표들만이 이해할 수 있는 걸 강윤이 언급하니 추만지 사장은 마음이 시큰해졌다.

힘겹게 키워놓은 가수가 능력 좀 된다고 반항하는 모습은 흡사 반항하는 자식을 맞닥뜨리는 부모의 심경과도 비견할 만했으니까.

"……일단 드시죠."

어느 정도 마음을 수습했는지 추만지 사장은 강윤을 안으로 안내했다. 추만지 사장은 직접 믹스 커피를 내주며 씁쓸히 웃었다.

"……못난 모습을 보였습니다."

"아닙니다. 지숙이가 저럴 줄은 몰라서…… 조금 놀랐습니다."

다이아틴 멤버들 중 가장 조용하고 여성스러운 멤버가 김지숙이었기에 조금 전 격하게 화를 냈던 김지숙의 모습이 강윤은 당혹스러웠다.

"저도 그렇습니다. 요새…… 지숙이가 많이 예민해졌습니다."

"이유는 알고 계십니까?"

"그거라도 알면 괜찮겠는데…… 통 말을 안 합니다. 멤버들한테도, 매니저한테도. 이러다가 나중에 콘서트에 지장이라도 주면 어쩌나 걱정입니다."

추만지 사장의 걱정은 이만저만이 아니었다. 차라리 자주 투덜대는 한효정이나 주예아라면 이해라도 하지, 김지숙이 이러니 더 무서웠다. 강윤도 이런저런 생각을 하다가 차분히 입을 열었다.

"지숙이가 음악 욕심이 많던데. 혹시 스케줄이 만족스럽지 않아서 그런 거 아닐까요?"

"저도 처음엔 그런 줄 알았습니다. 그래서 요새는 음악 관련 스케줄을 자주 넣습니다. 오늘도 화보 촬영은 딱 하나뿐이었죠. 나머지는 다 행사 스케줄들이었습니다."

강윤과 추만지 사장은 이마를 붙잡으며 고심했지만 쉽게 고민은 해결되지 않았다.

지금이야 김지숙 한 사람의 문제였지만 시간이 흘러갈수록 다이아틴이나 더 나아가 에디오스에게도 영향을 줄 수도 있었다. 회사와 연예인은 서로를 믿고 속 이야기를 나누어야 하는 법인데 지금과 같은 일이 계속되면 앞으로가 힘들어진다.

추만지 사장은 씁쓸한 표정을 지었다.

"……요새는 말도 안 듣고, 함부로 뭐라고 할 수도 없으니. 참, 대표 해먹기도 힘듭니다."

"아무리 그래도…… 잡을 건 잡아야 하지 않겠습니까?"

강윤의 말에 추만지 사장은 고개를 숙이며 절레절레 흔들었다.

"월드와 윤슬은 다르잖습니까."

추만지 사장의 씁쓸한 한마디가 많은 것을 담고 있었다.

다이아틴이 중국에 진출한 이후, 그녀들이 벌어다 주는 수익이 증가했고, 발언권도 함께 올라갔다. 문제는 지금과 같은 일에도 손을 쓰기 힘들어졌다.

하지만 강윤은 단호했다.

"이런 일이 반복되면 지숙이에게도 안 좋습니다."

"……하아."

추만지 사장은 고개를 숙이며 강윤을 피했다.

'그만하자는 거구나.'

강윤은 그의 모습에서 더 이상의 언급을 피해달라는 느낌을 받고는 화제를 바꿨다.

"베이징 일은 최 사장님이 잘 수습했습니다."

"다행이군요. 걱정했었는데…….."

아무 일도 없었던 것처럼 두 사람은 콘서트와 기타 이야기를 해나갔다. 하지만, 강윤의 머릿속에는 김지숙에 대한 일이 떠나질 않았다.

금요일에 열리는 정기 공연을 위해 하얀달빛 멤버들은 한창 연습을 하고 있었다.

"이열, 이현아. 목소리 완전 간드라지는데?"

"그니깐. 사랑하면 달라지남?"

기타 이펙터를 조작하던 정찬규와 드럼 스틱을 돌리던 김진대는 앉아서 머리를 묶던 이현아를 보며 놀려댔다.

짓궂은 놀림이었지만 멤버들의 놀림에 내성이 생긴 이현아는 아무렇지도 않았다.

"부러우면 지는 거랬어."

"……크흑. 안 되겠다. 차희야, 사랑한다~!!"

"꺼져."

"크헉!!"

이차희에게마저 차인(?) 김진대는 가슴을 부여잡고 상처받은 마음을 달랬다.

하얀달빛 멤버들이 투닥대며 연습을 하고 있을 때, 문이 살며시 열리며 짙은 화장을 한 연습생이 고개를 내밀었다.

"저…… 안녕하세요."

조심스럽게 고개를 숙이는 그녀는 백설기처럼 하얀 얼굴과 교복이 잘 어우러진 연습생, 감효민이었다.

자주 보기 힘든 연습생을 본 김진대와 정찬규는 반가움에 멈칫했고, 이현아는 혀를 찼다.

"하여간, 남자들이란 애들만 보면 정신을 못 차리지."

"누가 와도 현아보단 나으니까."

"뭐라고?"

이번에는 참기 힘들었는지 이현아의 눈에 불이 켜지자, 김진대와 정찬규는 움찔하며 몸을 떨었다.

단번에 날 선 눈빛으로 남자들을 제압해 버린 이현아는 감효민에게로 눈을 돌렸다.

"미안. 여기 오빠들이 좀 극성이지?"

"아, 아니에요."

잔뜩 긴장한 감효민은 마음을 추스르며 용건을 이야기했다.

"이사님 심부름으로 왔어요."

"이사님? 무슨 일인데?"

"현아 선배님 좀 불러달라 하셨어요."

"쯧쯧. 그러니까 현아야, 사고 좀 치지 말…… 꾸엑."

이현아는 헛소리를 늘어놓는 김진대의 발을 지그시 밟아주며 물었다.

"왜 불렀는지는 모르고?"

"네, 그냥 오다가 만났는데, 선배님 좀 불러달라고 하셨어요."

"그래? 직접 연락하시지 않고. 알았어."

감효민이 나가고, 이현아는 모두의 위로 아닌 위로를 받으며 이사실로 향했다.

"어서 와요, 현아 씨."

이사실에 들어서니 이현지가 책상 위에 가득한 서류 더미를 헤치며 그녀를 맞아주었다.

비서가 차를 내오고, 이현아는 그녀와 마주 앉았다.

자신과 마주 앉은 이현아가 잔뜩 긴장한 모습에 이현지는 부드럽게 웃으며 긴장을 풀어주었다.

"그렇게 긴장 안 해도 괜찮아요. 문제가 있어서 호출한 게 아니니까요."

"그게……."

"아니면 또 사고라도 친 건가요?"

"아니에요, 아니, 그럴 리가요!!"

이현아는 고개를 강하게 흔들었다.

강윤은 자신의 열애를 수습하고, 한 번 뭐라고 말한 이후에는 크게 뭐라고 하지 않았지만 이현지는 달랐다. 그 세월이 무려 두 달이었다.

"정말 오늘은 별것 없어요. 열애 문제는 두 달간 눈칫밥 먹었으면 충분하지 않겠어요?"

"……네에."

"아무튼. 시작해 보죠. 요새 애로사항은 없나요?"

정기적으로 갖는 면담이었다. 원래 강윤이 하던 일이었지만, 그가 중국에 간 이후 이현지가 대신하고 있었다.

정기 공연도 잘하고 있고, 앨범 준비도 문제없다는 이야기에 면담은 10분 남짓한 시간 만에 끝이 났다.

"……알았어요. 혹시 나중에 필요한 일 있으면 올라와요."

"네."

이야기를 마치고 이현아는 자리에서 일어났다. 인사를 하고 돌아서려는데 정면의 찬장에 여러 트로피가 눈에 들어왔다.

'이건 연말 가요제전에서 받은 트로피네.'

김지민부터 김재훈, 하얀달빛, 에디오스 등 월드의 소속 가수들이 받은 트로피들이 이곳에 모여 있었다.

"잠깐 봐도 되나요?"

"물론이죠."

이현지의 승낙을 얻은 이현아는 찬장 앞에서 트로피들을 하나하나 살폈다.

모두가 그동안 노력했던 상징들이 이곳에 있었다. 가수 생활을 오래 한 에디오스는 트로피 종류도 많았고, 상대적으로 짧은 김지민은 조금 적었다.

'내 것도 있네?'

하얀달빛의 트로피도 있었다. 인디밴드들을 대상으로 한 트로피부터 밴드제전 등 의미 있는 트로피가 많았다.

그중, 그녀의 눈에 유독 강하게 들어온 트로피가 있었다.

「30회 대학가요제 동상 '강적들' 민찬민 문미영 구형석 김희진 이현아」

"이건⋯⋯."

다름 아닌 그녀가 대학 선배들과 대학가요제 동상에서 받은 트로피였다.

노래로 받은 첫 상, 그리고 그 상을 그녀는 강윤에게 주었었다.

이현아가 트로피를 들고 멍하니 서 있을 때, 이현지가 다가왔다.

"이거, 현아 씨 물건이죠?"

"⋯⋯지금은 아니에요."

귀하게 트로피를 쓰다듬던 이현아는 떨리는 손길로 그것을 다시 찬장 안에 집어넣었다.

"⋯⋯가 보겠습니다."

이현아는 공손히 고개를 숙이고는 이사실을 나섰다.

잠시 옥상에 올라 바람을 맞았지만, 그녀의 머릿속에서는 트로피가 사라지지 않았다.

"제 노래를 부르게 해주셨고, 오늘 무대에서도 떨지 않게 해주셨어요. 받아주세요."

정확히는 과거의 흔적이었다. 가수로 데뷔하기 전 받은 첫 상을 강윤에게 건네며 했던 말이 생생하게 떠올랐다.

받지 않겠다던 그에게 트로피를 떠안겼더니 그가 했던 말도 생생하게 떠올랐다.

"네가 괜찮은 사람이 되었다 싶을 때 달라고 해. 이자까지 얹어서 돌려줄 테니까."

트로피에는 먼지 하나 없었다.
눈을 감으니 눈가가 파르르 떨려왔다.
"……난, 괜찮은 사람, 아니, 가수가 된 걸까?"
과거에 그가 했던 질문이 생생히 들려오는 듯했다.
그녀는 한참 동안 옥상에 서서 움직이지 못했다.

♪♩♪♩♪♩♪♩♪

모처럼 일찍 퇴근한 강윤은 숙소에서 TV를 보고 있었다.
그의 옆에는 정자세로 앉아 볼펜을 물고 있는 민진서와 강기준이 함께 TV를 보고 있었다. 민진서가 출연 중인 '명품의 탄생' 모니터링 중이었다.
―未完待续(다음에 계속).
시얀 백화점과 하야스 백화점에 대한 광고가 뜨며 드라마가 끝나자 그제야 강윤은 기지개를 켰다.
"재밌네. 역시 한국 작가가 드라마는 잘 써."
"진서 연기도 좋지 않았습니까?"
강기준이 물음에 민진서는 볼펜을 빼며 강윤에게 눈을 돌렸다.

강윤은 잠시 민진서에게 눈짓을 보내다가 피식 웃었다.

"진서 연기가 어디 가겠습니까."

"아직 멀었죠. 선생님도 참……."

말과는 다르게 민진서는 얼굴을 붉혔다. 사람들의 칭찬은 긴장의 고삐를 늦추지 않게 했지만, 그의 칭찬은 마음을 들뜨게 했다.

"시청률도 꾸준히 올라가고 있고……. 진서는 걱정할 게 없군요. 잘하고 있어."

"다 선생님 덕분이죠."

"회장님 덕분 아니겠습니까."

서로 덕담을 주고받다가 강윤은 뭔가가 떠올랐는지 손가락을 튕겼다.

"아, 강 사장님. 그러고 보니 지난번에 연습생을 구한다고 하지 않았습니까?"

"네, 동영상으로 지원한 지원자들도 봤고, 중국 지원자들도 보고 그랬지만…… 눈에 차는 애들이 없었습니다. 죄송합니다."

강기준은 리모컨을 만지작대며 안색을 굳혔다.

"이제는 포스트 진서를 키우긴 해야 하는데…… 눈을 조금만 낮춰보는 게 어떨까요?"

"크흠, 회장님께 듣고 싶지는 않은 말입니다."

"하하하. 그런가요?"

누구 때문에 자기가 이 고생을 하고 있는데…….

강기준은 계속 투덜거렸다. 그런 투정을 강윤은 웃으며 받아주었고, 민진서는 웃음을 터뜨렸다.

한편, 계속 틀어놨던 TV에서는 다른 프로그램이 흘러나오고 있었다.

-안녕하십니까. 한 주의 연예 소식을 모아 전해드리는 전문 연예 방송, 한 주의 TV연예통신입니다.

남자 사회자의 굵직한 목소리가 흘러나오는 가운데, 강윤과 강기준은 앞으로 들어올 연습생들과 현재 있는 9명의 연습생에 대한 이야기를 나누고 있었다.

-방금 들어온 소식입니다. 아, 이거 안 좋은 소식이네요. 다이아틴의 '지숙' 씨가 행사 중간에 실종되는 사고가 발생했다네요.

-실종이요? 큰일이 발생했군요.

-자자, 놀라지 마시고요. 다행히 큰일은 아니었다고 합니다. 지숙 씨는 다행히 숙소에서 발견됐다네요.

-숙소요? 어떻게 된 건가요?

-소속사 측은 컨디션이 급격히 안 좋아진 지숙 씨가 매니저와 택시를 타고 숙소로 돌아갔다고 하네요. 윤슬 측은 주최 측에 지숙 씨가 행사에 참여할 수 없게 됐다고 이야기했지만, 주최 측에선 이를 알지 못해 공안이 출동하는 해프닝이 발생했다고 하네요. 자세한 경위는 여위정 리포터가 전해주실 겁니다. 여위정 리포터?

곧 TV에 공연장과 함께 성난 팬들, 그리고 모자이크 처리된 공연 관계자들이 줄줄이 나오기 시작했다. 강윤이나 강기준이 아는 사람들도 TV에 출연했다.

TV를 보던 민진서는 혀를 찼다.

"……저거 윤슬이 잘못한 거 맞지요? 아무리 봐도 사전에 주최 측에 말을 안 한 것 같은데요."

강기준도 민진서의 생각과 같았다.

"그러게요. 아무리 주최 측이 생각이 없어도 이유 없이 일을 그렇게 키울 리는 없잖습니까. 아무래도 김지숙이 갑자기 사라져서 실종되었다고 생각한 것 아닐까요?"

"……흠."

강윤도 두 사람의 생각과 같았지만 함부로 입을 열지는 않았다.

─……아무튼 지숙 씨에게 별일이 없어서 다행입니다.

─네, 지숙 씨도 SNS를 통해 심려를 끼쳐서 죄송하다며 사과의 인사를 전했습니다. 이런 해프닝, 다시는 없었으면 하네요.

─알겠습니다. 다음 소식 전해주세요.

방송에서는 해프닝으로 마무리되는 분위기였지만, TV를 보던 세 사람의 생각은 달랐다.

"추 사장님이 비상이겠네."

"가 보셔야 하는 것 아니에요?"

콘서트를 걱정하는 민진서의 물음에 강윤은 그녀의 어깨를 두드리며 답했다.

"괜찮아. 그쪽 일은 그쪽이 해결해야지."

"그래도……."

"추 사장님도 능력이 있는 분이니까. 괜찮을 거야."

민진서를 달랜 후, 강윤은 일찍 잠자리에 들었다.


다음 날.

아침 일찍 윤슬엔터테인먼트로 출근한 강윤은 사장실로 올라갔다.

"안녕하세……."

"……행사가 장난이야? 네 맘대로…… 버리면……."

"몰라요…… 몰……."

추만지 사장의 비서와 인사를 하고 안으로 들어서려는데 거친 소리가 들려왔다.

그 소리에 민망해진 비서는 어색한 웃음을 지으며 말했다.

"회장님, 죄송하지만……."

"나중에 와야겠군요."

지난번 같은 일이 발생했다고 느낀 강윤은 사장실에서 돌아섰다.

추만지 사장의 비서도 민망함에 고개를 숙였지만, 강윤은 괜찮다며 손을 저었다.

그때, 거칠게 문 여는 소리와 함께 김지숙이 뛰쳐나왔다.

"그래!! 이까짓 회사, 관두면 될 거 아냐!!"

"김지숙!!"

"안 한다고요. 안 해!! 위약금 물면 될 거 아냐!!"

추만지 사장을 향해 소리치다가 강윤을 발견한 김지숙은 얼굴이 달아오르더니 이내 옥상으로 뛰어가 버렸다.

"김지숙!! 저게 진…… 아. 이 회장님."

김지숙을 쫓아가려다가 강윤을 발견한 추만지 사장은 민망함에 고개를 들지 못했다.

"타이밍이 좋지 않군요."

"……자꾸 민망한 모습만 보여드리는군요."

그는 입술을 잘그락잘그락 씹었다. 지난번 밤에 이어서 벌써 두 번째였다. 아무리 친근한 사이라도 지켜야 할 분수가 있는 법인데…….

이러지도 저러지도 못하는 그에게 강윤은 차분히 말했다.

"사장님."

"……하실 말씀 있으십니까?"

"허락만 해주시면 제가 조금만 이야기해 봐도 되겠습니까?"

강윤은 김지숙이 뛰어 올라간 옥상을 가리켰다. 자칫 월권이 될 소지가 있었기에 강윤은 평상시보다 더 정중히 물었다.

그 덕분일까. 추만지 사장도 정중하게 답했다.

"……알겠습니다."

추만지 사장은 어깨를 늘어뜨리며 사장실 안으로 들어가 버렸다.

'키워온 연예인이 이런 식으로 반항하면 상심할 만도 하지.'

강윤은 그의 마음이 십분 이해가 갔다.

온 정성을 다해 키워온 연예인이란 자식과도 같다. 그 연예인과 이런 식으로 푸닥거리를 하면 사장 마음에는 금이 간다. 그래서 강윤이 대신 옥상으로 향하겠다고 했다.

옥상 문을 여니 김지숙이 눈물을 훌쩍이고 있었다. 그는 조용히 그녀의 옆에 서서 손수건을 내밀었다.

"……감사합니다."

손수건으로 눈물을 훔친 후, 그녀는 조심스러운 어조로 물었다.

"……사장님이 보내서 오셨어요?"

"그냥 오지랖이야."

"그러면…… 혼자 있게 해주실래요?"

"……."

혼자 있게 해달라는 말에 강윤은 이러지도 저러지도 않았다. 그저 조용히 그녀 옆에 서 있을 뿐이었다.

그게 거슬렸는지 김지숙은 가시 돋친 어조로 말했다.

"혼자 있게 해주세요."

"왜?"

"……안 가면 제가 갈게요."

김지숙이 강윤에게서 휙 돌아섰을 그때였다.

"엄마가 보고 싶니?"

뜬금없는 말이었지만, 김지숙은 정곡을 찔린 듯 자리에 멈춰 섰다.

"무, 무슨 말씀이세요?!"

다 큰 성인에게 엄마라니. 말도 안 된다며 김지숙은 목소리를 높였지만 강윤은 차분했다.

"한국에 가고 싶지 않아?"

그 말이 터닝 포인트였다. 가늘게 몸을 떨던 김지숙은 천천히 돌아섰다.

"아니, 절대. 아니에요."

강하게 고개를 흔들며 부정했지만, 강한 부정은 긍정이라고 했다.

그녀의 부정에서 긍정의 뜻을 눈치챈 강윤은 그녀에게 다가가 등을 다독였다.

"엄마 보고 싶은 게 부끄러운 건 아니잖아."

"……."

"나도 보고 싶은걸? 우리 엄마."

"……작곡가님도 그럴 때가…… 있어요?"

김지숙이 조심스럽게 묻자 강윤은 쓴웃음을 머금었다.

"가끔은. 우리 애들이 속 썩일 때."

"……에이, 그게 뭐예요."

작은 개그에 웃음이 피어났다.

김지숙의 얼굴이 조금은 풀린 듯하자 강윤은 부드러운 얼굴로 말을 이어갔다.

"계속 중국에만 있었지?"

"네."

"추 사장님이 무심하게 느껴졌을 거야. 그치?"

"……조금은요."

"당연히 추 사장님이 야속하게 느껴질 거야. 하지만 그분이 네 마음을 모를 리가 없어."

"혹시 저더러 어쩔 수 없네, 뭐네 하면서 이해하라고 말씀하시려는 거면……."

"그런 거 아냐."

강윤은 손을 들어 그녀의 말을 제지하고는 말을 이어갔다.

"넌 말이야. 좀 더 이기적이여야 될 필요가 있어."

"……네?"

그 말에 오히려 김지숙은 의문이 들었는지 눈을 껌뻑였다.

"그동안 계속 참아서 이렇게 된 거거든."

"참…… 아서?"

"스케줄은 밀려오고, 난 계속 지쳐 가지. 그런데 언니들 눈치는 보이고, 사장님은 알아주는 것 같지도 않고. 이게 반복되고 있는 거야. 당연히 쉬고 싶어도 쉴 수가 없었겠지. 이게 터진 거야. 그렇지?"

"……."

그의 말이 맞았다. 휴식이 필요했다. 엄마도 보고 싶었다. 잠깐이라도, 여유가 필요했다 등등등등등…… 하지만 나만 생각할 순 없었다!!

하지만, 강윤이 마지막에 한 말이 그녀의 마음을 뒤흔들어 났다. 이기적이 되라는 그 말이.

"같이 말해보자. 잠깐만 쉬게 해달라고."

"허락해 줄 리가 없어요. 우리 사장님이 얼마나 팍팍한 사람인데요."

"넌 정말 너희 사장님을 모르는구나."

"네?"

강윤은 단호하게 고개를 흔들었다.

"지숙아, 너희 사장님하고 제대로 대화를 나누어 본 적 없지?"

"그건⋯⋯."

정곡이 찔렸는지, 그녀는 아무 말도 하지 못했다. 소심한 성격 탓에 사장님과 제대로 대화를 나눈 적이 거의 없었으니까.

강윤은 다시 그녀의 어깨를 다독였다.

"그러니까 내가 도와줄게. 지숙아, 조금만 이기적으로 솔직해져 보자."

"풋. 이기적으로 솔직해져 보는 건 무슨 말이에요?"

강윤의 말이 재미있었는지 그녀의 입가에 웃음이 맴돌았다. 그렇게 여유를 되찾은 그녀의 손을 붙잡고, 강윤은 사장실로 향했다.

사장실 안에 들어서자, 추만지 사장이 고뇌에 찬 표정으로 소파에 앉아 있었다.

"⋯⋯더 할 말 있니?"

추만지 사장의 얼굴은 어두웠다. 김지숙의 얼굴을 그리 보고 싶지 않은 것처럼. 강윤이 없었으면 바로 터졌을지도 몰랐다.

"지숙이가 할 말이 있다고 하더군요."

"⋯⋯앉아봐."

추만지 사장은 뚱한 어조로 이야기하곤 손을 뻗어 자리를 권했다.

"⋯⋯."

"⋯⋯."

비서가 다시 차를 내올 동안, 세 사람 사이에는 침묵만이 감돌았다. 어색한 표정을 한 비서가 다시 나갔지만, 그때까지 추만지 사장이나 김지숙은 아무 말도 하지 못했다.

보다 못한 강윤은 김지숙의 옆구리를 살짝 찔렀다.

'지숙아.'

먼저 말을 꺼내보라며 신호를 보냈지만 쉽지 않았는지 그녀는 우물대기만 할 뿐, 반응이 없었다.

오히려 먼저 말을 꺼낸 건 추만지 사장이었다.

"김지숙, 어제 일은 말······."

이러면 위험했다. 안 되겠다 여긴 강윤은 추만지 사장에게 눈짓을 했다.

'잠시만.'

"······?"

추만지 사장은 강윤이 고개를 도리질 치는 모습을 보며 끙하고 앓는 소리를 냈다. 아마 그가 없었으면 그의 언성은 점점 높아졌을 것이다.

한 번은 막았지만, 두 번은 보장할 수 없었다. 강윤은 다시 김지숙에게 눈짓했다.

'지숙아.'

강윤은 계속 그녀에게 눈치를 주었다. 다행히 계속 우물대던 그녀는 뭔가 결심했는지 눈에 힘을 주며 운을 뗐다.

"사장님, 죄송해요. 어제 일은 제가 잘못했어요."

"······흐흠."

"지난번에 화보 하기 싫다고 화내서 사장님 힘들게 한 것도 다······ 죄송합니다. 제가 잘못했어요."

잘못했다는 말은 쥐구멍에 들어가듯 작게 들려왔지만, 추만지 사장에게는 오히려 크게 들렸다. 그만큼 사과의 위력은 컸다.

추만지 사장은 무뚝뚝한 어조로 말했다.

"……왜 그랬니?"

"그게……."

"뭐라고 안 할 거니까 솔직하게 말해봐."

어린애도 안 넘어올 것 같은 딱딱한 말이었지만, 왜 그랬을까? 김지숙은 천천히, 속마음을 이야기하기 시작했다.

"저, 사실…… 정말 힘들었어요. 그냥…… 힘들어서, 아무것도 하고 싶지 않았어요."

"……그래?"

"점점 지쳐서…… 음악 외에는 꼴도 보기 싫었어요. 죄송해요."

말을 하면서 김지숙의 눈가가 그렁그렁해졌다. 추만지 사장은 그녀의 옆자리에 앉더니 손을 잡고는 말을 이어갔다.

"힘들만 해. 일은 많고 쉴 여유는 없었으니까. 그동안 엄마 얼굴도 제대로 못 봤잖아. 8개월 전 팍스콘서트였나? 10분 만났던 게 전부였었지?"

"맞아요. 알고 계셨…… 어요?"

"당연하지. 난 네 사장이잖아."

그게 기점이었다. 김지숙의 눈물샘이 마구 터져 나오기 시작했다. 추만지 사장은 휴지를 뽑아 그녀의 눈물을 닦아주었다.

"그동안 너무 달리긴 했지? 내 실수다. 욕심을 너무 부렸어. 노래 어쩌고 할 때부터 알아챘어야 하는 건데……."

"아니에요. 제가, 제가 잘못했어요."

"아니야. 하아……."

뭔가 터질 듯한 화약고 같던 사장실은 어느새 따스한 훈풍이 불어왔다. 손을 맞잡으며 훈훈한 모습을 보이는 두 사람을 지켜보던 강윤은 조용히 자리에서 일어났다.

'내 역할은 이 정도면 되겠군. 더 있을 필요는 없겠어.'

더 이상 가교는 필요 없을 것 같았다. 강윤은 까치발을 든채 문을 열고 사장실을 나섰다.


몇 시간 후.

차 안에서 노트북으로 서류를 검토하던 강윤은 추만지 사장에게 걸려온 전화를 받았다. 그는 고마우면서도 민망했는지 조금은 어색한 투로 이야기했다.

─……지숙이에겐 3일 동안 휴가를 내주기로 했습니다.

"잘하셨습니다."

─본의 아니게 못난 꼴을 보였습니다. 많이 배우긴 했지만…… 민망하군요.

"아닙니다. 저도 추 사장님께 항상 배우는걸요. 피장파장이죠."

좋은 이야기를 주고받다 보니 어색함은 조금씩 가셨다.

잠시 이야기를 나누다가 급한 일이 생겼는지 추만지 사장은 나중에 통화하자는 말을 남기며 전화를 끊었다.

강윤은 다시 노트북으로 눈을 돌렸다.

「콜라보 콘서트 게스트 섭외 - 장페이(张菲)」

섭외팀에서 보내온 계약서와 파일을 보며 강윤은 흐뭇한 미소를 지었다.

'섭외팀이 일을 잘했군. 장페이를 섭외하다니.'

그녀는 중국에서 가장 인기 있는 여가수였다. 가창력은 말할 것도 없고, 동그란 얼굴에 긴 다리 등 여성스러운 외모를 지녔지만, 털털한 이미지로 여성 팬들의 마음을 강하게 사로잡은 가수였다. 여성 팬이 많은 에디오스에게도 어울리는 섭외였다.

한 가지 일을 마친 강윤은 다음 파일을 열었다.

「체육관 선정 후보 - 베이징 충영 체육관, 상해 영효진 체육관」

콘서트 연습장으로 쓸 체육관 선정 문제였다.

콜라보 콘서트가 워낙 규모가 크다 보니 연습장의 규모도 거대했다.

'다이아틴이나 에디오스나 상해에서 많이 활동하니까. 영효진 체육관을 쓰는 게 낫겠어.'

상해 영효진 체육관으로 하자는 안에 결재를 한 후, 강윤은 최경호에게 이메일을 보냈다. 메일이 보내졌다는 메시지를 확인했을 때, 운전대를 잡은 문 비서가 강윤을 돌아보았다.

"회장님, 도착했습니다."

도착한 곳은 거대한 저택 앞이었다.

두 사람이 차에서 내리니 정복을 입은 남자들이 나와 90도로 고개를 숙였다.

[어서 오십시오. 기다리고 있었습니다.]

남자들의 안내를 받아 강윤은 안으로 들어갔다. 남자들에게 압도당했는지 문 비서가 움찔할 때, 강윤은 긴장하지 말라며 그녀를 다독였다.

저택 안에 들어서니 메이드복을 입은 사람들이 강윤 일행을 정중히 맞아주었고, 중앙에 나 있는 2층 계단 위에서 강윤을 초대한 젊은 남성이 기다리고 있었다.

[어서 오십시오, 이강윤 동사장님. 이거, 한국에 초대해 주셨을 때 갔어야 하는데…… 죄송합니다.]

[아닙니다, 신오류(神杅误) 총경리님. 미국 일로 바쁘시잖습니까.]

저택의 주인이자 거대 부동산 기업, 신류기업의 사장 신오류였다. 게다가 월드엔터테인먼트의 중요 사업에 투자를 하기도 하는 투자자였다.

그는 강윤과 악수를 나누었다.

[저희 동생들이 많은 신세를 지고 있습니다.]

[아닙니다. 차오와 루리 모두 실력으로 뽑힌 연습생들입니다. 신세라니 당치 않습니다.]

사적으로는 월드엔터테인먼트 연습생, 신 차오와 신 루리의 오빠이기도 했다.

그가 가장 궁금해할 것이 무엇인지를 알기에, 강윤은 동생들에 대해 이야기했다. 한국에서 노래와 춤, 연기까지 다양한 공부를 하고 있다는 소식을 듣자 그의 얼굴은 확연히 밝아졌다.

[하하하. 루리나 차오나 어딜 가도 빠지질 않…… 아차.]

한창 동생 이야기로 웃다가 신오류는 뭔가 생각났는지 난처한 표정을 지었다.

[이거, 제 즐거움만 찾다가 귀한 분을 서 있게만 했습니다. 이쪽으로 오시죠. 만찬을 준비해 뒀습니다.]

그러고는 친히 강윤을 거대한 실내 정원으로 안내했다.

그곳에서는 수십 명의 요리사와 정복을 입은 직원들이 연회를 위해 분주히 움직이고 있었다.

강윤은 신오류와 함께 정원 한가운데 있는 원형 식탁에 앉았다.

[누추하지만, 마음에 드셨으면 합니다.]

말이 누추했지, 절대 누추하지 않았다. 서양식으로 꾸며진 아름다운 정원에 물소리와 함께 클래식 음악이 함께 흐르는 정원이었다. 여기에 각종 음식의 향연이 펼쳐지고 시작했다.

[아닙니다. 과한 환대에 감사할 뿐입니다.]

음악과 함께 들려오는 물소리, 수많은 요리사가 만들어내는 음식들까지.

실내 정원에서의 만찬은 황홀하기까지 했다. 다양한 음식들이 수도 없이 계속 나왔다. 거기에 중국의 고급술인 쉐이징팡(水井坊)을 채운 잔으로 건배를 하니 두 사람의 얼굴에 웃음꽃이 피었다.

한국에 있는 동생들 이야기와 일 이야기 등을 나누다 보니 시간은 금방 흘러갔다.

쉐이징팡을 채운 병이 거의 비어갈 때쯤, 신오류가 말했다.

[아, 강윤 동사장님. 묻고 싶은 게 있습니다.]

[말씀하시지요.]

[동생들이 월드에 있다 보니 자연스럽게 엔터 쪽에 관심이 가게 됩니다. 그때 들은 말이 있습니다. 이 동사장님은 '지예'라고 들어보셨습니까?]

[지예? MG와 예랑이 합병해서 만든 기업을 말씀하시는 건가요?]

[맞습니다.]

월드가 지예와 관계가 좋을 리가 없었다. 강윤도 그들의 일에 촉각을 곤두세우고 있었다. 그런데 신오류가 그들의 이야기를 언급하다니. 뭔가 느낌이 싸했다.

[제 아는 지인들 중에 그곳에 관심을 기울이는 사람들이 있습니다. 요새 한류가 붐이잖습니까. 그 다이아틴이나 월드의 에디오스처럼 말이죠. 그래서 그쪽에 투자를 하고 싶어 하는 사람들이 있습니다.]

[투자…… 말입니까?]

[어떻습니까? 이 동사장님이 보시기에는?]

월드의 라이벌 기업, 지예에 대한 투자 소견이라니.

'저의가 뭐지?'

신오류 정도 되는 사람이 월드와 지예가 좋지 못하다는 걸 알지 못할 리가 없었다. 그런데 투자 소견을 묻는다?

신오류의 눈이 날카롭게 빛나는 가운데, 강윤은 선뜻 입을 열지 못했다.

**4화**
도화선

"죽는 게…… 별건가? 당연한 거 아냐? 사람은 다 죽게 마련인데, 한 번 사는 거, 원 없이 사랑하고, 사랑받고!! 그렇게 살면 되는 거지."

"강세미, 과해."

단상을 치며 인상을 찌푸리는 트레이너의 지적에 강세미는 고개를 흔들며 목소리를 가다듬었다.

"죄송합니다. 다시 해보겠습니다. 죽는 게 별건가? 당연…… 당연……."

긴장했던 걸까?

머리가 새하얘진 그녀는 몇 번이나 같은 말을 반복했다.

결국 연기를 지도하던 트레이너는 안 되겠다며 짐을 챙겨 자리에서 돌아서 버렸다.

"세미야."

"다시 해보겠습니다."

"하지 마. 아, 진짜. 재능도 없는 애한테 연기는 무슨 연기를……."

"……."

돌직구를 던진 트레이너는 거친 바람을 내며 나가 버렸다. 홀로 남은 연습실에서 그녀는 거울을 만지며 처량하게 중얼거렸다.

"……나, 뭐 하는 거니."

마음이 울적했다.

연기, 못하는 게 당연했다. 원래부터 생각이 없었는데 잘할 이유가 있을까. 하지만 회사에서는 연기를 하란다. 네 얼굴에는 연기자가 제격이라고.

'다른 애들은 연기하고 싶어도 못한다는데. 배부른 소리일까?'

남들과 확연히 비교되는 외모는 복이다.

회사 말대로 이 외모로 연기자부터 되는 게 옳은 선택일까? 아니면 하고 싶은 노래를 하는 게 더 나을까?

의문은 꼬리에 꼬리를 물었다. 그래도 확실히 기억하는 건 있었다.

"내가 생각하는 게 옳다는 확신."

얼마 전, 주아에게 들은 조언이었다. 그게 그녀를 움직이게 했다.

‘……그래, 월드라면 혹시 몰라.’

–오디션 지원.

작은 디스플레이 위에 올라간 그녀의 손가락이 가느다랗게 떨리고 있었다.

♩♪−♩−−♪−♪−−♩−

긴장감이 흐르는 테이블과는 다르게, 정원에는 은은한 클래식 연주가 흐르고 있었다. 쉽게 답을 하지 못하는 강윤을 바라보며 신오류는 멋쩍은 미소를 흘렸다.

[이런, 제가 동사장님을 부담스럽게 했군요.]

그러면서 벌주라며 신오류는 단번에 잔을 비워 버렸다. 그와 반대로 강윤은 독한 술을 천천히 비우며 생각한 답을 이야기했다.

[솔직히…… 제 입장에선 쉽게 말하기 어려운 문제입니다. 그래도 최대한 객관적으로 말씀드리겠습니다. 지예는 MG와 예랑이 합병해서 탄생한 기업이지요. 그래서 스타성이 있는 연예인도 많고, 두 기업의 스타 육성, 사업 노하우까지 함께 있습니다. 투자가치는 충분하다고 생각합니다.]

[흠…….]

강윤이 지예와 좋은 사이가 아니라는 건 익히 알고 있었다. 그런데도 이런 말을 할 수 있다는 것이 그는 놀라웠다.
하지만 생각과는 달리 신오류의 입에서는 다른 말이 나왔다.

[그 말은 제가 지예에 투자하는 것도 괜찮다는 말이군요.]

진심을 알고 싶었다. 신오류의 눈가에 장난기와 함께 한기
까지 느껴졌다. 강윤은 자신을 훑어보는 듯한 느낌에 멈칫했
지만, 진짜 저의를 파악하곤 몸을 신오류 쪽으로 기울였다.

[지예라는 기업만 보면 확실히 투자할 가치 있습니다. 하지
만……]

[하지만?]

[저희 월드와의 관계를 함께 보면 마냥 괜찮을지는 생각해 봐야
합니다. 지예의 성장을 그저 지켜보지는 않을 테니까요.]

순간 강윤의 눈빛이 서늘해졌다. 그와 함께 신오류의 눈가
에 어렸던 장난기도 가셨다.

그러다가……

[하하하하하!!]

신오류의 입에서 큰 웃음이 터져 나왔다.

[알겠습니다. 하하하. 역시, 잘 알겠습니다. 새겨듣지요.]

한참 동안 신오류의 웃음은 가시지 않았다. 강윤은 그의
웃음소리에 아랑곳하지 않고 홀로 술잔을 기울였다.

얼마 후, 한참을 웃던 신오류는 평소의 여유로운 얼굴로
돌아갔다.

[동사장님 뜻은 잘 알았습니다. 이거, 밥 한 번에 귀한 정보를 들
었군요.]

[아닙니다. 한잔하실까요?]

강윤이 술잔을 채워주자 신오류는 이전보다 부드러운 자세로 잔을 받았다. 그러더니 은근한 자세로 몸을 앞으로 기울였다.

[며칠 전에 들은 이야기입니다. 지예의 그 총경리가 된 사람 말이죠. 강시명이라고 했었나요. 그 사람이 최근에 중국에 와서 대대적으로 투자자들을 알아보러 다닌다는 소문을 들었습니다.]

[아, 저희 이사님께 들었습니다. 들리는 말로는 중국에 공급할 드라마를 만들 제작사를 설립하기 위한 자금을 모으기 위한 것이라더군요. 하지만 필요 이상의 투자자들을 모집하는 모양새라 주시하고 있다고 이야기를 들었습니다.]

[제가 들은 이야기와 같군요. 동사장님은 그게 왜 그럴 거라고 생각합니까?]

[왜일까요? 설마……]

순간 강윤의 머리에 스쳐 가는 생각이 있었다.

투자자가 많아지면 자금은 풍성해진다. 이는 회사에는 복이다. 하지만 투자자들도 바보는 아니다. 후에 가져갈 이익이 있어야 투자를 하지, 가져갈 것도 없이 투자할 회사는 없다. 과하게 투자자들이 몰린다면, 강시명이 과하게 투자자들을 모집하고 있다면 원진표 모르게 뭔가 일을 꾸미고 있다는 말이었다.

'설마, 강시명 이 작자가 혼자 지예를 독차지하려는 건가?'

욕망에 가득 찬 강시명 사장의 얼굴을 떠올리며 강윤은 눈살을 찌푸렸다.

"팀장님, 오늘 올라온 오디션 영상들입니다."

"메신저로 보내줘요."

표정 없는 얼굴로 춤추는 남자의 동영상을 보며, 진혜리는 허공을 향해 손을 저었다. 그리고 곧 전송된 영상을 보더니 이내 얼굴을 찡그렸다.

"다 똑같네, 똑같아."

그러고는 다시 홈페이지에 있던 영상들을 재생하고는 무표정한 얼굴로 돌아갔다.

대대적으로 체제가 개편되면서, 진혜리는 무려 외부 인재 스카우트팀의 팀장으로 파격 승진했다. 그것도 무려 회장 직속팀의 팀장이었다. 급여도 엄청났다.

하지만 급여가 높으면 뭐 하나? 일하느라 쓸 시간이 없는 것을……

"이놈의 복근들 진짜!! 그만 좀 보내!!"

최근 GNB 출신의 남자 아이돌 때문에 유행하게 됐다는 복근 춤을 추는 고등학생의 영상을 꺼버리며 진혜리는 소리쳤다.

온 사무실이 떠나갈 정도의 소음이었지만, 주변 팀원들은 늘 있는 일이라며 별 반응이 없었다.

"안 돼, 안 돼, 안 돼!! 특이점이 없다고, 특이점이!! 이런 애들이면 회장님께 빠꾸 먹는다고!!"

반 미친 눈으로 소리치는 그녀를 팀원들은 안쓰럽게 바라

봤다.

하지만 뭘 해줄 방법도 없었다. 전에 그녀의 상관이었던 염한성이 섭외팀으로 가버린 게 신의 한 수라는 소리가 나올 정도였으니까.

잠시 후, 허공에 한바탕 소리치던 진혜리가 팀원들을 돌아보며 물었다.

"오늘도 허탕인가요? 다들 없어요?"

"……."

진혜리의 물음에 팀원들은 고개를 흔들 뿐이었다. 하긴, 매일 월드에 접수되는 오디션 영상만 수천 건에 달했다. 덕분에 이 영상들을 매일 봐야 하는 이들은 하루하루 말라가고 있었다.

"……하나만 보고 끝내야지."

오늘도 '없음'이라는 보고서를 올릴 생각을 하며 진혜리는 마지막 'Seri.avi'라는 동영상을 재생했다.

─아아, 안녕하세요. 저는 MG엔터테인먼트의 연습생으로 있는…….

"MG?"

진혜리의 눈에 이채를 띠었다. 다른 직원들에게도 함께 보자며 손짓했고 곧 주위로 직원들이 모여들었다.

─But with you── it's ───

동영상의 그녀가 부르는 노래는 유명한 팝송이었다. 꽉 찬 느낌의 가느다란 여성의 음색이 울림을 퍼뜨리고 있었다.

'이건……?'

뭔가 달랐다. 느낌이 오기 시작했다. 게다가 예쁜 얼굴, 아니, 저건 연기자를 해도 될 법한 재목이었다. 한마디로 물건이었다.

'이건 무조건 잡아야 한다.'

마음이 급해진 진혜리는 자리에서 벌떡 일어났다.

"혜수 씨, 이 학생 연락해서 오디션 날짜 잡고, 진혁 씨, 회장님께 연락해서…… 아니, 회장님껜 내가 직접 연락하지요. 다들 오디션 준비해 주세요."

"알겠습니다."

월드 스튜디오의 인재 스카우트팀이 분주해지기 시작했다.

♪ ♩ ♫ ♪

화사한 마블링 진 한우가 익어가던 고깃집 안. 그곳에서 지예의 회식이 진행되고 있었다.

"오늘은 내가 내는 거니까, 마음껏 듭시다. 자, 위하여!!"

"위하여!!"

새롭게 공동대표로 취임한 강시명 사장은 잔을 들며 호쾌하게 외쳤고, 함께 공동대표로 취임한 원진표 사장을 비롯해 함께 모인 100여 명의 사람도 잔을 높이 들었다.

오늘은 예랑과 MG의 합병이 완료한 후, 모두가 한자리에 모여 연 첫 회식이었다. 팀별 연예인, 연습생들에 이르기까지 모두가 모인 자리였다.

"크으!!"

단번에 잔을 비워 버린 강시명 사장은 박수를 치며 모두의 시선을 끌어모았다.

"모두가 한마음으로 고생해 준 덕에 빠른 시간 안에 우린 한 식구가 됐습니다. 오늘은 기쁜 날입니다. 모두 취해 봅시다!!"

"네에!!"

"자, 윤 본부장. 한잔 받아요."

강시명 사장은 합병 작업에 많은 고생을 한 윤 본부장에게 고생했다며 술잔에 술을 따라 주었다. 그는 예랑의 사람이 아닌, MG 출신이었지만 함께 일하며 부쩍 가까워진 사람이었다.

"사장님이 믿고 맡겨주셨기에 가능했지요. 이젠 월드도 누르고, 최고의 자리도 찾아야 하지 않겠습니까."

"당연하지요."

"네. 이 과장, 뭐 하고 있나? 사장님 잔 비었잖아."

윤 본부장이 빈 잔을 들며 채근하자, 윤 본부장 옆에 있던 이 과장은 병맥주를 들었다. 그때, 강시명 사장이 소주병을 들며 말했다.

"이 과장, 소맥 좋아해요?"

소맥이라는 말에 사람들의 눈이 번쩍 뜨였다.

"오우, 좋지요."

술로 끝나는 회식 자리에 이골이 난 사람들이라 소맥은 언제나 환영이었다. 게다가 강시명 사장이 제조해 주는 소맥은 비율이나 맛이나 기가 막혔다.

"크으~ 사장님, 이거 비율이 기가 막힌데요?"

"저 한 잔만 더……."

"자자, 말만 해요."

"와우."

강시명 사장이 탄 소맥은 테이블을 넘어 전체로 퍼져 나갔다. 존재감을 알려갔다. 그는 젓가락으로 마개에 구멍을 뚫는 기술까지 선보이며 소탈한 모습을 보였고, 이는 어색했던 분위기를 천천히 그에게로 끌어당겼다.

심지어 절반으로 줄어 우울한 분위기였던 연습생들도 어느 정도 녹아들었는지 밝아진 모습이었다.

"강 사장님 주위에 사람이 많군요."

"직원들 보기에 이거, 영……."

평소와 같이 무게를 잡으며 일 이야기를 하던 MG 출신 이사들은 혀를 찼다. 애꿎은 소고기만 뒤집으며 강시명 사장을 불편한 시선으로 바라보았다.

"자자, 우리도 너무 무거운 이야기만 하지 맙시다."

"사장님."

"어허. 자, 편한 사람끼리 마시면 되지요. 드시죠."

원진표 사장은 이사들의 타는 속을 모르는지 오히려 주의를 주었다. 이사들은 속이 탔다. 공동대표라는 말은 앞으로 서로 능력을 비교당할 거라는 말과 같거늘…… 그런데 이 사람은 그걸 아는지 모르는지.

자신들의 타는 속을 알 리 없는 예랑 출신 이사들은 강시명 사장과 한데 어우러져 직원들과 큰 소리로 웃고 있었다.

결국 MG 출신의 한 이사가 안 되겠는지 은밀히 속삭였다.

"사장님, 강 사장님 이야기 혹시 들은 것 없으셨습니까?"

"무슨 말인가요?"

"강 사장님이 중국에서 대대적으로 투자자들을 모집한 것에 대해 말입니다."

"들었지요. 대대적으로 투자자들을 유치해서 우리가 이렇게 빨리 합병을 할 수 있지 않았습니까."

눈치가 없는 건지, 원진표 사장은 여전히 태평했다. 속삭였던 이사는 타는 속에 가슴을 치고 싶었지만 간신히 참으며 말을 이어갔다.

"이번에 들어오는 투자금들, 너무 많다고 생각하지 않으셨습니까?"

"뭐가 말인가요? 자금은 많을수록 좋지 않은가요?"

"사장님, 투자를 받는다는 건 나중에 가져갈 수도 있다는 이야기입니다. 남의 돈만큼 무서운 건 없습니다."

"남의 돈을 이용할 줄 알아야 부자가 되는 겁니다. 양 이사님, 좋은 자리에서 괜한 소문으로 얼굴을 붉히지 맙시다."

"사장님."

원진표 사장은 계속 간언하는 이사의 손목을 꼭 잡으며 고개를 흔들었다. 그만하자는 뜻이었다. 그의 행동을 보고 다른 이사들은 동시에 눈빛을 교환했다.

'안 되겠다.'

어느새 그들의 눈빛은 직원들의 중심에 있는 강시명에게

로 향해 있었다.

월드 스튜디오에는 회장 직속팀이 두 개 있다. 하나는 가수 연습생을 발굴하는 인재 스카우트팀, 다른 하나는 곡 작업을 진행하는 A&R팀이었다.

섭외팀이나 홍보팀 등은 이사와 사장에게 보고한 후 회장의 결재를 받는 시스템이었지만, 이 두 팀은 바로 강윤에게 보고를 한다. 그만큼 강윤의 영향력이 강한 팀이었다.

그래서 아무리 바빠도 오디션 같은 경우 강윤은 꼭 참석을 하곤 했다.

"다시 봐도 목소리가 참 좋군요. 가득 찬 느낌과 가느다란 여성적인 느낌이 함께 있다니. 흔하지 않은 목소리군요. 꼭 들어보고 싶군요."

오디션 당일, 한국에 도착한 강윤은 동영상을 보며 기대에 찬 미소를 지었다. 강윤 옆에 서 있던 인재 스카우트팀의 팀장, 진혜리는 자신만만한 표정으로 강윤에게 서류를 건넸다.

"실제로 보셔도 만족하실 거라고 확신합니다."

"기대하지요."

서류를 건네받고 이력을 검토하던 중, 눈에 띄는 것이 있었다. 'MG엔터테인먼트 연습생'이라는 항목이었다. 그것도 현재. 강윤은 펜으로 그곳을 가리켰다.

"진 팀장, 이건 문제가 되지 않겠습니까?"

"저도 처음에는 걱정을 했었습니다만, 조사를 해보니 괜찮다는 결론을 내렸습니다. MG와 예랑이 합병 작업을 급히 진행하면서 연습생을 절반이나 내보냈다는 걸 알게 됐습니다. 현재 지예는 연습생보다 연예인을 더 챙기는 분위기라서…… 그리 걱정하지 않으셔도 될 것 같습니다."

"하긴, 지예가 초창기라 혼란하긴 하지요. 남의 혼란을 이용하는 것 같아 썩 좋진 않지만…… 일단 만나보고 결정하겠습니다."

서류 검토까지 마치니 어느덧 시간이 되었다.

오디션이 있는 7층 스튜디오로 가니 직원의 안내를 받은 강세미가 기다리고 있었다.

"아, 안녕하세요."

학교에서 막 왔는지 교복을 입은 강세미가 강윤을 향해 고개를 숙였다. 잔뜩 긴장한 얼굴을 하고 있는 그녀에게 강윤은 부드러운 표정으로 말했다.

"일단 긴장부터 풀어요."

"네, 네. 지, 진짜 회, 회장님이 오셨……."

"못 들었나요?"

"아, 아뇨. 드, 듣긴 했는데요. 그, 그게……."

강윤이 연습생 오디션까지 진행하는 줄은 몰랐던 강세미는 긴장했는지 말을 더듬었다.

가수가 되기를 원하는 연습생들에게 강윤은 꼭 만나고 싶은 그런 존재였다. 성공의 아이콘, 실패라는 걸 모르는 프로듀서였으니까.

강세미에게도 긴장과 함께 선망의 눈빛이 서려 있었다.

물론, 자신을 향해 초롱초롱한 눈빛을 쏘아 보내는 소녀가 강윤은 부담스러웠다.

"······크흠. 진 팀장, 준비되면 시작하죠."

"네, 회장님."

직원들의 안내를 받은 강세미는 중앙에 섰고, 강윤을 비롯한 인재 스카우트팀 팀원과 A&R팀의 팀장 오지완, 그리고 강윤이 나란히 앉았다. 심사를 맡은 그들의 손에는 서류가 들려 있었다.

강세미가 목소리를 풀며 준비가 되었다는 이야기를 하자 강윤은 양손에 깍지를 끼며 말했다.

"시작할까요?"

긴장 어린 눈빛으로 강세미는 온몸에 힘을 빼며 노래를 시작했다.

"어두운 밤―― 날 가려도―― 아침은 오지 않는다―― 누군가―― 속삭여도――"

커다란 음표들이 빠르게 얽히면서 새하얀 빛이 강하게 뿜어져 나왔다. 꽉 찬 듯, 가느다란 느낌의 영상에서 접했던 음색이었다.

'내 느낌이 맞았어!!'

진혜리는 필기도 하는 둥 마는 둥 하며 그녀의 노래에 빠져들었다. 반면, 오지완 프로듀서는 고개를 갸웃했다.

'거칠어.'

특이한 음색, 좋았다. 하지만 월드에는 김지민이 있었다.

거기에 비할 수 있을지 의문이 들었다. 그 때문인지 그는 객관적이 되었고, 덕분에 그의 점수는 후하지 않았다.

'……'

일찌감치 방향을 결정한 두 사람과는 달리, 강윤은 쉽게 결정을 하지 않았다. 하얀빛을 봤음에도 마음에 걸리는 게 있었다.

그때였다.

"날 찾고 있진 않을까—— 날 보고 있다면——— 나 여기 있다고 말해~ 줘~~"

마지막 음이 점점 높아질 때, 무리를 했는지 강세미의 목소리가 떨려왔다. 미세한 떨림이었지만 강윤과 오지완은 그 소리를 듣고는 눈썹을 꿈틀댔다.

'아……'

두 사람의 반응에 실수한 것을 깨달은 강세미도 아차 싶었는지 눈을 감았다. 하지만 이미 차는 떠난 지 오래였다. 그렇게 그녀의 노래는 끝이 났다.

"수고했습니다."

"감사합니다."

강윤은 오지완 프로듀서와 진혜리가 적은 심사평을 받았다. 그는 다리가 풀렸는지 자리에 주저앉은 강세미에게 부드러운 어조로 말했다.

"좋은 노래였습니다. 연습을 많이 한 목소리네요."

"……감사합니다."

"독특한 음색, 좋았습니다. 이런 음색은 찾기 어려운데,

정말 듣기 좋았어요. 하지만……."

반대되는 말을 듣자 강세미는 입술을 질겅였다.

"아쉬웠던 건 고음이었어요. 마지막, 고음에서 힘이 빠진 것 같았습니다."

역시나.

긴장에 강세미의 몸에 바짝 힘이 들어갔다.

"몸에 과하게 힘이 들어가서 뻣뻣한 소리가 나온 것 같군요. 긴장한 탓도 있었겠지만, 소리에 영향을 준 건 확실히 실수입니다. 프로의 세계에서는 이런 말은 통하지 않아요."

"……."

프로라는 말을 들으니 할 말이 없었다. 강세미는 고개를 숙였다. 단 한 번의 기회가 이렇게 날아가는 것 같았다. 아무에게나 오지 않는 기회를 잡아서 정말 기뻤었는데……

"이게, 오 팀장님의 평이었고……."

그런데 강윤의 말은 거기서 끝이 아니었다. 강세미의 머리가 번쩍 들렸다.

"진 팀장님은 독특한 음색이 내는 하모니가 최고였다…… 라고 하는군요. 음색이 모든 걸 말해주긴 했죠."

"헤헤."

진혜리는 멋쩍었는지 머리를 긁적였다. 하지만 그녀의 웃는 표정과 달리 지옥과 천당을 오간 강세미는 두근거리는 가슴을 잡아야 했다.

'지, 진짜…….'

희망 고문이라도 하는 건가? 유명 오디션 프로그램도 아니고, 이게 뭐 하는 건지 모르겠다.

아무튼, 이제 남은 건 강윤뿐이었다. 그녀는 걱정 반, 기대 반으로 그를 바라보았다.

성공의 아이콘이 자신을 어떻게 바라볼까?

무엇보다 궁금했다.

그런데 그의 행동은 그녀의 예상과는 전혀 달랐다. 서류를 덮더니 날 선 눈매로 그녀를 훑었다.

"세미 양은 MG에서 왜 월드에 지원한 건가요?"

마치 자신을 꿰뚫어 보는 듯한 눈빛에 그녀의 가슴이 쿵쾅거리며 뛰었다.

"그게요……."

가볍게 떠보는 말이 아니었다. 강윤의 눈매는 보기 좋게 휘어 있었지만 그게 오히려 강세미를 더욱 주눅 들게 만들었다.

"충분히 생각하고 답을 해줬으면 좋겠군요."

"……."

"오래 걸려도 괜찮습니다. 충분히 생각하고 답해줘요."

강윤은 입구에 서 있던 직원들에게 손짓했다.

"혜수 씨, 미안한데 세미 양 물 좀 갖다 줘요. 여기도 부탁하고."

곧 여직원이 심사위원석과 강세미에게 물을 가져다주었다. 조금이라도 긴장을 풀어주기 위함이었다.

하지만 물통을 받아 든 이후에도 강세미는 손가락만 꼼지락댈 뿐 쉽게 입을 떼지 못했다. 안타까웠던 진혜리가 용기라도 북돋아주고 싶어 입을 떼려 했지만 강윤이 가로막았다.

'기다려요.'

결국 진혜리는 한숨을 내쉬며 그만둬야 했다.

그렇게 한참의 시간이 흘렀다.

"여기라면……."

드디어 마음을 먹었는지, 강세미의 무거웠던 입이 열리기 시작했다.

"여기라면 마음껏…… 노래를 할 수 있을 것 같았어요. 월드라면 반드시 저를 가수로 만들어줄 거라고 생각했거든요."

"반드시 가수로 만들어준다. 그건 전 소속사도 마찬가지일 텐데요."

강세미의 어깨가 점점 좁아졌다. 힘겹게 입을 열었건만, 압박은 점점 심해져 가고 있었다. 소녀의 얼굴은 급격히 어두워졌다. 하지만, 그는 가차 없었다.

"힘들면 여기까지 하지요. 하지만 의문은 계속 남을 겁니다. 왜 MG라는 좋은 소속사를 놔두고 여기에 지원했을까? 확실한 건 우린 그런 의문을 가지고 세미 양을 선발하기는 않을 겁니다."

"이야기하면!! 절 뽑아주실 건가요?"

"이유를 들어봐야겠죠."

그녀는 절실했고, 강윤은 차가웠다. 주아에게 얼핏 들었던 강윤에 대한 정보는 완전히 잘못된 것 같았다. 옆에 앉은 오지완이란 남자는 딱딱하기 짝이 없었고, 자신에게 호의적인 것 같은 저 여자는 힘도 없어 보였다.

선택을 강요받는 순간, 그녀는 눈을 꼭 감고 마음의 결정을 내렸다.

"이번에…… MG와의 계약이 끝나요."

힘겹게 입을 여니 눈빛이 달라졌다. 오히려 마음이 차분해졌다.

"이번에 바뀐 회사에서 재계약을 하자고 했어요. 조건도 이전보다 좋았어요. 계약금도 있었고…… 그런데 도저히 도장을 찍을 수가 없었어요. 회사가 생각하는 데뷔와 제가 생각하는 데뷔가 너무 달랐기 때문이에요. 전 가수가 되기 위해 8년을 버틴 건데…… 회사에는 절 연기자로 만들려고 했거든요."

감정이 끓어오르는지 강세미는 주먹을 부르르 떨었다.

"8년 동안, 가수가 될 생각만 해왔어요. 그런데 원 사장님의 말 한마디에 제 방향이 결정되더군요. 아직도 잊히질 않아요. '비주얼이 아깝네. 넌 가수보다 배우 하는 게 어울리겠어.' 이게 말이 되나요? 그 뒤 하루아침에 전 배우 연습생이 돼버렸고, 어울리지도 않는 연기 연습을 하게 됐죠."

"결국 회사에 대한 불만 때문에 지원했다. 이거군요."

"단순한 불만 때문이 아니에요!!"

그녀의 소리가 높아졌다. 강윤의 가라앉았던 눈가에 빛이 스민 것도 이때부터였다.

"배우냐, 가수냐. 제가 진로를 고민하고 있었으면 회사를 나올 리가 없었겠죠. 전 화가 났어요."

"사장님께 이야기는 해봤나요?"

"당연히!!"

강윤의 담담한 물음에 날 선 목소리가 터져 나왔지만, 누구도 그녀를 제지하지 않았다.

"전 가수가 되고 싶다고 사장님께 이야기했어요. 하지만 거절당했죠. 한 번도 아니고 세 번씩이나요."

"회사가 세미 양도 모르는 재능을 발견한 건 아니었을까요?"

"절대 아니에요. 확신해요. 전 연기에 눈곱만큼의 재능도 없어요. 절 가르치는 선생님들마다 저에게 하신 말씀이 있어요. 아무리 봐도 넌 배우의 재목은 아니라고. 무엇보다 전 배우가 되고 싶은 생각이 별로 없어요."

"그렇다면 진짜 하고 싶은 건 뭔가요?"

"가수, 가수요. 전, 저를 믿고 가수로 만들어줄 수 있는 곳과 함께하고 싶어요. 전 그곳이 월드가 되었으면 좋겠어요."

잔뜩 주눅 들었던 그녀의 눈빛은 빛으로 반짝였다.

"괜찮군요."

박한 점수를 줬던 오지완 조차 피식 웃었고, 진혜리는 더 마음에 들었는지 손으로 브이를 만들었다.

"제가 뭐라 했나요. 물건이라니까요."

모든 이야기를 들은 강윤은 가볍게 머리를 쓸어 넘겼다.

"알겠습니다. 힘든 이야기 해줘서 감사해요."

그렇게 모든 면접이 끝이 났다. 강세미는 다리가 풀린 듯 의자에 철푸덕 주저앉아 버렸다.

이제 말을 맞춰볼 시간, 강윤은 모두에게 손짓했다.

'어떻습니까?'

'나쁘지 않습니다.'

'저런 애는 흔치 않다고 생각합니다.'

오지완과 진혜리의 이야기를 들은 후, 강윤은 다시 진혜리에게 눈을 돌렸다.

"마지막으로 하고 싶은 이야기가 있습니까?"

"절 믿고 연습생으로 받아들여 주시면, 반드시 멋진 가수가 돼서 크게 보답하겠습니다."

"알겠습니다. 계약은 언제까지죠?"

"이번 주까지요."

"그렇군요. 알겠습니다. 다음 주부터 나오세요."

"알겠습…… 네?!"

순간 강세미는 자신의 귀를 의심했다. 어안이 벙벙해진 그녀에게 강윤은 한결 부드러워진 어조로 말했다.

"그동안 노래 연습은 많이 쉬었을 테니까 빡세게 굴릴 겁니다. 이젠 같은 식구니까 편안하게 말할게."

"아, 아. 네, 회장님!!"

식구라는 말에 가슴이 콩닥콩닥 뛰었다. 무서웠던 강윤의 모습은 이미 날아가 버린 지 오래였다.

강세미의 천진한 모습에 진혜리는 미소 지었고 오지완도 어깨를 으쓱였다.

"혜리 팀장님, 괜찮겠어요? 지예 애들, 건수 잡으려 한다는 소문이 파다하던데요."

"계약 끝났다잖아요. 지들이 안 놔주면 어쩌겠어요."

오지완의 걱정스러운 얼굴을 진혜리는 자신만만한 얼굴로

받았다. 이내 두 사람은 티격태격하기 시작했다. 그 모습을
잠시 지켜보던 강윤은 던지듯 말했다.

"자자, 힘든 일 끝. 이제 밥 먹으러 갑시다. 세미도 시간
되면 같이 가자."

"저도…… 요?"

"왜, 안 되니?"

"아니요!! 돼요."

합격에 신이 난 강세미는 강윤의 뒤를 따라 식사를 하기
위해 월드 스튜디오를 나섰다.

"야, 이 미친 새끼야!!"

촤아악!!

고성과 함께 신인육성팀의 팀장, 장용서의 머리에 우악스
럽게 서류 뭉치가 날아들었다. 사방에 흩어진 서류의 끝에는
있어야 할 도장이 찍혀 있지 않았다. 그게 원진표 사장이 화
를 내는 이유였다.

"내가, 내가 무슨 수를 써서라도 계약서에 도장 찍으라고
하지 않았나?"

"……죄송합니다."

"왜? 대체 뭐가 부족해서? 조건이 부족했나? 1년만 트레
이닝 받으면 바로 배우 생활 할 수 있게 해준다고 전달 안
했어?"

"아닙니다. 전달 다 했습니다."

"그런데 뭐가 문제냐고!! 계약금은 제대로 전달한 거야?!"

얌전한 사람이 화가 나면 아무도 못 말린다고, 원진표 사장이 딱 그 모양새였다. 책상을 주먹으로 내리찍고, 그것도 모자라 발을 동동 구르며 마구잡이로 분노를 표출하는 그의 모양새는 체통 있는 사장이라 보기 힘들었다.

'월드 일을 어떻게 말하나.'

장용서는 차마 입이 떨어지지 않았다. 절대, 이 자리에서는 말하고 싶지 않았다. 다른 연습생들에게 들은 강세미가 월드와 계약했다는 소식만은 절대로. 지금 보고했다간 날아오는 게 서류가 아니라 재떨이가 될 테니까.

"가서 계약서에 도장 찍어 갖고 와!!"

다행히 고함 소리와 함께 장용서는 해방되었다.

그런데 얼마 있지 않아 사장실의 문이 다시 열렸다.

"누가 함부로 문을…… 아, 강 사장님."

"안 좋은 일 있으셨나 봅니다."

직접 커피를 들고 들어오는 강시명 사장을 보자 원진표 사장은 가까스로 노기를 가라앉혔다. 그가 건네는 따스한 커피로 속을 달래며 그는 들썩이는 어깨를 안정시켰다.

"이렇게까지 열 내시는 원 사장님은 처음 보는군요."

"못난 꼴을 보였군요."

"감정 없는 사람이 어디 있겠습니까. 무슨 일인지요?"

사람 좋은 눈빛으로 책상에 걸터앉은 강시명 사장은 원진표 사장의 등을 가볍게 감쌌다. 편안함을 느낀 원진표 사장은 풀린 얼굴로 자초지종을 이야기했다.

"그동안 준비한 프로젝트가 있었는데, 오늘 무용지물이 됐습니다."

"프로젝트요? 저런. 뭔지는 모르겠지만 화가 날만 하군요. 조금 전에 장 팀장이 나가던데, 그 사람 때문입니까?"

"모르겠습니다. 일단은 책임자니 추궁한 정도죠. 강세미라고 이전 MG에서 공들여 키워오던 연습생이 있었습니다. 배우로서 싹이 있던 아이였죠."

"배우요?"

강시명 사장의 눈에 의심이 찼다. 그도 몇 번 봤던 연습생이었다. 꽃들 사이에서도 눈에 들어오는 외모를 가진 연습생이었으니까. 하지만 배우의 싹은 아니었다. 가수라면 모를까.

"네, 저희에겐 민진서를 키워냈던 노하우가 있지 않습니까. 마침 좋은 싹이 있으니 욕심을 부려봤죠. 그런데 난데없이 그 연습생이 재계약을 하지 않았다지 뭡니까."

강시명 사장은 혀를 찼다.

이 사람의 눈은 참······.

이 정도면 망상이 지나쳤다. 비교 의식이 과해도 너무 하달까. 하필이면 민진서와 비교하다니. 지금, 비슷한 배우들 중에서 그녀와 비교할 만한 배우는 찾아볼 수 없는데 말이다.

하지만 생각과 다르게 그는 웃어 보였다.

"계약금을 좀 더 주더라도 꼭 데려와야겠군요."

"물론이죠. 애가 힘들어서 그러는 것 같은데, 얼마 걸리진 않을 겁니다."

"혹시라도 제 도움이 필요하다면 말씀하십시오."

"감사합니다."

원진표 사장은 든든한 눈으로 강시명 사장을 바라보았다. 그의 눈에는 호의가 가득했다. 그때, 노크 소리와 함께 원진표 사장의 비서가 들어왔다.

"무슨 일이야?"

인상을 찌푸리는 원진표 사장에게 비서는 다급한 표정으로 고개를 숙였다.

"죄송합니다. 급한 일이라 빨리 알려드려야 할 것 같아서 무례를 범했습니다."

"무슨 일인데?"

"조금 전, 연습생 면담을 하던 임청호 트레이너가 보고를 했습니다. 강세미 연습생이 월드와 계약을 했다고 합니다. 아무래도 사장님이 직접 돌보시는 연습생이라 사장실로 보고를 해야 할 것 같……."

쾅!!

원진표 사장은 주먹으로 책상을 내리쳤다.

"뭐, 뭐라고?"

"그게……."

"뭐라고?"

그때, 눈이 벌게진 원진표 사장의 팔을 강시명 사장이 붙잡았다. 잔뜩 겁을 먹은 비서들에게 나가라며 눈짓한 후, 원진표 사장에게 굳은 목소리로 말했다.

"이렇게 당하고만 있을 수만은 없죠."

"……당연하죠."

"찾아옵시다."

강시명 사장의 눈이 가늘게 찢어졌고 원진표 사장의 입매도 예리해졌다.

"어떻게 하면 되겠습니까?"

"저희 지예는 아직 자리가 잡히지 않았잖습니까. 약한 상태, 월드는 그런 약한 기업의 연습생도 빼가는 악덕 기업이라는 언론플레이를 펼쳐 보지요."

생각을 달랐지만, 공동의 적 앞에 두 사람은 하나로 의기투합해 갔다.

물론, 표면적으로만.

♩ ♪♩♩ ♪♫♫ ♪

에디오스나 다이아틴이나 모든 스케줄이 끝나고 연습실에 모이면 새벽이었다. 피곤한 몸을 이끌고 오면 모두의 신경은 곤두서게 마련이었다.

"……빨리 끝내고 자자."

"그래요……."

하지만, 수면욕은 모든 것을 이겨냈다. 신경이 날카롭기로 소문난 한주연과 한효정마저 수면의 욕구에 빨리 끝내고 싶어져 둥글둥글해졌으니까.

"김지숙이, 휴가 갔다 오더니 쌩쌩하네?"

"혼자 갔다 와서 미안."

"됐거덩여?"

김지숙은 쌩쌩했다. 추만지 사장에게 피치 못한 사정이란 걸 들은 다이아틴 멤버들은 김지숙을 이해해 주었다. 조금 툴툴댈 뿐이었다.

에디오스와 다이아틴 멤버들은 인트로곡을 빼고, 다이아틴의 타이틀곡 4곡을 연습했다.

─我的嘴唇─ 你的心─ 我要这个──(나의 입술이 너의 마음을 적셔줄 거야─)

10명이 넘는 멤버가 사선으로 섰다. 한 명씩 빠지며 팔을 돌리는 안무를 연습하는데, 중간에 구멍이 있었다.

"릴리, 늦잖아."

"예아야."

두 명, 그룹별로 사이좋게 한 명씩 있었다. 하필이면 위치도 중간이었다. 그룹의 춤 대장, 정민아와 강세경은 구멍들을 끄집어내서 메우는 작업에 들어갔다.

그리고 2회 차.

─我的嘴唇─ 你的心─ 我要这个──(나의 입술이 너의 마음을 적셔줄 거야─)

다시 음악이 흐르고, 한주연, 지현정, 크리스티 안, 에일리 정과 주예아로 이어지려는 데 또 반 박자가 늦고 말았다.

"야."

"예아야, 자꾸 늦잖아."

두 번째까지는 괜찮았다. 세 번째, 네 번째…… 를 넘어 10

번째가 되니 멤버들도 머리가 아파오기 시작했다.

이쯤 되니 정민아와 강세경도 서로를 바라보며 동병상련을 느꼈다. 이전엔 댄스 배틀이니 뭐니 하며 라이벌 구도까지 형성했었는데. 두 사람은 이런 상황에 웃음이 나왔다.

그건 구멍끼리도 마찬가지였다.

"야, 웃냐?"

"미, 미안."

물론 혼쭐이 나긴 했지만.

'니들 구멍도 꽤 큰데?'

'너희 구멍도 좀…….'

'저거 메우려면 시간 좀 걸릴 듯. 조금만 자자.'

구멍 메우기 작업에 한창인 멤버들을 내버려 두고, 남은 사람들은 서로의 몸을 베며 잠을 청했다.

하지만 그것 잠시였다.

"이것들이!! 안 일어나아!!"

"히끅!!"

그 꼴을 보기 싫었는지 정민아와 강세경은 소리쳤고 모두는 질겁하며 일어나야 했다.

그렇게 12명의 여인은 윤슬엔터테인먼트의 연습실에서 부대끼며 하나가 되어가고 있었다.

"우리 형, 진짜 그러는 거 아이다."

얼굴이 벌게진 이준열은 맞은편에 앉은 강윤의 양 볼을 붙잡고는 투덜대기 바빴다.

옆자리에 앉은 제이 한은 이래도 되나 싶은 마음에 안절부절못했지만, 이준열의 전횡 아닌 전횡은 계속되었다.

강윤은 가볍게 팔로 그의 전횡을 눌러 버리곤 손을 들었다.

"이모, 여기 닭똥집 하나만 주세요."

곧 나이 든 할머니가 기름장과 함께 맛있게 익은 닭똥집을 내오자 강윤은 젓가락으로 그것을 집어 이준열의 입에 넣어 주었다.

"이런다고 내가……."

"자자, 화 풀고."

"……봐준다."

닭똥집을 우물거리며 황홀한 표정을 짓는 이준열의 모습에 강윤은 실소를 머금었다.

"자주 연락할 테니까 그만 꽁해 있어."

남자 주제에 왜 이렇게 연락에 집착하는지, 강윤으로선 알다가도 모를 일이었다.

이준열을 보면 '막내가 있으면 이런 기분이겠구나' 싶었다.

옆에 앉은 제이 한도 두 사람이 만드는 브로맨스에 어깨를 으쓱였다.

그러다가 강윤의 눈이 제이 한에게로 돌아갔다.

"상호 씨는 이번에 듀카로 들어갔다 들었습니다."

강윤은 제이 한의 본명을 언급하며 근황을 묻자, 이준열은 제이 한의 어깨를 감싸며 활짝 웃었다.

"흐흐, 그렇지. 내가 좀 더 빨랐지. 월드에 가려는 걸 이 몸이 먼저 가로챘거덩."

"혀, 형."

"왜? 맞잖아."

난데없는 폭로에 제이 한이 난감해했지만, 강윤은 웃을 뿐이었다.

"준열이가 많이 괴롭히지는 않나요?"

"아, 형."

"괴롭히면 이야기해요. 혼내줄 테니까."

웃음이 흐르며 테이블에 소주가 한 병, 두 병씩 쌓여갔다. 그렇게 세 사람의 술자리는 무르익어 갔다.

소주병이 8병을 넘어갈 때, 매니저들과 술잔을 나누던 문 비서가 급히 강윤에게 달려왔다.

"회, 회장님. 큰일입니다."

"무슨 일인가요?"

제법 술을 마셨는지 얼굴이 벌게진 문 비서가 자신의 핸드폰을 강윤에게 보여주었다.

[〈단독〉 월드, 도 넘은 연습생 빼가기 논란. 지예 법적 대처도 불사?]

술맛이 한 번에 확 사라지는 기분이었다. 강윤의 눈썹이 꿈틀댔다.

"형, 왜 그래?"

어두워진 강윤의 표정을 본 이준열의 눈이 동그래졌다. 제이 한마저 심각한 분위기를 느끼곤 안색이 어두워지며 테이블엔 싸늘한 기운이 감돌았다.

"별거 아냐. 문 비서, 홍보팀에 연락해 주세요. 곧 들어간다고."

"알겠습니다."

"별문제 아닌데 들어간다고? 무슨 일인데?"

이준열이 펄펄 뛰었다. 걱정, 아쉬움 등으로 눈매가 가늘어졌다. 그의 마음을 안 강윤은 어깨에 손을 얹고는 차분히 타일렀다.

"다음에 한잔 살게."

"형은 진짜. 회장님 되면 다 이래?"

"미안하다니까."

"그래, 됐다. 나중에 로이정에서 한잔 사기나 해."

서운함을 감추지 못하는 이준열을 뒤로하고 강윤은 급히 포장마차를 나왔다.

차를 몰아 회사에 도착한 강윤은 바로 홍보팀으로 향했다. 급보가 전해졌지만 커다란 사무실에는 단 하나의 불밖에 켜지지 않았다. 아이러니한 일에 강윤은 의아해했다.

"아니, 당직 직원들은 다 어디 가고."

갑자기 터지는 비상상황에 대비하기 위해 홍보팀은 돌아가며 당직을 선다. 그런데 있어야 할 사람들이 보이질 않으니……

"회, 회장님."

두 사람의 인기척에 막 입사한 신입, 나도영이 급히 달려왔다.

우물대는 그녀에게 강윤은 한숨을 내쉬며 물었다.

"다른 직원은 어디 있습니까? 선임이 있을 텐데요."

"그게……."

나도영은 우물쭈물했다. 하필이면 선임이 별일 없을 거라며 집에 간 날, 일이 터져 버렸다. 엎친 데 덮쳤다고 회장이 들이닥쳤다. 이건 뭐라고 변명할 거리가 없었다.

타앙.

"이사님?"

"회장님도 오셨군요. 어라? 다른 직원은요?"

게다가 그게 끝이 아니었다. 문이 벌컥 열리더니 젖은 머리를 한 이현지까지 들이닥쳤다.

'아아…… 난 망했어, 망했어!!'

나도영은 죽고 싶었다. 엎친 데 덮치고, 무너지기까지 했다.

게다가 급히 왔는지 이사의 복장까지 가관이었다. 정장은 온데간데없고 모자 달린 후드티라니.

이사가 저리 급하게 달려왔는데 직원이 없다? 이건 절대 그냥 넘어갈 사안이 아니었다.

강윤은 이현지에게서 나도영에게로 시선을 돌렸다.

"사담은 나중에 하죠. 상황은요?"

나도영은 허리를 꼿꼿이 세우곤 모니터를 돌렸다. 짧은 시간 안에 중요한 기사들과 댓글들을 모아서 만든 데이터였다. 모니터를 본 이현지는 눈살을 찌푸렸다.

"고작 의혹일 뿐인데, 말들이 많네요."

이현지는 모니터에 얼굴을 가까이 가져갔다. 수없이 달린 댓글들을 보니 내용이 가관이었다.

–단기간에 월드가 성장한 게 이런 방법이었어? 실망.

–에디오스도 MG 연습생 빼가서 한 거임. 주워 먹기 달인 인증.

–민진서도요. 상습범입니다.

–김재훈도 그렇죠. 뺏어 쓰는 건 월드의 특기입니다. 아주 악질이에요.

말도 안 되는 소리가 많았다. 그때, 월드가 받아들인 사람들은 연습생이 아니라 가수들이었다. 다른 소속사 연습생을 직접 받아들인 경우는 없었다. 사실과 전혀 관련 없는 내용으로 혼란을 주고 있었다.

"일단 더 커지기 전에 수습부터 해야겠군요. 아직은 그리 커지진 않았으니까요."

"같은 생각입니다. 도영 씨."

"네!! 회장님."

잔뜩 기합이 들어간 나도영이 큰 소리로 외치자 강윤은 입가에 잠깐 미소를 지었다.

"내일 12시까지 반박 기사 준비해 달라고 홍보팀장에게 전해주세요."

"12시까지 말입니까?"

"네. 아, 오늘 당직 사원은……."

강윤은 이현지를 바라보며 살짝 눈가를 찌푸렸다.

"출근하면 바로 이사실에 들르라고 전해주세요."

"아, 네."

악마처럼 눈가에 불꽃을 태우고 있는 이현지를 보니 나도영은 선배가 안쓰러워졌다.


다음 날.

출근하자마자 월드의 홍보팀 직원들은 정신없는 아침 시간을 보냈다.

그 결과 낮 11시 45분. 점심시간에 맞춰 월드의 입장에 선반박기사가 나왔다.


[<단독> 정당한 오디션 거쳐 선발한 것. 월드, 스카우트 과정 공개.]

월드 스튜디오에서 연습생 A양에 대한 입장을 발표했다. 연습생 A양은 월드의 정당한 오디션 과정을 거쳐 선발되었으며 논란이 되고 있는 연습생 가로채기는 전혀 없다고 선을 그었다. 연습생 A양은 전 소속사와 계약이 만료되었으며 하등 문제가 없다고 입장을 내놓았다.

그동안 월드의 연습생 선발 과정은 공개된 적이 없어서 여러 가지 말들이 나왔다며 연습생 선발 과정을 모두 공개했다.

월드의 연습생 선발 과정은 지망생이 영상을 보내면……(중략)…….


"회장님은 오늘 점심도 한국에서 먹는군요."

이현지는 맞은편에서 수저를 들고 있는 강윤을 향해 미소 지었다. 지위 때문인지 직원들은 그녀와의 점심식사를 부담스러워했고, 덕분에 사내에서 그녀는 함께 식사를 할 사람이 많지 않았다.

"그러게 말입니다. 애들이 난리를 치겠군요."

"에디오스요? 현장은 다른 사람에게 맡겨도 되지 않을까요?"

눈매를 찡그리며 이현지는 양손을 턱에 기댔다. 단순히 지나가는 말이 아닌 걸 알았지만 강윤은 난색을 표했다.

"전 현장이 좋습니다. 현장을 알아야 감을 잃지 않고 월드를 이끌 수 있지 않겠습니까. 게다가 경영은 이사님이 계시는 데 굳이 제가 나설 이유가 없죠."

"하여간…… 갑자기 그런 말 좀 하지 마세요. 설레니까요."

"허, 참. 그렇다면 거절하겠습니다."

강윤이 몸을 뒤로 기대며 눈을 동그랗게 뜨자, 이현지는 눈매를 가득 좁혔다.

"아직 고백도 안 했는데 이러면 실례 아닌가요?"

"그게 고백 아닙니까?"

"강윤 씨, 여자 마음을 이렇게 몰라주면 곤란해요. 회사들고 날라 버릴 수도 있어요."

장난치는 두 사람의 입가에 웃음이 퍼져 갔다.

점심 식사를 마치고, 두 사람은 회사로 복귀했다. 일이 수습되어 가는지 알아보기 위해 홍보팀으로 가니 홍보팀장 강용진이 정신없이 모니터링을 하고 있었다.

"회장님 오셨습니까."

"괜찮아요. 일하세요. 강 팀장님, 어떤가요?"

기사가 나간 후, 2시간이 지났다. 이쯤 되면 반응이 슬슬 오기 시작할 무렵이었다. 직원이 취합된 데이터를 가져오자 강용진은 강윤에게 그것을 건넸다.

여론과 기사들을 취합한 데이터를 보고 강윤은 안도의 한숨을 쉬었다.

"이제 한시름 놔도 되겠군요."

"네, 기사와 함께 자료들을 제시하며 의혹들을 풀어준 게 컸습니다."

"그래도 아쉽습니다. 연습생 선발 과정을 오픈하고 싶진 않았는데……."

회사의 큰 정책을 오픈한 것에 아쉬움을 보이는 강윤에게 강용진은 아무 말도 하지 못했다.

직원들을 격려한 후, 강윤과 이현지는 홍보팀을 나왔다.

'자, 빨리 마무리하자고!!'

닫힌 문 안에서 강용진의 기합 찬 목소리가 들려왔고, 강윤은 어깨를 으쓱였다.

"강 팀장님은 언제 봐도 기운이 넘치는군요."

"저래야 홍보팀답죠. 회장님은 저녁 비행기로 가시나요?"

"네, 집에 들렀다가 출발할 생각입니다. 이번에도 그냥 가면 희윤이가 얼굴을 긁어놓을 기세라서……."

"안 봐도 비디오군요."

이현지가 혀를 차자 강윤은 쓴웃음을 내며 집으로 돌아갔다.

타닥타닥타닥.

거대한 지하실, 영혼 없는 눈들이 옹기종기 모여 있는 공간이었다. 키보드 두드리는 소리가 요란하게 퍼져 갔다.

좁은 통로를 지나다니며 두꺼운 서류를 든 남자가 거친 목소리로 일갈했다.

"잘 들으세요. 거대 소속사는 작은 소속사가 열심히 훈련시킨 연습생을 그런 식으로 빼가도 되는 거냐? 이런 뉘앙스가 꼭 담겨 있어야 합니다. 어떤 말이든 좋습니다. 단, 욕설은 안 됩니다."

타닥타닥타닥.

잠시 멈췄던 키보드 소리가 다시 지하실을 메워갔다. 모니터에는 인터넷창이 정신없이 열렸다 닫히며 댓글들이 무수히 달렸다. 그 와중에 구석에서 끌끌대는 소리가 들렸다.

"거참, 욕설은 달지 말라니깐."

"아, 네."

민망할 정도로 큰 말소리에 댓글을 달던 한 남자는 얼굴을 붉혔다.

그랬다. 이곳은 소위 말하는 인터넷 댓글을 달며 여론을 조작하는 현장이었다.

정신없이 키보드 소리가 퍼져 나갈 때 문 여는 소리와 함께 동그란 안경을 쓴 한 중년 남자가 들어섰다. 원진표 사장이었다.

"사장님, 오셨습니까?"

사람들 사이를 오가며 감독을 하던 남자가 그에게 다가가 급히 머리를 조아렸다.

원진표 사장은 주변을 향해 도리질하더니 만족스러운 표정으로 입꼬리를 올렸다.

"좋네요."

"감사합니다. 이쪽으로 오시죠."

거만하던 직원의 표정은 온데간데없어지고, 이내 어려운 사람을 상대하는 표정으로 돌아갔다. 반면, 원진표 사장은 한껏 거만한 얼굴로 컴퓨터를 하는 사람들 사이를 돌아다니며 인터넷에 달리는 댓글들을 살폈다.

"아무리 형식이 맞아도 연습생을 그런 식으로 강탈하면 안 된다. 작은 기획사의 연습생을 거대 기획사가 그런 식으로 빼앗아 가면 안 된다. 다들 큰 기획사에만 가면 작은 기획사에서는 누가 나오냐? 다 맞는 말이군요. 그렇지, 그렇지. 남의 꿈을 빼앗아 놓고 잘살면 안 되지. 계속 그렇게만 해줘요."

"여부가 있겠습니까, 사장님."

원진표 사장의 만족하는 웃음소리 뒤로 키보드 두드리는 소리가 지하실에 계속 퍼져 나갔다.

"내가 태워다 준다니까."

"괜찮으니까 작업하세요."

"아이참……."

한사코 공항까지 태워다 준다는 걸 오빠가 거절하니 희윤은 서운했다. 하지만 강윤은 문 비서를 가리키며 동생을 가볍게 끌어안았다.

"오빠는 여기 비서님도 있잖아. 희윤이는 인트로 작곡도 해야 하고. 소영이랑 편곡 작업도 해야 하잖아."

"그런 건 나중에 해도 돼."

"내가 안 돼."

"……쳇."

서운함이 가시질 않는지 희윤의 표정은 좀처럼 퍼지질 않았다. 결국 강윤은 10분이나 집 앞에서 동생을 달래는 수고를 해야 했다.

"으이구, 애기야, 애기."

"……우리 오빠 잘 부탁드려요."

희윤은 강윤보다 문 비서 쪽으로 눈을 돌렸다. 덕분에 문 비서는 부담감을 느껴야 했다.

공항으로 가는 도로 안에서 강윤은 휴대폰을 꺼내 인터넷을 켰다. 어제 있었던 일이 잘 수습되었는지 보기 위함이었다. 그런데 포털 사이트 세이스를 보자 눈가가 파르르 떨려왔다.


〈실시간 검색어 순위〉

1. 지예

2. 다이어트

3. 커피 타는 법

4. 거대 기획사 연습생 강탈

5. A 연습생

…….


느낌이 싸했다. 불과 몇 시간 전만 해도 실시간 검색어 근처도 가지 않았던 내용들이었다. 강윤은 서둘러 검색어들을 클릭했다.


─거대 기획사 연습생 강탈, 중소 소속사는 맥을 못 춰…….

─기획사들 투자가 어려워, 연습생들은 거대 소속사를 원해…….

─작은 기획사가 설 곳은? 거대 기획사의 전횡, 해결책은 있는가?


삽시간에 깔린 기사들이 가관이었다.


─A 연습생, 계약 만료되자마자 거대 기획사로? 중소 기획사는 닭 쫓던 개?

─거대 기획사 연습생 A, 훈련 비용 줄이려 받아들였다? 중소 기획사의 눈물.


강자와 약자의 전쟁으로 상황이 비약되었다. 월드는 강자로 묘사되고, 연습생 A양이 있던 곳은 중소 소속사로 묘사된 기사들이 수두룩하게 깔렸다.

상황이 나아졌다고 판단했던 낮보다 훨씬 꼬여 버렸다. 중간에 무슨 일이 생긴 건지 홍보팀에 전화를 걸었다.

홍보팀장 강용진은 다급한 목소리로 말했다.

─유명 커뮤니티와 SNS를 중심으로 사실이 판명되지 않은 소문들이 퍼져 나가고 있습니다. 확인해 보니 정확한 근거 제시가 없는 이상한 논리에 대중들이 선동되고 있습니다.

"이상한 논리?"

─곧 연예인으로 데뷔할 수 있을 것 같던 연습생 A양을 월드가 빼 왔다. A양은 지예의 연습생. 지예는 지금 합병 초기, 혼란한 틈을 타서 월드가 그 연습생을 빼왔다는 말입니다.

"말도 안 돼. 비약이군요."

─물론입니다. 그런데 설득력을 얻고 있습니다. 에디오스나 김재훈, 민진서도 다른 소속사 출신들이니까요.

"말도 안 되는…… 그 애들은 연습생 출신도 아니지 않습니까."

강윤은 기가 막혔다. 그가 데려오지 않았다면 모두 팽 당했을 연예인들이었다.

─하지만 대중은 그런 세세한 것까지 알지 못하잖습니까. 거기에 지예는 중소 기획사, 월드는 대형 기획사라고 비교되면서 여론이 악화되고 있습니다.

다급한 목소리와 함께 강윤의 귓가에 계속 전화벨 소리가 들려오고 있었다. 항의나 확인을 위해 걸려오는 전화인 것이 분명했다.

"알겠습니다. 금방 전화드리겠습니다."

일단 생각할 시간이 필요했다. 강용진과 통화를 마친 후,

진혜리에게 전화를 걸었다. 아니나 다를까, 그녀의 목소리에서도 걱정이 섞여 있었다.

—일단 세미 양에게는 걱정하지 말라고 이야기했습니다. 그 애는 이렇게까지 사태가 커질 거라고는 생각하지 못했었던 것 같습니다. 최대한 괜찮은 척을 하고 있었지만 목소리가 많이 떨려오고 있었습니다.

"말보다는 행동으로 보여주는 게 좋겠습니다. 진 팀장님은 앞으로 세미 양을 담당할 트레이너를 소개시켜 주고 예정대로 트레이닝을 진행해 주세요. 흔들리지 않는 모습을 보여줘야 합니다."

—네, 팀장님.

통화를 마친 후, 강윤은 함께 수속을 밟기 위해 줄을 서 있는 문 비서에게 이야기했다.

"돌아가죠."

"네? 아, 알겠습니다."

강윤이 먼저 줄에서 나가 버리자 문 비서는 서둘러 강윤을 따라나섰다. 두 사람은 다시 차를 타고 월드 스테이션으로 향했다.

홍보팀 사무실에 도착하니 이미 밤 9시 무렵이었다. 인사를 받는 둥 마는 둥 한 강윤은 이현지와 강용진만 따로 부른 후, 본론을 이야기했다.

"대중과 직접 이야기할 수 있는 통로가 필요합니다."

"그거야 여러 가지 방법이 있습니다만. 잠깐만요. 회장님이 직접…… 말입니까?"

강용진의 눈이 휘둥그레졌다. 강윤이 직접 대중 앞에 서는 건 양날의 칼이었다. 이현지마저 난색을 표했다.

"차라리 기자들을 모아서 입장을 발표하는 건 어떨까요? 제가 직접 하죠. 이젠 회장님이 직접 나서는 건 쉽게 생각할 문제가 아니에요."

"계약서에 도장을 찍은 이상, 강세미도 우리 식구입니다."

강윤은 책상을 치며 자리에서 일어났다.

"우리 홈페이지, SNS, 연예인 팬 페이지까지. 모든 매체를 총동원해 주세요. 1시간 뒤, 5층 스튜디오에서 뵙겠습니다."

"잠깐만요."

이현지는 아미를 구긴 채 앞으로 나섰다.

"굳이 연습생 하나 때문에 그렇게 할 필요가 있나요? 게다가 아직 정식으로 나온 것도 아니잖아요."

"그 연습생 하나 때문에 그렇게 해야 합니다. 그게 월드니까요."

약 3시간 후.

월드의 모든 홈페이지, SNS 등에 하나의 영상이 올라갔다.

–이강윤, 연습생 A양 관련 직접 해명.

수많은 영상, 기사들이 양산되며 인터넷이 다시 들끓기 시작했다.

[동영상] 월드 스튜디오 대표, 이강윤 회사 입장 발표.

　-안녕하십니까? 월드 스튜디오를 책임지고 있는 이강윤입니다. 저는 이번에 인터넷에 퍼지고 있는 이야기에 대한 사실을 전달하고자 이 자리에 섰습니다. 무엇보다 뜻이 곡해되지 않고 온전히 전달되었으면 하는 바람입니다.

　무엇보다 먼저 이유를 불문하고 논란의 여지를 만들어 팬분들과 업계 관계자분들께 걱정을 끼친 것에 용서를 구합니다.

　연습생을 받아들임에 있어 저희는 폐쇄적인 정책을 펼쳐온 것이 사실입니다. 그러나 이 정책이 결과적으로 논란을 제공했다는 것을 인정하고, 이 자리를 빌려 다시 한번 사과를 드리는 바입니다. 앞으로는 이 정책을 바꿔 논란의 여지가 없도록 하겠습니다.

　그리고 소문에서 거론되고 있는 연습생 A양에 대해 밝히고자 합니다. 현재 논란이 되고 있는 부분은 다른 중소 소속사에서 소중히 육성해 오던 연습생 A양을 저희 월드가 중간에 더 좋은 조건을 앞세워 빼앗아 오지 않았냐 하는 부분입니다.

　사실을 말씀드리면 이번에 저희 월드와 계약한 연습생 A양은 전 소속사와의 계약이 끝난 상태였고, 먼저 월드 스튜디오 홈페이지에 지원을 해왔습니다.

　저희는 그 연습생의 재능을 높이 샀고 오디션을 제안, 연습생으로 받아들였습니다. 항간에 떠도는 중소 기획사가 소중히 키워온 연습생을 빼앗기 위한 모의를 한 것이 아니며, 재능 있는 연습생을 받아들였다는 것을 말씀드립니다.

결과적으로 이번에 저희가 받아들인 연습생 A양 때문에, 이전 소속사는 소중히 육성해 온 연습생을 잃게 되었습니다. 매우 안타깝게 생각합니다.

하지만 그 기획사를 생각해서 저희가 연습생 A양을 돌려보낸다면 이는 그 연습생이 저희를 선택했다는 것에 대한 배신이 됩니다. 전 그 신뢰를 배신할 수 없습니다. 앞으로 월드는 모든 수단을 동원해 그 연습생을 가수로서 인정받게 하는 것으로 이 안타까움을 대신하겠습니다.

저희 월드 스튜디오에 관심을 가져주시는 팬분들께 다시 한번 감사드리며, 이번에 저희와 함께하게 된 연습생에게도 용기를 북돋아주시길 바랍니다.


−결국 월드는 지들이 다 잘했다는 거군.

−윗분, 말이 지나치시네요. 연습생을 책임지겠다는 말이잖아요.

−저기요, 그러면 중소 기획사 애들이 다 월드로 내빼면 받아들이겠다는 의미인데요?

−우와, 이강윤 완전 대박 사건. 자기 연습생들 알아서 잘 지키라는 거 아님?

−패기 완전…… 멋있다.


강윤이 직접 입장을 발표한 이후, 포털 사이트 세이스를 비롯해 튠, SNS까지 시끌시끌했다.

월드가 잘했네, 잘못했네, 쉽게 말하기 힘드네 등등. 다양한 의견들이 계속 터져 나왔다.

실시간 검색어 1위를 이강윤이 차지한 건 말할 것도 없었다. 이제는 가장 핫한 엔터테인먼트 경영인이 된 강윤답게 사람들의 관심도 뜨거웠다.

하지만 가장 중요한 게 있었다.


"A양이 누구인지는 이제 중요한 게 아니게 됐군요."

강윤의 입장 발표 영상을 올린 다음 날 아침, 이사실.

이현지는 공항에 가기 전, 잠깐 들른 강윤 앞에 커피를 내려놓았다. 소파에 지친 모습으로 양팔을 걸치고 있던 강윤은 생기 없는 얼굴로 커피 잔을 들곤 향을 음미했다.

"다행입니다. 어린 나이에 사람들 관심이 쏠리면 견디기 힘든 법인데…….."

"대신 월드 안티가 수면으로 떠올랐죠. 이건 어쩌실 건가요?"

이현지의 입가가 뾰로통하게 올라갔지만 강윤은 오히려 껄껄 웃었다. 당연히 이현지는 심술이 났다.

"진짜 우리가 나쁜 놈같이 됐다고요. 그것도 공인이 돼서요. 수습하랬더니 일을 더 키우면 어떡해요?"

"어쩌겠습니까. 자기 연습생들은 알아서 잘 지키라고 해야죠."

"내가 생각한 그림은 이게 아닌데…….."

이현지의 걱정하는 얼굴 앞에 강윤은 오른손을 펴 보였다.

"월드에 안 뺏기려면 어쩔 수 없이 연습생에게 잘해주겠죠. 계약 조건을 좋게 하거나."

"다른 기획사 연습생들까지 생각한 건 아니죠? 그건 오지랖이에요."

"당연히 그건 아닙니다만. 좋게 봅시다. 이게 미래에 더 큰 걸 가져올 테니까요."

사실 강윤이 한 행동으로 인해 엔터계에 종사하는 모든 연습생의 처우가 좋아지는 효과가 생길 것도 사실이다.

연습생들을 홀대하던 기획사들은 애써 키워온 연습생들을 월드에 빼앗기지 않기 위해서라도 보다 투자를 많이 하게 될 테니까.

이현지도 그걸 생각하고는 강윤을 지긋이 바라보다가 짧게 한숨을 내쉬었다.

"……회사에서 빠르게 대처하는 모습을 보고 세미 양도 안심했다고, 인재팀에서 보고했어요."

"다행입니다."

커피를 다 비운 강윤은 창가로 다가가 블라인드를 거두었다. 따스한 햇살이 이사실과 그의 얼굴을 비추며 아래로 넓은 유로스 쇼핑몰 광장이 펼쳐졌다. 잠시 멍하니 아래를 바라보는데 이현지가 다가와 섰다.

"저 길에 사람이 꽉 들어차면 몇 명이나 모일 수 있을까요?"

강윤이 묻자 이현지는 잠시 고민하다가 답했다.

"글쎄요. 꽉 찬다면 몇만 명은 모일 수 있을 것 같군요."

"그렇군요. 알겠습니다."

강윤이 알 수 없는 미소를 짓자, 이현지는 눈매를 좁히더니 돌아서는 강윤의 어깨를 잡았다.

"잠깐만요. 회장님, 또 뭘 꾸미시는 거죠?"

"꾸미다니요. 별거 없습니다."

"했어요, 했다고요. 표정만 보면 다 알 수 있어요."

제발 아무것도 하지 말아달라고, 이현지는 강윤의 어깨를 잡고 흔들어 댔다.

한참 동안 강윤은 꿍꿍이가 없다는 것을 밝히느라 고생을 해야 했다.

사업차 모이는 이가 많은 한 스카이라운지 카페.

주황빛의 은은한 빛을 뿌리는 샹들리에 아래에서 GNB엔터테인먼트의 한영숙 사장은 묘한 빛을 뿌리며 마주 앉은 강시명 사장을 마주했다.

"공동대표라니. 생각지도 못한 한 수였어요."

반쯤 빈 커피 잔을 내려놓은 한영숙 사장은 차분했다. 강윤에 대한 질투를 뿌리는 두 남자를 보며 한심하기 이를 데 없다고 생각했었는데…… 항상 들어맞던 감이 결정적인 순간에 틀어지니 늙었나 하는 생각마저 들었다.

반면, 그녀를 바라보는 강시명 사장의 얼굴에는 여유가 가득했다.

"저도 원 사장님과 이렇게 마음이 맞을지 몰랐습니다. 덕분에 많이 배웠죠."

"남자란 알다가도 모르는 존재네요."

"남자도 여자란 존재를 잘 모르니, 같은 거죠."

의미 없는 신변잡기가 이어졌다. 두 사람의 탐색전은 두 번째 브런치가 나올 때까지 이어졌다. 브런치를 담은 접시가 빈 접시가 될 즈음, 한영숙 사장의 고운 속눈썹이 아래를 향했다.

"이번 프레임 형성은 아주 좋더군요. 지예를 중소 기획사로 포장하는 게 먹힐 줄은 생각도 못 했거든요. 이강윤 회장까지 나서게 할 정도였고."

"프레임이라니요. 정치판도 아니고…… 이강윤 그 사람의 연예인 사랑이야 알아주죠. 무모할 정도니까요."

"유별나긴 하죠. 그래도 본질은 지예와 월드의 전쟁이 시작됐다. 아닌가요?"

그만 본론으로 들어가자는 신호였다. 강시명 사장의 얼굴에 진지함이 걸렸다.

"이거 한 사장님은 못 당하겠군요."

"……."

한영숙 사장이 말없이 계속 자신을 바라보자 강시명 사장의 목소리도 급격히 낮아졌다.

"이번 일이 좋은 빌미가 되었습니다. 결과도 좋았고 말이죠."

"설마 이강윤이 연습생까지 직접 나서서 감쌀 줄은 몰랐죠. 덕분에 저희 GNB도 연습생들 단속하느라 비상이에요.

지금도 연습생들 사이에 월드의 처우가 그렇게 좋다고 소문
이 자자한데 그런 식으로 대놓고 밝히면 어쩌라는 건지. 우
리는 땅 파서 장사하나?"

"그 사람은 그런 인사죠. 가수밖에 모르는 바보니까 가능
한 겁니다."

"한편으론 부럽기도 하네요. 아, 궁금한 게 있는데 연습생
A양은 누구인가요?"

도대체 이런 도화선을 타오르게 한 연습생이 누구인지, 한
영숙 사장의 표정에 궁금함이 떠올랐다. A양이 누구인지 언
급은 되어 있었지만, 어떤 일이 있었는지는 잘 알려지지 않
았다.

"A양은 원 사장님이 아끼던 원석이었죠. 가수를 지망하던
연습생이었는데 원 사장님은 그녀를 민진서같이 키우길 원
했습니다."

"민진서? 그 정도의 재목이었나요?"

"세상에 공짜는 없죠."

한창 이야기하던 강시명 사장의 입가가 씰룩였다. 여기부
터가 중요하다. 한영숙 사장은 잠시 생각하다가 가볍게 책상
을 두드렸다.

"원하는 게 뭔가요?"

"온전한 제 편이 되어주십시오."

줄타기 그만하고 지예와 함께 가자는 의미였다. 한영숙 사
장은 서늘한 눈매를 그에게 가져갔다.

"월드와 척을 질 순 없어요."

"저도 그걸 바라진 않습니다. '제' 편이 되어주십시오."

"무슨 의미죠?"

"말 그대로입니다."

무슨 말일까.

한영숙 사장은 잠시 고민하다가 무릎을 쳤다. 머릿속에 스치는 생각이 있었다.

'이 사람, 원진표를 쳐내려 하는구나.'

그의 짙은 미소를 보니 강한 확신이 들었다. 하긴, 공동대표를 할 그릇이 아니었다. 누군가와 함께 갈 수 있는 사람이 못 됐다.

둘이 지예를 놓고 싸운다면 승산은…….

"함께하죠."

"감사합니다. 그럼 이야기를 계속할까요? 한 사장님은 민진서 같은 배우가 쉽게 나올 수 있다고 생각하십니까?"

강시명 사장의 서늘한 표정은 온데간데없어지고 부드러운 미소로 돌아갔다. 하지만 오히려 한영숙 사장은 그의 부드러움에 더 등골이 서늘해졌다.

"……역시."

"뱁새가 황새와 같은 방식으로 따라가려 하면 가랑이가 남아나질 않죠. 뱁새는 뱁새 나름의 활용 방법이 있는 법입니다."

"활용 방법?"

뉘앙스가 묘하게 바뀌어 갔다. 그의 이야기를 듣는 내내 한영숙 사장은 침을 꿀꺽 삼키며 그의 이야기를 잊지 않으려 애썼다.

누구에게나 처음이란 두렵고, 설레게 마련이다.

"……언제 봐도, 크다."

학교를 마치고 첫 출근을 위해 월드 스튜디오 앞에 선 강세미도 그랬다. 바람에 그녀의 치맛자락이 가볍게 흩날렸지만 긴장감은 치맛자락을 잡을 생각을 못 하게 했다.

"여기가…… 이렇게 가슴 터지게 하는 곳이었나."

기사가 나간 후, 며칠간 가슴 졸이는 날들의 연속이었다. 빨리 이 사태가 끝났으면 하는 마음만이 가득했다. 그런데 무려 회장까지 나서며 자신을 감싸주었고, 연습생 A양으로 통칭되는 자신의 이야기는 쏙 들어가고 없었다.

그런데 회사 사람들을 마주할 게 걱정이었다.

회장이 몸 날리며 자신을 감싸준 모양새가 됐는데 자신을 받아들여 줄까?

떨리는 발걸음을 이끌고 로비로 들어가니 진혜리가 자신을 기다리고 있었다.

"세미야."

"……어? 어어…… 안녕하세요."

"일찍 왔네? 어서 와."

반갑게 인사하고 싶었지만, 기사 때문에 쪼그라든 마음은 스스로를 위축되게 만들었다. 그 마음을 알았는지 진혜리는 활짝 웃으며 그녀와 팔짱을 끼었다.

"기다리고 있었어. 들어가자."

"네."

두 사람이 가장 먼저 향한 곳은 고층에 위치한 이사실이었다.

"안녕하세요, 세미 양."

"아, 네. 아, 안녕하세요."

비서의 정중한 인사를 받으니 강세미는 얼떨떨해졌다. 혹시라도 있을지 모를 적의를 걱정했는데, 비서는 누구보다도 정중했다.

"이사님이 기다리고 계십니다. 가시죠."

얼떨떨한 표정으로 안으로 들어가니, 서류 더미 속에서 일하고 있던 이현지가 자리에서 일어났다.

"어서 와요, 세미 양. 기다리고 있었어요."

"아, 안녕하세요."

처음 보는 월드 스튜디오 이사는 작은 키였지만 눈빛엔 힘이 가득했다. 거기에 베일 듯 다려진 정장은 쉽게 보기 힘든 커리어우먼을 생각나게 했다.

강세미가 잔뜩 긴장하며 맞은편에 앉자 이현지는 비서를 불러 준비한 서류를 가져오게 했다. 손수 계약서를 펼친 이현지는 펜을 들어 중요한 부분에 동그라미를 쳤다.

"며칠 전에는 세미 양을 안심시키기 위해 급히 도장을 찍게 했지만, 이제는 계약에 대해 다시 설명해 주려고 해요."

"자, 잠깐만요. 호, 혹시 계약 내용이 바뀌는 건가요?"

뜻을 곡해했는지 강세미는 눈이 휘둥그레진 채 몸을 앞으로 기울였다. 선선히 고개를 저은 이현지는 눈가에 호선을 그렸다.

"그럴 리가요. 말 그대로 확인입니다."

"……휴, 다행이다."

"회장님이 직접 찍은 계약서인데, 바뀔 리가 없죠. 그럼 시작할까요?"

안도의 한숨을 쉬며 강세미는 한 자라도 놓칠세라 눈에 힘을 바짝 주었다. 하지만 작업은 별게 없었다. 전속 기간, 주체, 훈련 내용 등 계약에 반드시 필요한 내용과 누락된 내용이 있는지 여부였다.

계약서 마지막 페이지에 강윤의 인장과 강세미의 사인, 부모님의 도장까지 모두 확인한 이현지는 계약서를 덮으며 오른손을 내밀었다.

"별문제는 없군요. 월드 스튜디오에 온 것을 환영합니다, 세미 양."

"가, 감사합니다, 이사님!!"

이현지의 오른손을 잡으며 강세미는 그제야 편안한 미소를 지었다.

이사실을 나온 후, 진혜리는 월드 스튜디오의 여러 곳을 안내해 주었다. 앞으로 연습할 연습실을 비롯해 편의시설, 팬들이 왕래하는 저층의 관광시설 등 여러 곳을 돌아다녔다.

당연히 입이 다물어지지 않았다.

마지막, 선배에게 인사를 하기 위해 연습실로 향하는 복도였다.

"저, 팀장님."

"왜? 궁금한 거 있니?"

"회장님은 어디 가셨나요? 인사드리고 싶은데……."

"회장님은 중국에 계셔. 에디오스 콘서트가 있어서 한국에 잘 못 오시거든."

"아, 그래요…… 아쉽다."

"왜? 높은 사람 만나면 피곤하잖아."

알 수 없다는 진혜리의 물음에 강세미는 고개를 절레절레 흔들었다.

"회장님은 다른 높은 사람들과는 다른 느낌이 나요. 전 소속사에서 사장님은 높은 벽이 느껴졌었는데, 회장님은 그런 게 전혀 없는 느낌이었어요. 왜 그러지. 별로 보지도 못했는데…… 잘은 모르겠지만 이야기해 보고 싶어요."

"그럼 한국에 오시면 회장실로 올라가 봐. 소속 연습생이나 가수라면 아무 때나 만나주시니까."

"정말요?"

눈을 빛내는 강세미에게 진혜리는 찬물을 끼얹었다.

"대신 경쟁률이 치열할 거야. 일도 많아서 자리에 안 계실 때도 많고, 만나고 싶어 하는 사람도 워낙 많아서."

"하루 종일 대기하고 있어야겠네요."

진혜리가 끼얹은 찬물이 소녀의 오기를 자극한 걸까. 강세미의 눈에 불꽃이 피었다.

이야기하다 보니 어느새 문 앞이었다. 문을 열고 들어가니 작은 여자의 뒷모습과 함께 기타의 일부가 눈에 들어왔다.

"난 아직 피지 않은 한 송이 꽃――"

인기척을 느꼈는지 노래에 몰입하던 그녀가 의자를 돌려 두 사람을 돌아보았다.

"으, 은하 선배님?! 아, 안녕하십니까?!"

기타를 치고 있던 여자는 월드의 여성 싱어송라이터 김지민이었다. 급히 고개를 숙인 강세미의 모습에 의아함을 느낀 김지민은 진혜리 쪽을 돌아보았다.

"이번에 들어온 연습생이에요."

"아, 연습생 A양?"

"……."

난데없이 날아온 돌에 강세미는 의기소침해졌다. 진혜리가 한마디 하려고 할 때, 김지민이 강세미를 향해 손짓했다.

"이쪽으로 와볼래요?"

그녀가 자신 앞에 서자 김지민은 옆에 있던 의자를 끌어당겨 주었다.

"가, 감사합니다."

자신 앞에 앉은 그녀에게 김지민은 들고 있던 기타를 건넸다. 영문 모를 표정으로 강세미가 기타를 받아 들자 이번에는 자신이 치고 있던 악보까지 함께 건넸다.

"이 노래 한번 쳐 줄래요?

강세미는 잠시 망설이다가 곧 운지를 하곤 기타를 치기 시작했다. 그녀가 연주하는 기타 반주에 맞춰 김지민은 목소리를 높였다.

"난 아직 피지 않은 한 송이 꽃-- 그대의 마음에---"

기타를 치며 강세미는 황홀함을 느꼈다. 선배와 함께 기타를 치며 노래하는 건 흔치 않은 일이었다. 아이돌을 주로 육성했기에 선배와 악기와 함께 화음을 맞추는 건 또 다른 즐거움이었다.

"나의 마음에---"

"마음에---"

김지민도 즐거웠는지 점점 목소리가 커져 갔다. 그 소리에 맞춰 강세미의 목소리도 높아져 갔고, 진혜리도 갑자기 벌어진 콘서트에 자리를 깔고 앉았다.

그렇게 시작된 노래는 한 곡, 두 곡, 세 곡을 넘어 다섯 곡이 되었다.

"널 받아주던 나--"

"받아주던 너--"

마지막 김지민의 소프라노 음과 강세미의 알토 음의 조화로 두 사람의 즉흥 연습은 끝을 맺었다.

힘을 꽤 쏟았는지 김지민은 손등으로 이마를 훔치며 활짝 웃었다.

"너, 물건인데?!"

사라진 존칭 대신, 친근함이 채워졌다. 강세미도 잼에 즐거움을 느꼈는지 잔뜩 상기된 얼굴이었다.

"언니, 최고였어요."

"너도."

어느새 손까지 잡고 있는 두 사람을 보며 진혜리는 고개를 절레절레 흔들었다.

'멘토는 은하가 하면 되겠네.'

은하는 롤모델이 될 것이고, 강세미는 그 뒤를 따를 것이 확연히 보였다. 알아서 길을 만들어 가는 두 사람을 흐뭇하게 바라보며 조용히 연습실을 나섰다.

♪♩♩♩♩♩♩♪

─……멘토는 김지민 씨로 확정을 지었고, 연습 스케줄도 전달했습니다.

"알겠습니다. 다른 사항은요?"

─없습니다.

윤슬엔터테인먼트의 지하 연습실.

바닥에 앉아 에디오스와 다이아틴의 콘서트 연습을 보던 강윤은 진혜리에게 보고를 받고 있었다.

"고생하셨습니다, 진 팀장. 강 사장님과 함께 배우 연습생 후보도 잘 선정해 주세요."

─알겠습니다, 회장님.

통화를 마치자 때마침 연습을 끝내고 김을 내뿜던 정민아가 강윤 쪽으로 눈을 돌렸다.

"회장님."

"응? 왜?"

그녀는 잠시 강윤을 지긋이 바라보았다. 강윤도 그녀를 지긋이 바라보다 잠시 고개를 갸웃하고는 다른 곳으로 눈을 돌렸다. 그러자 정민아의 얼굴이 일그러졌다.

"······아우, 회장님. 진짜 남자 맞아요?"

"맞아."

젖은 티 탓에 라인이 드러났는데도, 저 인간은 돌부처인가?

"아우!! 존심 상해."

강윤을 놀리고 싶었던 정민아는 본전도 못 찾았다며 투덜댔다.

조용하던 연습실이 여자들의 수다로 채워지기 시작할 때, 옆에 있던 문 비서가 강윤에게 다가왔다.

"무슨 일인가요, 문 비서."

"회장님, 이거 한번 보셔야 할 것 같습니다."

강윤은 의아한 얼굴로 문 비서의 핸드폰을 받았다.


[〈단독〉 기획사 A의 댓글 부대 운영, 여론 조작 파문일 듯······.]


어두컴컴한 지하실에서 감독관, 그리고 수십 대의 컴퓨터와 함께 인터넷을 하는 사람들을 촬영한 3장의 사진을 함께 게재한 기사였다.

"댓글 부대?"

# 5화
## 참교육은 월드에서

"댓글 부대요?"

바닥에서 뒹굴거리던 크리스티 안과 한주연이 일어나 강윤 옆에 다가섰다. 연습의 열기가 가시지 않은 얼굴로 기사를 보던 두 사람의 표정은 점점 일그러졌다.

"얘넨 수준이 이것밖에 안 돼요?"

한주연의 눈에 경멸이 담겼다. 자신이 엮여 들어갔던 스캔들 이후, 옳은 수단은 무엇보다도 중요했으니 정도는 더했다.

크리스티 안도 마찬가지였다.

"MG가 그렇지 뭐. 이름 바꿔봐야 그 나물에 그 밥이지."

"그렇긴 하지."

한주연의 반응이 컸던 탓일까. 궁금해졌는지 다른 사람들도 하나둘씩 강윤 곁으로 모여들었다.

⋯⋯양심고백을 한 김 모 씨는 A 소속사의 실장, 강 모 씨는 특정 기사에 댓글을 달라고 지시하며 욕설을 자제하면서 라이벌 관계인 가수를 비방하라는 등의 구체적인 방향도 설정했다고 밝혔다. 또한 스트리밍 조회수를 늘리기 위해 음악을 반복 재생했고, 실시간 검색 어에 자사의 가수를 올리기 위한⋯⋯(중략)⋯⋯ 이들은 아이디와 아 이피를 주기적으로 바꾸는 프로그램을 사용했다고 밝혔다.

여론을 조작했던 사무실과 함께 A 소속사의 사장 원 모씨가 직원 과 함께 대화하는 모습이 함께 포착되면서 파문이⋯⋯(중략)⋯⋯.


"왜 저런 짓을 함?"

"미친 거 아님? 우리 사장님 있을 때는 저런 거 없었잖아."

"그러니까!! 저럴 시간에 제대로 된 홍보나 더 하지!!"

기사를 본 에디오스 멤버들은 얼굴을 붉히며 열을 내기에 바빴다. 그녀들에겐 이런 수단은 용납하기 힘든 것들이었다.

그녀들을 프로듀싱한 강윤은 저런 수단을 사용한 적이 없 었다. 덕분에 그녀들에게 저런 수단은 나쁜 짓에 지나지 않 았다.

반면, 다이아틴 멤버들은 조금 달랐다.

"사장이 월급이라도 밀렸나? 제대로 찔렸네."

"그니까. 사장 좀 불쌍. 기자에게 돈을 못 찔러줬나?"

"현찰이 없었나 봐."

두 그룹의 반응은 판이하게 달랐다. 생각이 다르니 갈등이 일었다.

"저게 불쌍해?"

서한유가 나섰다. 이런 문제에선 누구보다도 뻣뻣한 그녀였다. 항상 묵묵하던 그녀가 먼저 나서니 다이아틴 멤버들은 놀라움에 멍해졌다.

하지만 곧 한효정이 한 발자국 앞으로 나섰다.

"저것도 엄연히 일이잖아. 홍보팀에서 가수를 위해서 유리한 댓글 단 게 죄도 아니고…… 조작이라니, 언론이 설레발 치는 거지."

한효정이 말도 안 된다며 손가락을 흔들었지만, 서한유는 물러날 생각이 없어 보였다.

"난 설레발이 아닌 것 같아. 회사에서 댓글을 달면서 여론을 조장하는 게 문제잖아."

"회사에서 댓글을 다는 게 문제라고? 에이, 그건 아닌 듯."

"사람들이 자유롭게 판단할 수 없게 만들잖아. 가벼운 문제가 아니야."

"에에? 이건 무슨 소리래? 에디오스는 뭐, 댓글 같은 거안 다나 보지?"

한효정이 틱틱대기 시작하자 강세경이 얼른 끼어들었다.

"효정아."

하여간 쟤는 입이 문제였다.

기분 나쁠 법했지만, 서한유는 빙긋이 웃었다.

"당연히."

"거짓말."

"가수는 실력으로만 승부하면 된다고 해서."

"잠깐만. 그럼 우린 실력이 없어서 댓글 놀이나 한다는 거……."

"그만."

대화가 격해지려는 찰나, 조용히 듣고 있던 강윤이 나섰다. 쓸데없이 갈등을 만들어낸 막내들을 언니들이 가만히 둘 리 없었다.

"한유, 근질근질해?"

"효댕이, 너 맞고 싶냐?"

정민아와 강세경이 막내들에게 쌍심지를 켜자 강윤은 피식 웃어버렸다. 알아서 멤버들을 잘 조율하는 리더들을 보니 크게 걱정할 건 없을 것 같았다.

'일단 이것부터 알아봐야겠네.'

안심한 강윤은 자리에서 일어났다. 그러자 서한유를 질책하던 정민아가 강윤을 돌아보았다.

"어디 가시게요?"

"사장실에."

"아, 네……."

그녀에게서 아쉬운 기색이 느껴지자 강윤은 등을 다독여주었다.

"……이러지 마셈요."

눈살을 찌푸리며 정민아가 팔을 밀쳤지만, 강윤은 오히려 피식 웃으며 정민아의 머리를 쓰다듬었다.

"……."

"네 덕분에 안심이야."

"……웃기시네."

"말하는 거 하곤."

말과는 다르게 정민아의 입가에는 미소가 피어났다. 강윤이 이전과 같이 자신을 대해주니 쉽게 손을 뿌리칠 수가 없었다. 바보 같은 자신이 싫으면서도 좋았다.

연습실을 나선 강윤은 이현지에게 전화를 걸었다.

—……요새 조용한 날이 없네요.

그녀에게서 가장 먼저 나온 건 한숨이었다. 반면 강윤은 밝은 어조로 받았다.

"조금만 지나면 좋아질 겁니다."

—그러겠죠. 무슨 일로 전화하셨나요?

"이번에 터진 기사 말입니다. 제 생각에 뒤에 뭔가가 있다는 느낌이 듭니다. 알아봐 주실 수 있으십니까?"

—뭔가가 있다? 왜 그렇게 생각하시나요?

"감입니다. 기사가 터진 타이밍도 이상하고…… 뜬금없는 양심고백하며 사진 공개까지. 게다가 사진에 나온 사람이 원진표 사장이잖습니까, 왜 아마추어가 그런 사진을 찍었을까요?"

—그러게요. 양심고백이라고 하지만 이유가 너무 불분명했죠. 확실히 이상해요.

"맞습니다. 지예는 이제 초창기입니다. 지금 같은 시기에 굳이 구설수를 만들 이유가 없습니다. GNB? 그쪽에서 터뜨려 봐야 실익이 있을까요? 저희는 아니고…… 이번 일로 이익을 얻을 누군가가 있을 겁니다."

—시간이 좀 걸릴지도 모르겠지만…… 알았어요.

전화를 끊고 사장실로 가려는데 다시 진동이 느껴졌다.

[GNB 한영숙 사장]

액정에 비친 이름을 확인한 강윤은 잠시 숨을 고른 후, 전화를 받았다.

"네, 이강윤입니다."

-안녕하세요, 이 회장님. 바쁘신데 제가 방해한 건 아닌지 모르겠네요.

"아닙니다."

간단한 안부가 오간 후, 한영숙 사장은 차분하게 용건을 이야기했다.

-월드의 가수들은 모두 회장님이 직접 관리한다고 들으셨어요.

"맞습니다. 혹시 저희 가수와 무슨 일이 있었습니까?"

-아니요. 굳이 말하자면 일을 만들고 싶어서 연락드렸어요.

"하하하. 어떤 일을 만들고 싶으시죠?"

-GNB와 월드를 이어줄 콜라보 무대?

그녀의 입에서 떠난 말에 강윤은 쉽사리 답을 주지 못했다.

"Don't assume you are--- a day person-- a night

person———"

살며시 열린 문틈 사이로, 유나윤의 맑은 목소리가 퍼져
갔다. 고사리 같은 손가락으로 연주하는 피아노와 함께 퍼지
는 노래는 부드러웠고, 아름다웠다.

그녀의 손가락이 피아노 위에서 격렬히 춤을 출 때 문이
거세게 열렸다.

"뭐, 뭐야?"

깜짝 놀란 그녀는 순간 연주를 멈춰 버렸다.

하지만 갑자기 들이닥친 그녀, 하예리는 뻔뻔하게 얼굴을
들어 올렸다.

"시간 됐어."

"시간?"

"내 시간. 나가."

연습실이 여기만 있는 것도 아닌데…….

유나윤이 답할 시간도 없이 하예리는 전원 선까지 뽑아버
렸다.

"여기 나 쓸 거니까 나가라고."

"……."

어이없는 상황의 연속이었다. GNB의 연습실이 여기만 있
는 것도 아닌데. 유나윤은 잠깐 그녀를 노려보다가 악보를
가방에 쑤셔 넣었다. 미친개에게 물려봐야 자신만 손해니까.

가방을 들고 나가려는데, 하예리가 유나윤을 붙잡았다.

"잠깐만. 나 물어볼 거 있어."

"……뭔데?"

"월드 김지민 말이야. 걔 어때?"

뻔뻔한 목소리였지만, 유나윤은 속을 꾹 내리누르며 답했다.

"……좋은 애야."

"병시나. 자세히 말해봐. 실력이나 그…… 이강윤. 그 사람에 대해서도."

머리에서 뭔가가 부서지는 소리가 들렸다. 유나윤은 가방을 내려놓은 채 돌아섰다.

"적당히 해, 좀. 선배한테 말하는 게 그게 뭐니."

유나윤의 눈에 불꽃이 튀었지만, 정작 그녀는 코웃음을 쳤다.

"연습생 동기끼리 선배는 무슨. 한국말 모르냐? 어떤 가수냐고? 스타일 말이야, 스타일."

"……."

"입에 꿀 처발랐냐? 말 좀 해보라니까?"

점점 하예리의 말이 거칠어지자 유나윤은 떨어뜨린 가방을 낚아채며 돌아섰다. 그녀가 말없이 나가려고 하자 하예리는 얼굴을 있는 대로 일그러뜨리며 그녀의 어깨를 붙잡았다.

"야, 내 말 씹냐?"

"놔."

하예리의 손을 뿌리친 후, 유나윤은 가라앉은 눈을 한 채 돌아섰다.

"한 가진 확실히 말해줄게. 하예리, 너 여기에서 하는 것처럼 월드 가서 하면 엿될걸?"

"엿 같은 소리 하고 있네. 월드 알바냐?"

"……말도 통하는 애랑 해야지."

"뭐 병시나?"

욕설과 함께 손을 번쩍 든 그녀에게 유나윤은 한숨을 쉬며 눈빛을 가라앉혔다.

"……동기로서, 친구로서 하는 충고니까 잘 들어. 월드는 GNB하고 완전히 다른 곳이야. 너 하던 대로 깝쳤다간 가수 생활 종 치는 수가 있으니까. 적당히 기다 와."

쾅.

쌓였던 걸 한방에 터뜨리듯, 문을 거세게 닫고 유나윤은 가버렸다.

"야, 너 거기 안…… 저 씨……."

쫓아가서 죽여놓을까?

눈에 불꽃이 넘실댔다. 하지만 이내 그녀의 얼굴엔 장난기가 내려앉았다.

"콜라본지 콜라통인지. 월드가 별거냐. 은하? 흥, 난 유나윤하곤 다르다고."

문 쪽으로 한껏 비웃은 여자는 가방에 넣어온 과자들을 책상 위에 펼쳤다.

양손에 깍지를 낀 이현지는 맞은편에서 커피를 홀짝이는 한영숙 사장을 복잡한 눈으로 바라보았다.

'허니민트의 미림과 은하의 콜라보? 대체 회장님은 무슨 생각인 거야?'

이제 막 주가를 올려가는 GNB엔터테인먼트의 걸그룹, 허니민트. 그 멤버인 미림은 허니민트의 인기를 실질적으로 이끌어 가는 주력 멤버였다.

베이비 페이스에 긴 기럭지, 거기에 볼륨감 있는 몸매에 좋은 가창력으로 최근 방송 여기저기에서 활약하는 가수였다.

아무리 최근에 인기를 얻고 있어도 은하는 20대 여가수 중 가창력으론 최고라고 인정받고 있었다.

그런데 밑도 끝도 없이 미림이라는 걸그룹 멤버와 콜라보를 승낙하다니……. 지예와 월드 사이에서 간을 보고 있는 GNB를 제대로 잡고 싶은 마음이었을까?

복잡한 이현지의 마음을 아는지 모르는지, 잔을 내려놓은 한영숙 사장은 하얀 이를 드러냈다.

"커피 맛이 참 좋네요. 원두 이름 좀 알 수 있을까요?"

"콜롬비아 엑셀소예요."

한영숙 사장도 묘한 미소와 함께 잔을 들었다. 은은한 향은 마음을 편안하게 해주고 있었지만 머리는 복잡하게 돌아가고 있었다.

'이 여자가 있어서 이강윤도 마음대로 자리를 비울 수 있다고 했지?'

혹자는 이 작은 여인이 월드의 진짜 실세라고 부르기도 했다. 물론 수년간 그녀와 일을 해나가며 잡음 하나 내지 않은 이강윤이 대단한 면도 있었지만…….

'내가 지예라면 이 두 사람 관계를 어떻게든 흔들어 볼 텐데. 뭐, 알아서 하겠지.'

두 사람이 말 없는 탐색전을 펼쳐 나갈 때, 문이 열렸다. 막 공항에서 도착한 강윤과 김지민이었다.

"제가 조금 늦었습니다. 죄송합니다."

한영숙 사장은 강윤과 손을 맞잡으며 미소를 지었다.

"괜찮아요. 일을 만들고 싶은 건 저니까요. 회장님은 중국에서 뵀을 때와는 또 다르네요."

"그러게 말입니다. 아, 이 아가씨가 미림이군요."

강윤이 한영숙 사장 옆에서 핸드폰을 하고 있던 하예리에게로 눈을 돌렸다. 하지만 하예리는 아는 척하는 강윤에겐 그리 관심이 없는 듯, 핸드폰에만 열중하고 있었다.

'하예리!!'

놀란 한영숙 사장은 하예리의 옆구리를 세차게 찔렀다.

"아얏!! 언니!! 뭐 하는……."

"언니?"

"……사장님."

한영숙 사장이 눈에 잔뜩 힘을 주니 하예리는 마지못해 고개를 숙였다.

"……허니민트의 귀염귀염을 담당하는 미림입니다."

축 가라앉은 목소리와 대사는 싱크가 맞지 않았다. 강윤과 이현지는 당혹스러웠다.

'준열 씨 이후로 이런 물건은 오랜만에 보네요.'

'그러게 말입니다.'

부끄러움에 고개도 들지 못하고 있는 한영숙 사장을 힐끔 본 강윤은 미소 지으며 오른손을 내밀었다.

"이강윤입니다. 반가워요."

강윤의 손을 멀뚱멀뚱 바라보던 하예리는 자리에 앉아 핸드폰을 꺼내 들었다.

"……."

강윤은 무안해졌다. 월드를 차린 후, 아니, 프로듀서가 된 이래 이렇게까지 무시를 당한 적은 손에 꼽을 정도였다. 그 것도 갓 스물이 된 것 같은 여자한테. 한영숙 사장마저 무안 함에 고개를 들지 못했다.

그때였다.

"알량한 인기 믿고 깝치냐?"

강윤도, 이현지도 익숙한 목소리에 눈이 휘둥그레진 채 옆을 바라보았다. 목소리의 주인공, 다름 아닌 김지민이었다.

"뭐냐? X만 한 년이."

"넌 그 X만 한 것도 없잖아."

"CX년이 제대로 옘병하네."

욕쟁이 할머니도 울고 갈 랩 파티가 벌어지려 할 때, 강윤 이 두 사람 사이를 가로막았다.

"거기까지."

"……."

눈가에 불꽃이 튀던 김지민은 애써 속을 가라앉히며 자리 에 앉았다. 반면 하예리는 오히려 독이 올랐는지 목소리를 높였다.

"병시나. 쫄았……."

"그만해."

"아씨, 뭐라는 ㄱ……."

착 가라앉은 강윤과 눈이 마주친 하예리는 순간 말문이 막혀 버렸다. 천방지축으로 막말을 하는 그녀였지만 저 사람에겐 쉽게 쏘아붙일 수 없었다.

"……칫."

잠시 강윤과 눈싸움을 하던 그녀는 투덜대며 한영숙 사장 옆에 주저앉았다.

상황을 지켜보던 한영숙 사장은 머리를 감싸 쥐었다.

'이 정신 나간…….'

나설 타이밍을 놓친 게 화근이었다. 당장에라도 옆에서 핸드폰을 만지작대는 하예리의 목을 졸라 버리고 싶었다.

스타병이 들어도 이상하게 들어선…….

오기 전에 그렇게 주의를 주었는데도 다 소용없는 게 되어 버렸다.

'이렇게 된 바에야…….'

차라리 먼저 치고 나가는 게 나았다. 그러면 체면이 덜 상할 테니까.

"회장님, 죄송해요. 오늘은 날이……."

"그럼 일 이야기를 해볼까요? HMC 쇼타임뮤직이었나요?"

먼저 치고 나온 강윤의 말에 한영숙 사장은 어안이 벙벙해졌다.

하예리와 눈싸움을 하고 있던 김지민은 소스라치게 놀라

강윤의 팔을 붙잡았다.

"시, 싱글이요? 쟤, 쟤하고요?"

말도 안 되는 소리라며 김지민은 강윤의 팔뚝을 세게 잡고 흔들었다. 하지만 평소와 달리 강윤은 그녀의 말을 무시한 채 입술을 악다물고 있는 한영숙 사장에게 시선을 돌렸다.

"둘의 조합은 쉽게 상상하기 힘듭니다. 그동안 대중에게 보여온 모습과는 완전히 다르니까요. 예측할 수 없는 모습은 좋은 무대로 이어질 수 있습니다."

"새로운 이미지를 만들 수 있다. 그거죠?"

"맞습니다."

"⋯⋯좋군요. 하지만 문제가 있어요. 싱글을 낸다면 합이 중요한데. 은하와 우리 예리 목소리가 맞을까요?"

"둘 다 프로잖습니까. 맞추면 됩니다."

한영숙 사장의 당혹스러운 표정을 정면으로 마주하며 강윤은 담담히 답했다.

두 사람의 목소리야 당연히 맞출 자신이 있었다. 음악의 빛을 보는 능력을 활용하면 두 가수의 목소리, 단연 좋은 결과로 만들어낼 수 있으니까. 은빛이나 금빛은 조금 다른 문제지만.

하지만 강윤의 그런 능력을 알 리 없는 한영숙 사장의 얼굴은 미묘했다.

"맞춘다라⋯⋯. 당사자들이 그럴 생각이 있는지부터 봐야 겠는데요."

그녀는 두 대표가 이야기하는 사이에도 계속 으르렁대는

김지민과 하예리를 가리켰다.

제안이야 당연히 땡큐였지만 연신 기싸움을 해대는 두 사람 사이는 변수였다. 그간의 경험으로 평가해 보면 저건 생산성 없는 기싸움에 지나지 않았으니까.

그녀의 생각에 쐐기를 박듯, 하예리는 코웃음을 쳤다.

"……재수 없어. 사장 언니, 가요."

김지민과 한창 눈싸움을 하던 하예리는 한영숙 사장의 팔을 붙잡고 자리에서 벌떡 일어났다. 은하도 은하였지만 이강윤은 특히 불편했다. 다른 사람과 달리 그와는 마주하기도 힘들었다.

"아, 언니!!"

하예리는 애꿎은 사장을 보챘지만, 한영숙 사장의 무거워진 엉덩이는 쉽게 들리지 않았다.

이에 질세라 김지민도 강윤의 팔을 거세게 흔들었다.

"……."

하지만 강윤의 얼굴이 점점 굳어가는 걸 보고 팔을 놓아버렸다.

강윤은 김지민의 등을 가볍게 다독이고 다시 한영숙 사장에게 눈을 돌렸다.

"한 사장님, 둘의 조합이 정말 어렵다고 보십니까?"

"……사실, 좋죠. 하지만 이해하기 힘든 게 있어서요. 나윤이라면 모를까. 이제 막 뜨기 시작한 예리와 같은 무대에 선다니. 월드에서도 손해잖아요. 솔직히 급……."

한영숙 사장은 '급이 안 맞는다'라는 말을 꺼내려다 멈췄다.

하지만 그녀의 의도를 바로 알아챈 강윤은 곧 말을 받았다.

"사실, 퍼주는 느낌이 있습니다. 얼핏 보기엔 회사 입장에서도 손해일지 모르겠습니다. 하지만 꼭 그렇지는 않습니다."

"말이 어렵군요. 쉽게 설명해 주세요."

"먼저 이 조합은 시선을 강하게 끌 수 있습니다."

"아까 했던 말이군요. 의외성을 노린다는 거죠? 맞는 말이지만 걸리는 것도 많아요. 타이밍도 그렇고 계약 문제도 있죠. 은하 노래에 예리가 피처링하는 형식이 될 텐데. 은하가 예리 앨범에 피처링할 리도 없고."

"프로젝트 앨범으로 가죠. 그러면 계약 문제도 없습니다."

한영숙 사장은 꿀 먹은 벙어리가 되어버렸다. 후해도 너무 후했다. 앨범에 참여하는 피처링과 같이 앨범을 내는 프로젝트 앨범은 차이가 컸다.

은하와 허니민트의 미림이 같이 앨범을 낸다? 대중이 이를 어떻게 이해할까?

이쯤 되니 부담스러워졌다. 한영숙 사장은 이를 승낙해야 할지, 말아야 할지 고민하기 시작했다.

"예리야, 나가 있어."

"안 한다니까요."

"어서."

"……."

한영숙 사장의 힘 들어간 눈빛을 보자 하예리는 투덜대며 사무실을 나섰고, 강윤도 김지민에게 회사 구경이나 시켜주라며 그녀를 하예리와 함께 내보냈다.

곧 입구가 닫히며 두 여자의 소음이 끊기자 한영숙 사장은 강윤 쪽으로 몸을 기울였다.

"진짜로 원하는 게 뭐죠?"

"네?"

"은하까지 내세워서 이렇게까지 퍼주려는 이유."

한영숙 사장의 눈은 잠잠했지만, 강한 힘이 들어가 있었다. 평소의 속을 알 수 없는 평온함은 온데간데없었다. 강윤의 얼굴이 멍해지자 그녀의 눈매는 한층 더 좁아졌다.

"요새 이 바닥 돌아가는 모습이 심상치 않아요. 월드와 지예, 둘 사이에 태풍이 일 거라는 건 공공연한 사실이니까요. 잘못하면 새우 등이 남아나질 않게 생겼으니 당연한 말이겠죠? 그건 우리도 마찬가지예요."

"……."

"그래서 너무 큰 호의는 쉽게 받기 힘들어요. 후에 재앙으로 돌려받긴 싫으니까요."

강윤은 피식 웃었다. 자꾸 숨겨진 의도를 이야기하라는데, 그런 건 없었다.

'그놈의 정치. 그쪽으로만 생각하는 것도 피곤하겠어.'

어깨가 괜히 올라갔다.

"이번 일로 제가 다른 걸 요구할 거라고 생각하신 겁니까?"

"기브 앤 테이크니까요. 세상이 돌아가는 게 그렇죠."

그녀의 생각을 바꿔주는 게 우선이라는 걸 느낀 강윤은 식어버린 커피를 마저 비웠다.

웃음기를 지운 강윤은 차분히 입을 열었다.

"분명히 말씀드리지만 다른 의도는 없습니다. 좀 더 좋은 무대를 만들고 싶다. 이 바람뿐입니다. 제안을 받을지 말지 는 GNB에서 결정하면 됩니다."

"······."

"믿을지 말지는 그쪽 선택입니다."

한영숙 사장은 꿀 먹은 벙어리가 되어버렸다. 괜히 큰 빚 을 진 기분이었다. 기브 앤 테이크에 익숙한 그녀에게 이런 식의 거래는 충격이었다.

'······진 기분이야.'

무서웠다. 자신이라면 이런 제안은 애초에 거절했을 것 이다.

대체 그는 무슨 생각으로 이런 거래를 하겠다는 걸까?

순전히 가수를 위해서? 아니면 GNB와 제대로 인연을 만 들어보려고? 도무지 알 수가 없었다.

포커페이스가 무너진 그녀에게 강윤은 오른손을 내밀 었다.

"좋은 무대를 만들어 봅시다."

이번에는 무거웠다.

좋은 무대라니.

그가 내민 손이 그녀를 부끄럽게 만들었다.

"······잘 부탁해요."

조금은 차가웠지만, 이상하게 온기가 전해지는 듯했다.

두 대표의 악수와 함께 프로젝트 앨범, '달콤한 그녀들'은 시작되었다.

♪ ♪ ♪ ♪ ♪ ♪ ♪

–월드 지원율이 얼마나 되나요?

–1만 대 1이요.

–매일 넣고 있는데 소식이 읍슴…….

–월드보다 지예가 갑이에요. 월드 영상 보지도 않는대요.

–윗분 저거 댓글 알바임. 맨날 같은 글 올라옴.

연예인 지망생들의 커뮤니티, 연화넷은 오늘도 뜨거웠다.
소속사 연습생부터 소속사가 없는 지망생들까지 북적댔다.
특히 월드 스튜디오의 회장 이강윤의 동영상이 올라온 후,
지망생들 사이에는 광풍이 불고 있었다.

–월드 붙으면 공무원 되는 겁니다. 그리고 그 티오 하나가 사라
짐……ㅜㅜ

–크흑. 월드 지원하러 갑니다. 10번째입니다.

–100번 지원했습니다. 오늘 101번째 지원합니다.

–100번? 전 500번째 내고 있거든요?

월드의 연습생이 되면 무조건 데뷔한다는 말이 공연히 떠
돌고 있었다. 거기에 회장이 직접 나서 공인까지 했으니……
월드 공무원이라는 말까지 나오고 있었다.

"이열, 이강윤 씨, 잘하고 있네."

핸드폰의 인터넷 창을 닫으며 주아는 만면에 미소를 지었

다. 역시 강세미에게 월드를 추천하길 잘했다고, 자신의 감은 언제나 승리했다며 가슴이 뿌듯해졌다.

[주아!! 준비해야지!!]

[아, 쫌!! 3분 쉬었다, 3분!!]

[그래도 가야 해.]

하지만 여운을 즐길 틈은 없었다. 머리카락 없는 매니저가 부리나케 달려오더니 스케줄 가야 한다며 그녀를 재촉했다.

막 촬영을 끝낸 터라 지쳐 있었지만, 해맑은 얼굴로 주아는 매니저의 어깨를 잡았다.

[알았어. 가자고.]

불만 어린 표정은 어디에 가버렸는지, 주아의 얼굴엔 다시 생기가 돌고 있었다.

♪ ♩ ♪ ♩ ♪ ♫ ♩ ♪

어둑해진 저녁 시간. 불이 환하게 밝혀진 월드 스튜디오의 회장실 안에서 김지민은 눈가에 난 눈물 자국을 꾹꾹 누르며 억지 미소를 짓고 있었다.

"……알았어요."

강윤을 향해 묘한 눈길을 보내며 그녀는 목소리를 낮췄다.

미림과는 절대 같은 무대에 설 수 없다며 완강히 버텼지만, 만 하루 동안 이어진 설득에 결국 넘어가고 말았다.

힘겹게 그녀를 설득한 강윤은 한숨지었다.

"그런데 주인도 없는 집에서 뭐 하려고?"

"거기가 작업하기 짱이거든요."

눈물까지 찔끔했던 김지민의 얼굴엔 어느새 미소가 가득했다. 속았다는 기분이 들었지만 이미 때는 늦었다.

'……집 빼야겠다.'

그 마음을 알 리 없는 김지민은 회장실이 떠나가라 만세를 불렀다. 그러자 궁금해진 강세미가 김지민을 쿡쿡 찔러왔다.

"언니, 회장님 집이 그렇게 좋아요?"

"응응, 최고야. 같이 가 볼래?"

"네."

강세미까지 온다니. 강윤은 당장 부동산에 가야겠다고 마음먹었다.

한창 이야기를 나누고 있는데, 문이 열리며 방송국 스튜디오 촬영을 마친 하예리가 들어섰다.

"안녕하세요."

"안녕."

그녀의 무미건조한 인사가 마음에 안 들었는지 김지민이 하예리를 뚫어지게 쳐다보았다.

"꼽냐?"

턱을 들어 올리며 하예리가 노려보니 김지민의 하얀 얼굴이 붉게 달아올랐다.

월드에서 이런 식으로 말하는 사람은 없었다. 아니, 가요계에서도 만난 적이 없었다. 그렇기에 가만히 둘 수가 없었다.

"너는 말을 그렇게밖에 못 하니?"

"뭐래. 멸치같이 곯아선."

"……너 진짜 무식한 애구나."

이번에는 무식이라는 말에 하예리의 입꼬리가 가늘게 흔들렸다.

"……무, 무식? 다시 말해봐."

"무식. 무식무식."

금기어라도 들었는지 하예리의 머리에서 뭔가가 부러지는 소리가 났다. 눈가에 불이 켜지며 입에서 속사포가 튀어나갔고, 김지민도 이에 질세라 자리에서 벌떡 일어났다.

강세미가 안절부절못하고 있을 때, 둘을 지켜보던 강윤이 나지막이 한마디 했다.

"거기까지. 가자."

"……."

불이 붙으려던 두 사람은 그 한마디에 안면을 잔뜩 찡그리다 고개를 끄덕였다. 특히 하예리는 왜 강윤에게 대들지 못하는지 이유를 알지 못했다.

강윤이 먼저 회장실을 나서자 둘은 그를 뒤따랐고 강세미도 조용히 따라붙었다.

스튜디오에 가니 많은 사람이 그들을 기다리고 있었다.

"네가 그 유명한 하예리구나."

"……정예원?"

자신의 회사 GNB의 A&R팀 제1팀장, 정예원이 가볍게 얼굴을 찌푸리고 있자 하예리는 어안이 벙벙해졌다.

허니민트의 앨범 작업을 할 때도 마주친 적이 없던 제1팀장이었다. 그런데 여기서 마주하게 될 줄은 상상도 못 했다.

한영숙 사장이 사내 최고의 팀을 동원한 것이다.

"지완 오빠."

"기다리다 목 빠지는 줄 알았다."

월드에서는 회장 직속인 A&R팀과 팀장 오지완이 기다리고 있었다. 월드야 A&R팀이 하나밖에 없으니 별다를 건 없었다.

작곡가 이희윤, GNB의 전속 작곡가 파치까지 함께 있었다. 월드와 GNB의 최고 인재들이 이곳에 모여 있는 셈이었다.

김지민이 강세미에게 현재 상황을 이야기하자, 강세미는 입을 가리며 헉 소리를 냈다.

모두가 모인 걸 확인한 강윤은 가운데에 서서 시선을 모았다.

"모두 모였으니 시작하죠. 데모부터 들어볼까요?"

스튜디오에 두 사람이 부를 곡의 데모 버전이 흘러나오며 선정 작업이 시작되었다. 다양한 곡들. 그것도 완성되지 않은 데모 버전을 듣다 보니 회색의 향연이 펼쳐졌다.

'윽.'

회색빛으로 인한 찐득한 고통을 참아내며, 강윤은 후보곡들에 대한 평을 적어 나갔다. 맞은편에 있던 팀장들도 펜을 들고 뭔가를 적어 나갔고, 작곡가들도 의견을 교환해 갔다.

하기 싫은 표정이었던 김지민이었지만 막상 작업을 시작하니 그런 기색을 지우곤 일에 열중했다.

하지만 하예리는 관심 없는 표정으로 딴청을 피웠다. 제1팀장을 마주하고 기분이 좋았던 건 잠시뿐이었다.

'⋯⋯.'

강윤은 그런 하예리를 계속 주시하고 있었다. 그걸 아는지 모르는지, 그녀는 핸드폰을 만지작대며 딴짓을 하고 있었다.

다섯 번째 곡이 흘러나올 때, 하예리가 손을 번쩍 들며 외쳤다.

"이거, 이걸로 해요. 이거!!"

그러자 같은 소속사의 정예원 팀장이 이마를 부여잡았다. 지금까지 나왔던 곡 중 가장 안 좋다고 생각한 음악에 손을 들다니⋯⋯.

강윤도 강윤대로 어이가 없었다. 짙은 회색을 넘어 검은빛의 음악이었다. 가벼운 피아노 소리와 퍼커션이 불협화음을 만들며 스튜디오를 어지럽히는 느낌이었다.

김지민은 눈살을 찌푸리며 낮게 말했다.

"⋯⋯이건 아닌 것 같은데."

"난 이게 좋은데. 싫음 말고. 어차피 내 무대니까."

"혼자 해, 그럼. 실패가 뻔히 보이는데⋯⋯."

"쯧쯧. 보는 눈도 없네."

"하?"

하예리의 도발에 김지민은 어이가 없었다. 다시 두 사람은 티격태격하기 시작했다.

희윤은 곡을 만든 파치 쪽으로 눈을 돌렸다.

"이건 아무래도 미완인 것 같네요. 퍼커션 소리가 너무 튀고⋯⋯."

돌려 말했지만 이건 안 되겠다는 이야기였다. 기분 좋을

리 없었지만, 파치는 부드러운 표정으로 답했다.

"네. 퍼커션, 후렴……."

작곡가들끼리 생각을 교환할 기회는 흔치 않은 법. 특히 희윤과 같이 능력 있는 작곡가와는 더욱 그랬다. 파치는 하나라도 놓칠세라 부지런히 그녀의 말을 적어 나갔다.

팀장들과 팀원들도 곡을 놓고 여러 가지 의견을 내놓았다. 단순한 곡 선정이 아니라, 곡에 대한 의견도 많아 앞으로 사용할 수 있을 만큼 많은 말이 나왔다. 덕분에 선정 회의는 풍성해졌다.

그때, 김지민과 날을 세우던 하예리가 자리에서 벌떡 일어났다.

"내 말은 씹나? 아우, 진짜 못 해먹겠네!!"

날 선 외침과 함께 스튜디오에 침묵이 돌았다. 그녀는 사람들을 주욱 노려보더니 뛰쳐나가 버렸다.

"죄, 죄송합니다!!"

이렇게 되니 당황스러운 건 관리하는 매니저였다. 그는 서둘러 그녀를 잡기 위해 뛰어나갔다.

그리고…….

"회, 회장님!!"

누가 말릴 틈도 없이, 강윤도 스튜디오를 나갔다. 그는 그녀의 뒤를 쫓아갔다.

"하예리!!"

1층 로비에서 강윤은 그녀를 불러 세웠다. 한창 달려가던 그녀는 강윤의 외침에 멈칫하더니 힘겹게 고개를 돌렸다.

그런 그녀에게 강윤은 성큼성큼 다가갔다.

짜악!!!!

"꺅!!"

로비에 엄청난 소리가 울려 퍼지면서 하예리가 바닥에 쓰러졌다. 뒤따라온 매니저를 비롯해 로비에 있던 직원들까지 강윤의 모습에 놀라 수군거렸다.

"다, 당신, 이게 뭐 하는 짓이야!!"

바닥에 널브러진 하예리가 붉은 눈으로 외쳤다.

"됐어. 가 봐. 넌 프로의 자격도 없어."

몸을 부르르 떠는 그녀를 바라보며 강윤은 차갑게 일갈했다.

"씨발!! 당신이 뭔데 지랄인데?"

붉게 달아오른 얼굴을 붙잡고 하예리는 자리에서 벌떡 일어났다.

짝!!

그와 함께 분노에 이성을 잃은 손이 강윤의 얼굴을 향해 뻗어 나가며 진한 손자국을 남겼다.

"회, 회장님!!"

"예리야아아아!!!"

순식간에 벌어진 일이었다. 로비 직원들, 뒤쫓아 온 문 비서까지 월드의 직원들은 혼비백산한 얼굴을 한 채 강윤에게 달려왔다.

"회장님!! 괜찮으세요?!"

특히 문 비서는 손수건으로 강윤의 얼굴을 감싸며 하예리를 노려보았다.

'젠장…….'

수없이 많은 눈이 자신들을 향하는 것을 보며 하예리의 매니저는 사태가 심각하게 돌아가는 걸 느꼈다.

월드에서 월드 회장의 얼굴에 따귀를 날렸다. 이건 당장 뉴스에 나와도 할 말 없는 이야기였다. 밖으로 흘러나간다면 단순 스캔들이 아니라 매장감이었다.

그렇게 만들 순 없었다.

"뭐 하는 거예요?!"

하예리의 매니저는 그녀의 가는 손목을 강하게 잡고는 강윤 앞으로 끌고 나왔다.

"사과해."

"뭐래. 저 사람이 먼저 친 거거든요?"

이리도 분위기 파악을 못 하는지. 지금 누가 먼저 쳤다는 게 중요한 게 아닌데 말이다. 하예리의 매니저는 속이 터질 지경이었다. 게다가 이강윤 회장의 평판은 이 바닥에 자자해서 '네가 맞을 만했으니 맞았겠지'라는 말로 와전될 게 뻔했다.

연습생 시절부터 스타감이다, 최고다 소리만 들어온 티가 확연히 드러났다. 한영숙 사장이 나서도 해결할 수 있을지 없을지 의문이 들었다. 저 직원들의 독기는 또 어떻게 감당할 건지, 아득해졌다.

그녀가 고개를 숙일 생각을 하지 않자 '급한 불부터 꺼야겠다' 느낀 하예리의 매니저는 먼저 고개를 숙였다.

"회장님, 죄송합니다. 이 녀석이 너무 철이 없어서 저지른 일입니다. 부디……."

"매니저님이 사과할 일이 아닙니다. 이번 일은 본인과 해결하고 싶군요."

"왜? 그렇게 말하면 내가 무서워할 줄 알아?"

오히려 하예리는 악다구니를 쓰며 매니저를 밀어버렸다. 그녀 입장에서는 먼저 뺨을 얻어맞았으니 그럴 만도 했다. 직원들은 그들대로 강윤에게 또 해코지라도 갈까 철벽같이 막으려 했다. 아수라장이었다.

그런 상황에서 강윤이 손을 들어 직원들을 만류했다.

"괜찮습니다. 괜히 걱정을 끼쳤군요. 잠깐 둘만 있게 해주겠습니까?"

"회장님, 가만히 계셔도 됩니다. 저희가 해결하겠습니다."

직원들의 성난 눈길이 이글거렸지만, 강윤은 부드럽게 웃으며 고개를 흔들었다.

"괜찮습니다. 다들 일 보러 가세요. 넌 따라와."

"내가 왜? 더 할 말 없는데?"

"이대로 가수 생활도 끝내고 싶으면 그렇게 하고."

선언하듯 내뱉은 강윤은 그대로 엘리베이터로 향했고, 하예리는 이를 부드득 갈다가 강윤의 뒤를 따랐다. 사실 악을 쓰고는 있었지만 수많은 사람의 눈빛을 받는 건 더 무서웠다. 매니저도 따라가려고 했지만, 직원들의 만류로 제지당했다. 강윤의 이름값도 한몫했다.

그렇게 하예리는 옥상으로 향했다. 그곳에서 먼저 도착한 강윤에게 매섭게 소리쳤다.

"왜 치는데? 당신이 뭔데?"

"……."

"사장 언니도 이런 적이 없어. 당신이 뭔데? 당신이 내 사장이야? 아니잖아."

"……월드라면 하예리라는 연습생을 뽑지 않았겠지."

"뭐, 뭐야?!"

그 한마디가 하예리의 속을 뒤집었다. 손을 바르르 떠는 그녀를 향해 강윤은 눈매를 좁혔다.

"아마 연습생 시절부터 꼭 가수가 될 수 있을 거란 이야기를 당연하게 듣고 살았겠지. 매일을 불안하게 사는 다른 애들과는 달리. 그런데 그게 콧대를 너무 높여놨어."

"우, 웃기시네."

"게다가 막 뜨기 시작했으니…… 건방이 하늘을 찌를 수밖에. 연예인병이야."

"뭐, 뭐야?!"

차분히 비수가 날아들자 하예리는 눈빛을 태우며 강윤의 멱살을 낚아챘다.

"연예인병? 말이면 단 줄 알아? 지랄병 났네!! 뭘 안다고 지껄이는데?"

"맞잖아."

"이……."

누구도 대놓고 이렇게 말하는 사람은 없었다. 회사에서 뒷담화 하는 선배를 심하게 망신 준 이후로, 누구도 자기를 건

들지 않았다. 심지어 한영숙 사장도 기죽으면 기질도 사라질 거라며 크게 뭐라고 하지 않았다. 그런데 다른 곳에서 이런 수모를 겪으니 독이 오를 만했다.

이를 가는 그녀에게 한껏 낮아진 목소리가 꽂혔다.

"가수 미림과 은하의 콜라보 음반. 누구는 그런 아이돌 멤버와 은하의 콜라보를 왜 하냐고 말이 많았지만, 난 생각이 달랐어. 내가 미림이라는 가수는 잘 몰랐지만, 가수니까 프라이드가 있을 거라고 생각했으니까. 그런데 오늘 보니 내 생각이 틀렸다는 걸 알았어."

"……."

"곡 선정을 하는 과정에서 본 너는 그런 것조차 없었어. 오직 네 기분, 네 감정에 따라 부르고 싶은 곡을 결정하려고 했지. 그게 네 얼굴을 때린 이유야. 과했지만 절대 후회하지 않아."

"…… ."

그 말이 강하게 가슴을 찔러왔다. 지금까지 날 선 반항을 해오던 하예리도 이 말만큼은 도무지 반박할 수가 없었다.

"넌, 가수가 아니야."

더 할 말이 없는 듯 강윤은 옥상 문을 닫고 계단을 내려왔다. 계단을 내려가는 발소리가 점점 멀어져 갔지만, 그녀는 감전이라도 된 듯 서서 움직일 줄을 몰랐다.

'가, 가수가…… 아니라고?!'

강윤의 마지막 말이 메아리치듯 가슴을 울리며 머릿속을 점령해 갔다.

콜라보 준비한다고 월드에 갔던 하예리가 사고만 치고 돌아오자 한영숙 사장의 얼굴은 노랗게 떠버렸다.

"……지, 지금 너, 제, 제, 제정……."

"……."

평소라면 뻔뻔하게 대들었을 하예리였지만, 지금은 얌전한 고양이처럼 고개를 푹 숙이고 있었다. 그 모습이 더 답답했는지 한영숙 사장의 눈매가 위로 올라갔다.

"차라리 지예였으면…… 월드라니. 거기 애들 골치 아픈데. 하아."

"……."

직원들이나 회장이나 서로 생각하는 게 엄청나기로 소문난 곳이었다. 업무 강도가 높아도 보상이 워낙 확실한 데다 환경도 좋은 곳이었으니까. 그런 곳의 회장 얼굴에 손도장을 찍었다니…… 본인이 가만히 있어도 직원들이 가만히 있을지 의문이었다.

"……있다가 이야기하자."

급한 불부터 끄기로 했다. 전화를 들어 강윤에게 전화를 걸었다. 가슴 졸이며 들고 있는 전화기에서 애꿎은 밝은 컬러링이 흘러나오자 괜히 얼굴이 일그러졌다.

─네, 이강윤입니다.

컬러링이 끝날 즈음, 이강윤의 목소리가 들려오자 한영숙 사장은 공손한 소리를 냈다.

"안녕하세요, 회장님. GNB 한영숙입니다.

─안녕하세요.

평상시와 다름없는 인사였지만 더더욱 공손히, 어조를 조절했다. 안부를 묻는 것도 조심스러웠다. 다행히 강윤은 잘 받아주었고, 곧 본론으로 넘어갈 수 있었다.

"……우리 애 때문에 곤욕을 치르셨다고 들었어요."

─아, 하예리 말이군요.

"죄송해요. 우리 애가 너무 철이 없어서…… 제가 애를 단속 못 했네요. 괜히 회장님께 심한 폐를 끼쳤어요. 어떻게 사과해야 할지…… 죄송합니다."

가슴 졸이며 전화기를 들고 있는데 다행히 목소리는 평이했다.

─먼저 실수한 건 저죠. 저야말로 죄송합니다.

"회장님이 실수하신 게 아니죠. 애가 얼마나 개념이 없었으면 맞았겠어요."

하예리의 눈이 치켜 올라갔지만 한영숙 사장은 아랑곳하지 않았다.

─아닙니다. 제가 생각이 짧았죠. 그런 생각을 하는 아이였다는 알았으면…… 콜라보를 제의하지 않았을 겁니다. 지금까지 없는 발상이라는 것에 너무 집중해서 온 실수 같습니다.

뭔가 이상하게 돌아가고 있었다. 한영숙 사장의 눈이 커졌다.

"생각이 짧…… 았다?"

─아무래도 콜라보 무대는 취소하는 게 어떨까 합니다.

"네?"

화가 나서 한 말이 아니었단 말인가?

한영숙 사장은 당황한 얼굴로 핸드폰을 반대편 귀로 돌렸다.

─데뷔한 이상 프로입니다. 그런데 예리에겐 그런 마인드나 태도가 전혀 보이지 않습니다.

"회장님 좀 더 생각을⋯⋯."

─지금 은하에게 이야기하려고 합니다. 한 사장님, 이번 무대는 예리 단독으로 꾸미는 게 좋겠습니다. 제가 실수를 한 것이니 예리 무대는 클래식에서 확실하게 지원하도록 하겠습니다.

"회장님."

─전화가 들어왔군요. 나중에 연락드리겠습니다.

더 이야기하기도 전에, 통화가 끝나 버렸다. 한영숙 사장은 핸드폰을 소파 위에 던지듯 놓아버리곤 머리를 부여잡았다.

"⋯⋯미치겠네. 정 팀장도 난리 칠 게 뻔한데⋯⋯."

이 철없는 녀석 때문에 회사 최고의 재원인 정예원 팀장의 일까지 틀어졌다.

GNB의 A&R 1팀과 업계 탑이라고 불리는 월드의 오지완이 이끄는 A&R팀과의 콜라보가 수포로 돌아가게 생겼으니 말이다. 힘들게 잡아두고 있는 사람인데⋯⋯ 머리가 아파왔다.

"왜요? 못 하겠대요?"

하예리가 큰 눈을 껌뻑이자 한영숙 사장의 속은 더 부글부글 끓었다. 그녀는 자리에서 벌떡 일어나 하예리의 손을 낚아챘다.

"어어? 왜, 왜 이러세요."

"따라와."

"어, 어딜 가게요."

"앨범 안 할 거야?"

"내, 내가 거길 어떻게 가요?"

하예리가 질겁하며 진저리를 쳤지만 한영숙 사장은 그녀의 양손을 붙잡고 질질 끌고 나갔다.

♪ ♪ ♪♪ ♪

"헤, 헬로?"

주아는 떨리는 손으로 앞에 선 남자의 손을 붙잡았다.

큰 키, 짙은 검은빛의 피부에 빨려들 것 같은 검은 눈동자의 남자, 셰무얼 존슨은 부드러운 눈길로 주아의 손을 흔들었다.

[캐리에게 이야기 많이 들었습니다. 한국에서 최고의 가수라고요.]

[감사합니다. 셰무얼. 듣던 대로 미남이시네요.]

[무대에서는 더 끝내준답니다.]

양손을 장난스럽게 쥐었다 폈다 하며 셰무얼은 활짝 웃

었다.

세계 최고의 가수라고 불리는 세무얼 존슨이 눈앞에 있다니. 주아는 이상한 기분이 들었다. 한국, 아시아에서의 그녀는 탑스타였지만 이곳에서는 신인으로 돌아가는 기분이었다. 새롭기도 하면서 아쉽기도 한, 복잡한 생각이 들었다.

세무얼은 성큼 무대 위로 올라갔다. 연습용으로 쓰는 작은 무대에는 댄서들과 몇몇 스태프가 분주히 움직이고 있었다. 곧 주아도 올라서자 세무얼은 박수를 치며 모두를 끌어모았다.

[자자, 주목!! 이번 콘서트에서 특별 무대를 꾸며줄 분입니다. 주아, 이쪽으로 와요.]

[안녕하세요. 연주아입니다.]

작은 체구, 반짝이는 눈빛을 가진 동양 여자. 캐리 클라우디아와 가장 호흡을 잘 맞춘다는 그녀의 이야기를 알고 있던 사람들은 박수로 주아를 맞아주었다.

곧 소개가 끝나고, 연습이 시작되었다.

[여기면 될까요?]

무대 감독과 이야기를 하며, 주아는 무대 중앙에 섰다. 스태프들은 메모를 하며 무대에 필요한 것들을 적어 나갔고, 무대에 함께 설 사람들은 대열을 맞춰 섰다.

쿵, 쿵, 쿵쿵.

웅장한 발소리가 퍼져 나가며 음악이 흐르기 시작했다.

'……여기가 세계 최고의 무대가 만들어지는 곳.'

설렘을 안고 주아는 몸을 분주히 움직이기 시작했다.

월드 스튜디오에서는 강윤이 하예리에게 뺨을 맞았다는 소문이 일파만파 퍼져 나갔다.

"회장님이?!"

"미친!! 뭐 그딴 년이 다 있어?!"

직원들뿐만 아니라 가수들까지 분노에 몸을 떨었다. 어떤 이는 팔까지 걷어붙이며 GNB에 찾아가겠다고 난리였다. 어떻게든 보복해야 한다는 말까지 할 정도로 분위기가 흉흉해져 강윤은 별도의 공지로 연예인들과는 별별 일이 다 있을 수 있다며 직원들을 달래야 했다.

"……회장님은 프로듀서 시절이나 사장 때나 회장 때나 한결같네요."

월드 스튜디오의 이사, 이현지는 강윤 앞에 앉아 팔짱을 끼며 인상을 썼다.

"그렇습니까? 한결같은 사람이 좋지 않습니까."

"좋긴 무슨. 아, 못 살아. 진짜 이 사람하고 일하는 게 아니었어."

이현지의 얼굴이 있는 대로 일그러지자 강윤은 되레 웃음을 터뜨렸다. 그러자 이현지가 탁자에 양손을 기대며 자리에서 벌떡 일어났다.

"다신!! 엄한 데서 맞고 다니지 마세요."

단호한 어조에 강윤은 저도 모르게 고개를 끄덕였다.

"아, 알겠습니다."

"우리 간판이 깡통처럼 채이고 다닌다면 기분이 좋겠어요? 알았나요?"

훈훈함과 미안함을 함께 느낀 강윤은 고개를 끄덕였다.

그때, 문 두드리는 소리와 함께 문 비서가 들어왔다.

"회장님, GNB에서 손님이 오셨습니다."

한영숙 사장과 하예리가 왔다는 말에 이현지의 눈매가 일그러지자 강윤이 장난스럽게 말했다.

"간판을 찬 사람이 왔군요."

"……뭐, 우리 간판은 튼튼하니까 괜찮을지도 모르겠네요. 좀 더 차달라고 할까요?"

"사양하겠습니다."

곧 문 비서의 안내를 받은 한영숙 사장과 하예리가 안에 들어섰다.

"지난번에 뵙고 또 뵙네요, 회장님."

"어서 오십시오."

한영숙 사장과 악수를 나누며 보니 하예리의 얼굴이 잔뜩 굳어 있었다.

곧 문 비서가 차를 내오고 간단한 이야기가 흘렀다. 그후, 한영숙 사장은 조심스럽게 본론을 꺼냈다.

"……우리 애가 철이 없어서 큰 무례를 저질렀어요. 죄송합니다, 회장님."

"제가 듣고 싶은 말은 그게 아닙니다, 사장님.."

그 말에 한영숙 사장은 하예리의 옆구리를 찔렀다.

'뭐 하고 있어?'

'······.'

'하예리!!'

두 사람의 모습을 보며 강윤은 페퍼민트 차향을 음미했다. 향긋한 향이 기분을 맑게 해주는 것을 느끼며 찻잔을 내려놓고는 티격태격하는 두 사람에게 말했다.

"전 예리에게 분명히 말했습니다. 너는 가수가 아니라고."

"······."

"앨범은 가수가 내는 겁니다."

모욕이었다. 한영숙 사장의 항상 미소 짓는 얼굴마저 일그러뜨릴 정도의 강한 모욕. 심하게 말하면 너흰 가수를 키운 게 아니라는 말까지 된다.

"회장님, 잠깐만요. 그 말은······."

한영숙 사장의 눈매가 강하게 치켜 올라갔지만 강윤은 아랑곳하지 않았다.

"미림, 아니, 하예리라는 사람은 노래라는 걸 모릅니다. 지민이와 함께 부를 곡 한 곡을 위해 얼마나 많은 작곡가, 작사가들이 곡을 썼는지. 그 한 곡을 고른다는 건 신중하고, 또 신중해야 합니다. 아무렇지도 않게 작곡가들이 만든 곡을 탈락시킬 때 알았습니다. 하예리라는 사람은 노래를 모르는 사람이구나, 가수가 아니구나."

탕!!

강윤은 탁자를 강하게 쳤다. 한영숙 사장이나 하예리나 아무 말도 하지 못했다. 구구절절 맞는 말이었다.

"그런 사람과 무슨 음반을 만들겠습니까. 그러니 제가 실수한 부분은 책임지고…….”

“……죄송해요.”

느닷없는 타이밍이었다. 강윤이나 이현지, 한영숙 사장은 옹알이하듯 낸 사과에 하예리에게 눈을 돌렸다.

“제가…… 틀렸어요.”

그녀의 눈동자에는 한가득 눈물이 고여 있었다.


며칠 후.

강윤과 A&R팀, 작곡가, 작사가, 그리고 가수들까지 모두 모였다. 수많은 가사 중 하나를 선정했고 얼마 있지 않아 가이드 송도 나왔다.

사전 작업을 마친 후, 오늘은 본 녹음에 들어가는 날이었다.

편안한 후드 차림에 모자를 눌러쓴 하예리는 주머니에 손을 넣고 가사를 중얼거렸고, 김지민은 가사를 적은 종이에 펜을 굴리며 중요한 부분들을 체크하고 있었다.

“네가 나를 알면―― 어떤 표정을 지을까. 이렇게 바꿔보려는 데 어때요?”

김지민은 작사가 민예영에게 물었다. 그런데 답은 뒤에 있던 하예리에게서 나왔다.

“완전 별로거든.”

“넌 다 별로잖아. 직접 해보든가.”

“뭐래. 해볼까? 넌 나를 몰라―― 어떤 표정을 할지――”

“그게 더 별론데?”

김지민이 비꼬자 하예리의 눈이 형편없이 일그러졌다. 이내 두 사람 사이에 불꽃이 튀기 시작했다.

하지만 두 사람의 투닥거림에 익숙해진 스태프들은 그러려니 하며 할 일을 해나갔다.

"쟤들 또 시작이네."

"만날 때마다 저러네요."

작사가 민예영과 작곡가 해송 역시 고개를 절레절레 흔들었다.

"애들이야, 싸우면서 크는 거죠."

"야야, 왜 입 아프게 말로 싸우냐. 머리 잡아, 머리."

오지완과 정예원 팀장은 애들 취급까지 하며 싸움을 보챘다.

모두가 분주히 녹음을 준비해 갈 때, 지켜보던 강윤은 박수를 치며 모두의 시선을 모았다.

"슬슬 시작해 보죠. 예리부터 가 볼까?"

"예에."

하예리는 한창 말싸움을 하던 김지민을 향해 '흥' 소리를 내고는 부스 안으로 들어갔다. 김지민 역시 지지 않겠다는 듯 코웃음을 치곤 팔짱을 꼈다.

토크백을 누르고 오지완이 부스를 향해 물었다.

"한번 연습해 보고 갈까?"

─괜찮아요.

하예리는 자신만만한 얼굴로 헤드셋을 끼웠다.

"알았어. 그럼 바로 갈게."

오지완이 옆의 기사에게 준비 신호를 보낼 때, 정예원 팀장이 걱정스레 중얼거렸다.

"쟤, 쿠세(나쁜 버릇) 엄청 심하다던데……."

그러나 오지완은 괜찮다며 손을 저었다.

"쿠세 안 심한 가수 있습니까. 그것도 다 자기 노래가 되는 과정이죠."

"그렇기야 합니다만…… 잘 부탁합니다."

정예원은 역시 최고는 다르다며 엄지손가락을 올렸다.

곧 강윤의 신호와 함께 믹서의 바가 위로 올라갔다. 리드 미컬한 MR과 함께 하예리의 목소리가 스튜디오를 감쌌다.

ㅡ햇빛이 쨍쨍한 맑은 날ㅡㅡ 네 발소리를 들었지ㅡㅡ

듣기 좋은 보이시한 목소리가 스튜디오에 하얀빛을 뿌렸다. 뭔가를 보여주겠다는 모습으로 하예리는 눈까지 감고는 노래에 빠져들었다.

ㅡ날 위해ㅡㅡ

그러나 얼마 지나지 않아 하얀빛이 일렁이며 회색빛이 뿜어져 나왔다.

'호흡이 과하군.'

강윤은 고개를 흔들었다. 회색빛이 몸에 찐득하게 달라붙는 기분에 절로 안색이 일그러졌다.

한편, 1회 차가 끝난 후, 오지완은 토크백을 눌렀다.

"호흡이 과해. 쉰 소리를 조금 줄여보자. 다시 해보자."

"네."

하예리는 목소리를 가다듬고 다시 마이크에 입을 가져갔다.

ㅡ햇빛이 쨍쨍한ㅡㅡ

이번에는 힘이 너무 들어갔다. 보컬과 MR이 따로 떨어진 느낌이었다. 그 탓에 처음부터 회색빛이 일렁였고, 그 바람에 강윤은 감정을 숨기기 위해 손으로 안면을 가려야 했다.

이번에는 작곡가 해송도 한숨을 쉬었다.

"저런 느낌으로 부르면 안 되는데."

강윤은 거칠게 노래를 토해내는 듯한 하예리를 가리키며 물었다.

"리듬은 괜찮은데, 호흡이 거친 것 같죠?"

"네, 감정도 너무 과해요. 저렇게 의욕만 앞서면 본래 느낌을 살리기 힘든데……."

"아무래도 작곡가님이 조금 봐주셔야 할 것 같습니다."

"그러면 좋기는 한데……."

해송 작곡가는 강윤 옆에 있는 김지민을 가리켰다. 김지민의 디렉팅도 필요하지 않겠냐는 의미였다.

"정 팀장님이 계시지 않습니까. 작곡가님과 손발이 잘 맞는 분이니까 괜찮을 겁니다."

"아아, 알겠습니다."

"지민아."

이야기를 마친 후, 강윤은 목을 풀고 있던 김지민을 불렀다.

"아무래도 먼저 해야겠다. 준비하자."

"네."

이미 김지민은 이야기를 듣고 준비하고 있었다.

강윤은 그녀를 부스 안으로 들여보내곤 하예리를 나오게 했다.

"······에이씨, 할 수 있다니까요."

부스 안에서 나오며 하예리는 소파 구석에 거칠게 앉았다. 연신 할 수 있다며 투덜대는 그녀에게 강윤은 조근한 어조로 타일렀다.

"알아."

"근데 왜요."

"잘하는 거 아는데, 더 잘할 수 있게 해주려고."

"······듣기 싫어서가 아니고요?"

강윤은 한 대 쥐어박는 걸로 말을 대신했다.

"아, 진짜!! 때리는 게 취미예요?!"

"헛소리하니까 그러지."

"······뭐라는 거래요."

하지만 말투와는 다르게 기분 나쁜 눈치는 아니었다.

강윤은 악보를 보고 있는 해송 작곡가에게 이쪽으로 오라고 손짓했다.

"예리, 잘 부탁합니다."

"아아, 알겠습니다."

하예리를 맡긴 후, 강윤은 김지민의 녹음을 하고 있는 정예원에게 눈을 돌렸다.

"Verse2부터 갈게."

-네.

"리드미컬한 노래니까 소리를 가볍게 빼줘야 해."

-알겠습니다.

정예원의 신호와 함께 음악과 함께 김지민의 목소리가 흘러나왔다.

─오랜만이었어── 그런 떨림── 날 단순하게 만들었던 그 설렘 다──

새하얀 빛이 흘러나왔다. 정예원의 얼굴이 놀라움으로 물들었고, 강윤도 팔짱을 끼며 고개를 끄덕였다. 느낌이 좋았다.

'좀 더 끌어올리는 게 좋겠어.'

강윤과 같은 생각이었던 정예원도 토크백에 손을 얹었다.

"좋네. 한 번만 더 해보자."

─네.

하예리와 다르게 김지민의 녹음은 순조로웠다. 쿠세도, 막힘도 없었다. 마치 뻥 뚫린 도로같이 시원하게 작업이 진행되었다.

"……이 정도면 몇 개 이어붙이지 않아도 되겠군요. 50프로에서 끝났군요.

시계를 보며 정예원은 박수를 쳤다.

50프로, 약 1시간 10분 정도의 시간이 소요되었다. 라이브에 자신 있는 싱어송라이터에게 나오는 녹음 시간이었다. 가창력에 자신 있는 김지민으로선 당연한 일이었다.

오지완은 해송 작곡가와 곡에 대해 이야기하는 하예리를 가리켰다.

"……저쪽 때문에 300프로는 나올 것 같은데요."

6시간 이상은 걸릴 것 같다는 오지완과 같은 생각에, 정예원도 깊은 한숨을 내쉬었다.

"저도 사실…… 같은 생각이었습니다."

"하아."

두 팀장이 한숨을 내쉬니 팀원들은 오죽할까. 스태프들도 남몰래 고개를 젓고 있었다.

하지만 강윤은 고개를 흔들었다.

"전 100프로에 걸겠습니다."

"둘 다 해서 1시간 안에 끝난다고요? 설마요."

오지완은 말도 안 된다며 고개를 흔들었다. 정예원도 그건 아니라며 침묵으로 동조했다. 하지만 강윤은 여유 있게 웃었다.

"충분합니다. 내기해도 좋아요."

"오, 지는 사람이 한턱내기?"

"콜."

강윤이 승낙하자, 오지완과 정예원 팀장은 눈을 빛냈다. 공짜 술에 두 사람뿐만 아니라 다른 팀원들까지 만세를 불렀다.

그때, 이야기를 들었는지 키를 쥔 그녀도 달려왔다.

"잠깐만요. 지금 뭣들 하시는 거?"

오지완과 정예원 팀장이 난감한 표정을 지을 때, 강윤이 말했다.

"어른들만의 이야기 있어. 준비는 다 됐어?"

"나 다 들었어요. 뭐야, 나 가지고 내기하는 거야?"

"알 거 없어. 자자, 들어가기나 해."

"다 알아요. 1시간 안에…… 어어?"

준비가 끝났다는 해송 작곡가의 손짓을 본 후, 강윤은 하예리를 부스 안으로 밀어 넣었다.

하예리는 얼결에 부스 안으로 들어갔지만 곧 악보를 잡고 헤드셋을 끼었다.

-1시간 안에 끝내면 되는 거죠?

강윤이 토크백을 눌렀다.

"12시간 걸려도 되니까 노래나 잘해."

-내가 1시간 안에 무슨 수를 써서라도 끝낸다.

화가 났는지 하예리의 눈에서 불길이 이글거렸다.

♪ ♩ ♫ ♪ ♩ ♪

"27 대 3으로 원진표 사장의 경영권 정지에 대한 안건이 통과되었음을 선포……."

"이건 다 무효야!!"

탕탕탕!!

원진표 사장의 비명이 울리는 가운데 애꿎은 법봉 두드리는 소리가 회의실에 퍼져 나갔다. 하지만 눈물까지 흘리며 억울함을 호소하는 원진표 사장에게 누구 하나 동조하는 이가 없었다.

"내 회사야, 내 회사라고!! 니들이 뭔데, 내 회사를……."

"원 사장님, 정숙하세요!!"

"닥쳐!!"

이성을 잃은 원진표 사장의 목소리는 더더욱 높아져 갔다. 결국 보다 못한 이사들은 전화를 들어 보안요원을 호출했고,

그는 질질 끌려 나가는 굴욕을 겪어야 했다.

회의실이 고요해지자, 법봉을 쥔 남자는 이전과는 다른 미소 띤 얼굴로 강시명 사장에게 눈을 돌렸다.

"우리 지예는 이제 갓 태어난 아기와 같습니다. 회사를 설립한 원 사장님께 고통을 안겨 죄송하지만…… 큰 결단으로 쇄신을 열어주신 여기 강 사장님께서 원 사장님 몫까지 뛰어주시리라 믿습니다. 사장님."

모두의 시선이 강시명 사장에게로 쏠렸다. 그는 조용히 자리에서 일어났다. 잠시 목소리를 가다듬은 후, 힘찬 목소리로 입을 열었다.

"우리는 언론 조작이라는 불미스러운 일을 겪었습니다. 조금 전, 우린 회사의 오너의 자격까지 정지시키는, 뼈를 깎는 아픔까지 불사했습니다. 하지만 깨끗하지 않으면, 미래가 없습니다."

짝짝짝짝짝――

회의실 안에 박수 소리가 퍼져 나갔다. 강시명 사장은 눈시울을 붉히며 말을 이어갔다.

"그 깨끗한 미래에 제가 앞장서겠습니다. 저를 도와주십시오!!"

우렁찬 박수 소리는 멈추질 않았다. 고개를 숙인 강시명 사장의 귓가에 우레와 같은 박수 소리가 들려왔다.

'이제 진짜 시작이다.'

그의 입가에는 진한 미소가 그려지고 있었다.

치이이익——

연기가 흩어지며 맛깔스러운 마블링이 돋보이는 안심이 맛있게 익어가는 한우집.

녹음을 마치고 월드와 GNB의 직원들이 회식을 하고 있었다. 그중 한 테이블에는 강윤과 오지완, 정예원 팀장, 그리고 김지민과 하예리가 술잔을 기울이고 있었다.

"전 진짜로 놀랐습니다. 정말로 예리가 1시간도 안 돼서 녹음을 끝낼 줄은……."

강윤의 잔을 채우며 정예원 팀장은 여전히 놀란 얼굴을 감추지 못했다. 그러자 옆에서 의기양양한 표정으로 하예리가 손을 들었다.

"그러니까 왜 이상한 곳에 걸어요. 쯧쯧. 나한테 걸었어야지. 사장님!! 여기 안심 3인분 추가요. 원뿔뿔로다가요!!"

오지완과 정예원 팀장의 심장이 쿵쾅대는 가운데, 하예리는 기분 좋게 술잔을 들었다.

"자자, 건배애~"

5명의 잔이 부딪쳤다. 이미 테이블 밑에는 녹색 병이 수두룩하게 쌓여 있었다.

술이 약한 강윤은 몇 번이나 쉬려고 했지만, 그때마다 하예리가 손가락을 흔들며 봐주질 않았다.

"에헤이, 회장님. 술이 그렇게 약하면 나중에 잡아먹혀요."

"……넌 여자가 못 하는 소리가 없니?"

강윤이 어이없다며 눈을 휘둥그레 떴다. 하지만 그녀는 귀여운 얼굴로 술병을 들어 잔을 채웠고, 분위기 메이커 노릇을 톡톡히 해냈다.

그랬다. 그녀는 술자리에 정말 강했다. 결국 그렇게 그녀의 꼬임(?)에 넘어가 주량을 맞추다 보니…….

"……어우."

얼마 지나지 않아 머리가 핑핑 돌았다. 결국 몰래 테이블을 빠져나온 강윤은 가게 앞에 서서 담배를 빼 물고는 라이터를 들었다.

"……맞추기 힘들군."

"또 담배예요?"

언제 따라 나왔는지 하예리가 그의 옆에 서 있었다. 강윤은 불을 붙이려다 말고 다시 집어넣었다.

"피워도 봐줄게요."

"……가수 앞에선 안 피워."

"오올, 멋진데? 역시, 월드 회장님!!"

가벼운 이야기가 오갈 때.

투둑, 툭툭.

강윤이 쪼그려 앉아 있던 처마 밑에 빗소리가 들려왔다. 하예리도 강윤 옆에 함께 앉았다.

"물어보고 싶은 게 있어요."

"뭔데?"

"그때 말이에요. 저, 회장님한테 맞고, 사장 언니랑 찾아간 날."

"······그때? 왜?"

부끄러웠는지, 술기운 탓인지 강윤의 얼굴은 붉게 상기되었다. 하예리는 처마를 올려다보며 중얼거리듯 말했다.

"그때 제가 가짜로 울었다는 거 알았죠?"

"뭐······."

"역시. 그런데 왜 거절 안 했어요?"

"······."

의외의 질문에 강윤은 쉽게 답을 내놓지 못했다. 그러자 하예리가 눈을 돌리며 자신의 팔에 얼굴을 기댔다.

"설마······ 나에게 반한 건?"

"혼난다."

"죄송."

귀엽게 혀를 내미는 그녀와 눈을 마주하며 강윤은 차분한 어조로 말했다.

"다듬으면 좋은 가수가 될 수 있을 것 같았거든."

"입에 발린 말은 소용없거든요?"

"그렇게 듣고 싶으면 듣든가."

강윤은 자리에서 일어났다.

"나라면 널 다듬을 수 있을 거라고 생각했으니까. 다른 건 몰라도 넌 좋은 원석이라고 생각했거든."

"······."

"어찌 됐든, 난 프로듀서니까."

비틀대며 강윤은 술집 안으로 들어갔다.

"······하여간 폼 재기는."

하지만 말과는 다르게 그녀의 눈은 호선을 그리고 있었다.

지연 생방송으로 진행되는 'HMC 쇼타임뮤직'의 스페셜 스테이지 녹화 날.

무대 뒤편에서 짧은 치마와 눈에 띄는 레깅스로 무장한 김지민과 하예리는 서로를 잡아먹을 기세로 노려보고 있었다.

"실수하지 마."

"선배나 잘하셈요."

그 기세가 지나쳤는지 다른 가수들은 물론 스태프조차 접근할 엄두조차 내지 못했다.

꽁.

"아얏."

그때, 알밤이 날아들었다. 말할 것도 없이 강윤이었다.

"디데이에도 이러기냐?"

"……."

민망했는지 김지민은 슬쩍 고개를 숙이며 시선을 피해 버렸고, 하예리는 고개를 팩 돌려 버렸다.

"너희가 어딜 가겠니. 그런데 저기 봐봐."

무대에 올라가라는 이야기를 하러 온 FD를 가리키며 강윤은 두 사람의 등을 떠밀었다.

두 가수는 서로를 향해 으르렁대며 계단을 올랐다.

"발목 잡지 마."

"내 말이."

하지만, 눈빛과는 달리 한 손으로 하이파이브를 하며 무대에 섰다.

"우와아아아아아아아─────!!!"

엄청난 함성이 터져 나오며 음악이 흐르기 시작했다.

# 6화
## 월드의 중심, 이강윤을 흔들어라

6월 중순, 예년보다 좀 더 빠른 장마가 시작되었다.

평소와 같이 4개의 회사에서 올라온 서류들을 처리하다가 비 오는 거리를 내려다보던 이현지는 막 걸려온 전화를 받았다.

추만지 사장에게 간단한 안부를 물은 후, 바로 업무 이야기로 들어갔다.

"……티켓팅 최종 보고서는 잘 받았어요."

－아아, 그거 만드느라 힘들었다. 하여간 깐깐해 가지고. 빅데이터? 연령이나 성향 수집하는 건 이해 가는데, 지역, 팔린 요일까지 다 모으는 건…….

핸드폰에 추만지 사장의 투덜대는 소리가 들려왔다. 이현지는 그를 달래듯 부드럽게 말을 이었다.

"그 나라가 원래 특별하거든요. 이해해 주세요."

─하여간. 가만 보면 이 회장이나 너나 같이 일하기 참 힘든 스타일이라니까.

"그럼 여기까지 할까요?"

─됐다, 됐어. 하여간 우리 현지 참 많이 변했어.

"살려면, 변해야죠."

추적추적 내리는 비를 바라보며 두 사람은 잠시 추억 이야기에 빠져들었다. 비 때문일까, 추억 이야기를 거의 하지 않는 이현지도 센치해져서 과거 이야기를 꺼냈다.

하지만 잠시뿐이었다. 그녀는 곧 이성을 찾고는 업무 이야기로 돌아갔다.

"······회장님께도 전해드리죠."

─여긴 다 잘되고 있으니까, 천천히 오라고 전해줘.

"네, 애들도 다 잘 있죠?"

─물론. 기싸움은 조금 하는데, 별건 없어.

"알겠습니다. 최 사장님하고 일해보니 어떤가요?"

─클래식? 최고지. 명불허전이야.

몇 번이나 최경호를 치켜세우곤 추만지 사장은 전화를 끊었다.

핸드폰을 책상 위에 올려놓고는 거리로 다시 눈을 돌리며 이현지는 중얼거렸다.

"중국도 순조롭네. 한국도 그렇고. 너무 잘되기만 해서 불안한데······."

비가 심해진 거리를 바라보던 이현지는 거울에 비친 자신을 보며 눈매를 찌푸렸다.

가수 은하와 허니민트의 멤버 미림. 두 사람의 프로젝트 앨범, 달콤한 그녀들이 발매되었다.

어쿠스틱한 보컬을 강조하던 은하의 첫 댄스곡이라는 점, 막 스타덤에 오른 미림의 보컬로서의 재발견 등 여러 가지가 사람들의 호기심을 자아냈다.

그것이 HMC 쇼타임뮤직에서 터져 검색어, 기사를 점령했다. 월드와 GNB의 홍보팀도 전력을 다했다. 덕분에 음원 순위, 뮤직비디오 등 모든 게 순항 중이었다.

단 2주, 달콤한 그녀들은 짧은 활동 기간을 갖기로 했다. 많은 관심에 그 기간이 풀로 찬 건 말할 것도 없었다.

그리고 가득 찬 스케줄 중 연예인에겐 힘든 스케줄도 당연히 있게 마련이었다.

"자, 잠깐만요. 저기서 공연을 하라고요?!"

장대비가 쏟아지는 공연장을 바라보며 하예리는 강윤을 향해 고래고래 소리를 쳤다.

"천막 쳐 줄 거야."

"아니, 비 맞으면서 공연하라고요?! 그리고 이런 비에 누가 공연을 보러 와요!!"

하도 소리를 지르는 통에 주최 측이 다 민망할 정도였다. 공연장 크기만큼이나 작은 행사였다. 강윤과 주최 측을 흘겨 보는 눈빛 속엔 '이런 곳에 날 밀어 넣으려고?!' 하는 마음이 담겨 있었다.

고래고래 날뛰는 그녀를 향해 김지민이 코웃음을 쳤다.

"아마추어같이."

"뭐래, 또 잘난 척하네. 저런 데서 춤추면 다리 아작 나거든?"

"그래서 운동화 신잖아. 여기요, 마이크 채워주세요."

하예리를 무시한 채, 김지민은 스태프를 향해 손짓했다. 아무렇지 않게 마이크를 차는 그녀의 모습을 보니 하예리는 몸을 떨었다.

"야!!"

"선배."

"뭐라는데?"

지기 싫었는지 결국 하예리도 스태프를 향해 손짓해 마이크를 요청했다.

그런 두 사람의 모습을 보며 강윤은 어깨를 으쓱하곤 뒤에 있던 책임자에게 말했다.

"비가 새어들어 오는 건 어쩔 수 없겠지만…… 최대한 부탁드립니다."

"알겠습니다. 말씀하셨던 게…… 무선 마이크랑 기타죠?"

"네, 다른 건 몰라도 그쪽은 물 안 들어가게 조심해 주세요."

강윤은 또 코디와 매니저에게 가수들 무릎보호대도 해줄 것을 지시했다.

"애들이 유치원생 같다고 하기 싫답니다. 운동화면 됐다고 하는데요."

"……가능하면 채워서 올려보내세요."

강윤은 몇 번이나 당부하고는 코디와 매니저를 두 가수에게 보냈다.

얼마 지나지 않아 마이크를 찬 두 사람이 천막이 쳐진 무대 위로 올라갔다. 운동화를 신고 오른 두 사람의 무릎엔 보호대는 없었다.

'하여간.'

고집을 부린 게 분명했다. 강윤은 고개를 절레절레 흔들었다. 하긴, 하예리 같은 가수가 고집을 부리면 코디나 매니저 입장에선 쉽지 않긴 했다.

장대비가 쏟아지는 상황에서 그녀들을 보겠다며 온 팬들이 상당했다.

"안녕하세요? 달콤한 그녀들입니다."

"와아아아아아---!!"

두 사람의 인사에 팬들의 목소리가 폭우를 뚫었다. 함성 소리에 마음이 뭉클해졌다.

하예리는 무선 마이크를 입에 가까이 가져갔다.

"비가 많이 와요. 그런데도 이렇게 많은 분이 와주셔서…… 정말 감사합니다."

"미림!! 미림!!"

"오늘, 많이 보여드릴게요. 은하 씨, 시작할까요?"

지시받는 느낌에 김지민은 살짝 눈매를 찌푸렸지만, 하예리가 한쪽 눈을 찡긋하니 웃어버렸다.

곧 음악이 흐르자 두 사람은 대열을 맞췄다. 며칠 전 HMC 쇼타임뮤직에서 선보였던 곡, '오늘 향기'였다.

"주워 담지 못할 말- 너를 위해 했던 그 말--"

하예리가 센터에 나오자 김지민은 그녀를 부각시켜 주었다. 허리를 흔들며 힘 있는 댄스를 춰가는 하예리에게 팬들은 환호했다.

"무대 위완 다르지－－ 너의 시선은－－"

김지민의 파트에서도 마찬가지였다. 이번에는 하예리가 그녀를 도우며 호흡을 맞춰갔다.

"오오오!!"

장대비 속에서도 팬들은 우산까지 젖혀놓은 채, 핸드폰을 들어 촬영에 열중할 정도였다.

"괜찮아－－ 그때 그 느낌－－ 그 떨림……."

무대는 순조로웠다. 무대가 점점 절정을 향해 갔고, 두 사람의 목소리가 후렴을 향해 달려갔다.

그때.

꽈당!!

폭우에 생긴 물웅덩이를 밟고 김지민이 강하게 넘어져 버렸다.

"!!!!!!"

"김지민!!"

팬들도, 하예리도 당황했다. 순간 노래를 부르지 못해 김지민의 AR이 작게 흘러나왔다.

"내 마음이－－－"

김지민은 재빨리 일어나 노래를 불렀지만, 아픔에 일그러진 얼굴은 쉽게 펴지지 않았다.

"아직도 생각나는데－－"

최대한 얼굴을 밝히며 김지민은 목소리를 높여갔다. 하예리도 안도의 한숨을 쉬며 그녀의 목소리에 자신의 목소리를 얹었다.

  '이런.'

  무대 뒤에서 지켜보던 강윤은 우산 쓰는 것도 잊어버린 채 무대 뒤편으로 달려갔다.

  그렇게 첫 무대가 끝난 후, 김지민은 사람들을 향해 고개를 숙였다.

  "감사합니다."

  "와아아아아———!!"

  박수와 환호, 그리고 걱정 어린 시선이 보내졌다. 김지민은 마이크를 들었다.

  "괜찮아요. 죄송합니다. 제가 아직 춤 실력이 부족하네요. 연습 많이 했는데…….''

  "괜찮아, 괜찮아——"

  팬들의 메아리가 쏟아질 때, 강윤이 무대 뒤편에서 계속 손짓했다. 하예리가 그것을 보고는 김지민의 옆구리를 찔렀다.

  '왜?'

  '저기.'

  '다음 곡 해야 하잖아.'

  '됐으니까 빨리 갔다 와.'

  김지민은 하예리에게 고맙다며 눈인사를 하고는 강윤에게로 향했다.

  "회장님."

"괜찮니?"

"네, 별거 아니에요."

"보자."

김지민은 거듭 괜찮다고 했지만, 강윤은 고개를 흔들었다. 결국 그녀는 다친 무릎을 들었다. 다행히 살짝 멍이 든 정도였다.

"다행히 많이 다치진 않았네. 안 되겠다. 문 매니저님, 여기 보호대 좀 갖다 주세요."

"회장님, 유치원생같이……."

김지민의 안색이 어두워졌지만, 강윤은 끝내 보호대를 채우고 말았다. 이어 하예리의 보호대까지 건네고는 신신당부했다.

"무대에서 예리까지 해줘."

"걘 절대 안 할 것 같은데……."

"안 하면 여기 버리고 갈 거라고 해."

김지민은 고개를 끄덕이곤 다시 무대 위에 올랐다.

한창 관객들과 토크를 나누고 있던 하예리는 보호대를 보곤 기겁했다.

"미, 미쳤어? 나 유딩 아니거든?"

"회장님이 안 하면 너 두고 가신대."

"두, 두고 간다면 겁낼 줄 알아?"

마이크를 타고, 두 사람의 목소리가 관객들에게 흘러나왔다. 김지민이 회장이라고 할 사람이 누가 있겠나. 관객들도 강윤을 지칭한다는 걸 다 알아듣고 킥킥댔다.

결국 하예리는 투덜대며 보호대를 찼다.

"내가 찬다, 차!!"

투덜대는 그녀의 모습은 고스란히 카메라에 담겼다. 관객들은 웃음을 터뜨렸다.

조금 전 있었던 불미스러운 일들도 그렇게 웃음으로 승화되어 갔다.

"걱정 끼쳐서 죄송합니다. 그럼, 두 번째 곡, 허니민트의 '분홍색' 들려드릴게요."

"와아아아아아---!!"

김지민이 자리에 앉아 기타를 들자 사람들의 환호성이 엄청나게 커져 갔다. 이어 하예리가 마이크를 들고 발을 구르며 리듬을 탔다.

"서둘러 온 거리-- 난 당신이 여전히 서툴러--"

보이시한 목소리와 기타의 하모니, 거기에 빗소리까지 어우러져 공연장에 하모니를 만들어 갔다.

♪ ♫ ♪♩ ♪♫♩ ♪

오후가 되면 한영숙 사장은 소속 연예인들에 대한 보고를 받는다. 나엘을 비롯해 허니민트, 서준영 등 여러 연예인에 대한 보고서를 검토하던 중 그녀는 콜라보 활동 중인 미림에 대한 보고서를 보고 있었다.

"······하아?"

입에서 김 샌 소리가 나왔다. 보고서에 첨부된 동영상을 본 후였다. 출처는 튠이었다. 링크를 눌러보니 폭우가 쏟아지는 작은 공연장을 찍은 영상이었다. 10분의 꽤 긴 동영상은 김지민과 하예리의 타이틀곡 '오늘 향기'와 허니민트의 노래를 어쿠스틱 기타로 연주한 모습이 담겨 있었다.

문제는 김지민이 넘어지는 장면과 그 후 두 가수가 무릎보호대를 차는 장면이었다.

김지민이 넘어지는 모습을 보며 한영숙 사장의 눈이 휘둥그레졌다. 저러다가 다치기라도 하면 소속사는 가수를 함부로 대한다는 악평을 들을 수 있었다.

역시나, 그런 댓글들이 있었다.


-은하 열정 대단……ㅠㅠ 근데 너무 굴리는 거 아님??

-이강윤 악덕 회장ㅠㅠ 우리 은하 너무 굴린당.

-은하 다쳤으면 어쨌을 거임? 저런 공연장에 왜 세움? 진짜 위험했다.


물론 약속된 행사에 열정적으로 응했다는 긍정적인 반응도 많았다. 다양한 반응들이었다.

은하에 대한 반응은 이 정도로 넘어가고, 그녀는 하예리가 무릎보호대를 거부하는 부분을 재생했다.

-미, 미쳤어? 나 유딩 아니거든?

-회장님이 안 하면 너 두고 가신대.

-두, 두고 간다면 겁낼 줄 알아?

보호대를 차기 싫어서 하예리가 생떼를 쓰자 사람들이 웃음을 터뜨렸다.

김지민의 목소리와 함께 고스란히 마이크를 타고 있었으

니…… 한영숙 사장은 이마를 붙잡았다.

"……못 살아. 그래도 보호대는 찼네. 저 보이는 거에 목숨 거는 애가?"

저 까칠한 애를 어떻게 구워삶았는지, 노하우를 배우고 싶어질 정도였다.

그때, 사무실 전화기가 울렸다.

"사장님, 지예의 강시명 사장님 오셨습니다."

"모시세요."

한영숙 사장은 자리에서 일어나 강시명 사장을 맞이했다.

"어서 오세요."

"안녕하십니까?"

악수를 한 두 사람은 소파에 앉았다. 간단한 이야기를 주고받으며 비서가 내온 차를 마셨다.

가수 엔터테인먼트를 이끄는 두 사람이라 단연 화제는 가수들이었다.

그러다가 최근 강한 임팩트를 보이는 '달콤한 그녀들'에 대한 이야기가 나왔다.

"오늘 핫한 영상이 하나 있던데, 보셨습니까?"

"달콤한 그녀들 말이죠? 조금 전에 봤어요."

"전 미림이가 그렇게 노래를 잘하는 줄 몰랐습니다. 그럴 줄 알았다면 저희 회사에 왔을 때 뽑을 걸 그랬어요."

강시명 사장이 크게 웃음을 터뜨리자 한영숙 사장은 그윽한 미소로 답했다.

"인연이 아니었던 거죠. 그때 강 사장님이 직접 면접을 보신 건 아니었다고 들었어요."

"그랬죠. 그런 거 보면…… 인연은 따로 있나 봅니다. 한 사장님은 직접 뽑으신 거죠?"

"네, 느낌이 왔었죠. 거칠긴 하지만……."

"하하하. 원래 유별난 아이들이 대중들에겐 사랑받는 법이죠. 아, 맞다. 그 달콤한 그녀들 프로젝트 말입니다. 그 아이디어는 누구 아이디어였는지……?"

"누구 아이디어면 어떤가요. 사람들만 좋아하면 됐죠."

한영숙 사장은 커피 잔을 입가에 가져갔다. 뜨거운 김이 모락모락 올라오며 그녀의 얼굴을 엷게 가렸다.

까칠한 모습에도 강시명 사장은 껄껄대며 웃었다.

"하긴, 그렇지요. 아무튼 이번 프로젝트를 보며 배운 게 많습니다. 보석은 주변에 많이 있구나…… 라는 생각을 하게 됐지요."

"저도 그래요. 기회가 되면 지예 쪽 가수와도 콜라보를 해보고 싶어지네요."

"저야 물론 대환영이죠."

화기애애한 분위기 속에 두 사람의 이야기는 계속되었다.

커피를 모두 비운 강시명 사장은 몸을 앞으로 기울였다.

"오늘 미림이 있던 공연장에 이 회장도 함께 있었다지요?"

"그런 것 같네요. 하기야, 그 사람은 현장 좋아하기로 유명한 사람이니까요."

"현장 쪽도 아닌 사람이 참."

강시명 사장은 고개를 절레절레 흔들었다. 한영숙 사장은 커피 잔을 내려놓고는 몸을 소파에 기댔다.

"생각해 보면 그게 월드를 만든 원동력이 아닐까 싶어요. 현장 감각. 우리 중 누구보다 현장을 잘 아는 사람이 이 회장일 테니까요."

"뭐…… 그거야……."

"이 회장은 엉덩이를 붙이고 앉아 있는 법이 거의 없다더군요. 그만큼 분주히 움직이고, 가수들과 가까이 있으려고 한다더군요. 그게, 월드의 힘이 아닐까 싶어요."

강시명 사장은 침묵했다. 순간, 머릿속에 뭔가가 스쳐 갔다.

"……사장님?"

"아, 아닙니다."

잠시 후, 그는 부드럽게 미소 지었다.

"커피 잘 마셨습니다."

"벌써 가시나요?"

"둘이 하던 일을 혼자 하려니 몸이 모자랍니다. 다음엔 지예로 놀러 오시죠."

"그러지요."

강시명 사장은 악수를 나누곤 GNB를 나섰다.

차에 오른 후, 회사로 갈 것을 지시하고는 시트에 몸을 기댔다.

'월드가 곧 이강윤이었어. 이강윤만 무너뜨리면 다 끝이란 말이군.'

콰콰광!!

불빛이 번쩍이던 거리는 이내 세찬 천둥과 함께 비바람이 휘몰아쳤다.

"……여, 여기 맞아?"

수많은 포장마차가 늘어선 거리를 바라보는 지현정의 눈에 두려움이 스쳤다. 전갈 꼬치를 와그작 씹어대는 배 나온 아저씨들은 무서웠고, 가게를 장식한 이상한 가면들은 이질감이 느껴졌다.

꽁꽁 싸맨 얼굴 사이로, 두 눈만 내놓고 핸드폰으로 내비게이션을 보던 서한유는 노점상들로 가득한 거리를 무심히 돌아섰다.

"……내비가 틀렸나 봐."

"지, 진짜!!"

지현정은 떨리는 목소리로 역정을 냈다. 이런 식으로 벌써 몇 번째인지. 중국의 자랑거리 중 하나인 야시장은 그녀의 취향을 저격하는 덴 실패했는지 두려운 낯빛뿐이었다.

"……네가 찾아볼래?"

"에이씨……."

하지만, 서한유의 무심한 한마디에 지현정의 구시렁은 곧 수그러들었다.

"돼, 됐으니까 빨리 가기나 해."

"잠깐만. 내비만 잡고."

"아씨!! 빨리이!!"

"어어?"

이 거리는 제발 빨리 벗어나자고, 지현정은 서한유의 팔을 잡아끌었다. 서한유는 내비를 든 채 그녀에게 이끌려 노점이 잔뜩인 거리에서 멀어져 갔다.

그런데 우연의 일치일까.

얼마 가지 않아 청나라풍의 벽돌과 홍등이 멋들어진 집 하나가 눈에 들어왔다. 다름 아닌 그녀들이 찾아 헤매던 그 집, 딤섬집이었다.

블로그로 가게를 확인한 서한유는 어색한 웃음을 흘렸다.

"여기…… 같은데?"

뒤로 걷다가 쥐 잡은 격이었다.

"여, 역시. 감으로 찍는 게 짱이야."

"……하여간."

찾았으면 된 거라고, 두 사람은 가게 안으로 들어갔다.

안에 들어서자 각종 향신료와 기름내가 두 사람을 자극했다. 식욕을 진하게 자극받은 지현정의 입이 걸걸해졌다.

"빨리, 빨리."

본능에 충실해진 지현정에게 등을 떠밀려 서한유는 카운터로 향했다. 푸근한 인상의 직원이 모자와 목티로 얼굴을 가린 두 여자를 이상한 시선으로 바라보았다.

[주문하시……?]

[烧麦(샤오마이)하고 拉肠(라창), 锅贴(꾸어티에) 주세요.]

이상하게 얼굴을 가린 여자가 곧잘 주문을 하니 직원은 고개를 갸웃하곤 주방에 거세게 외쳤다. 곧 화르륵 소리가 거세지며 잠시 기다리라는 말도 들려왔다.

빈자리도 없어 서 있던 지현정은 구석진 곳에서 서성대며 바닥을 쳤다.

"헤히히. 딤섬, 딤서엄~"

"그렇게 좋아?"

덤덤한 얼굴로 서한유가 묻자 지현정은 짓궂게 웃고는 그녀의 볼을 잡아당겼다.

"또또. 자긴 아닌 척하네. 깍쟁이."

"그게 아니고……."

"아니긴."

부끄러운 듯 친구가 얼굴을 붉히자 지현정은 깔깔 웃음을 터뜨렸다.

얼마 지나지 않아 메뉴들이 나왔다는 말이 들려왔고, 두 사람은 두툼한 검은 봉지들을 받아 들었다.

"辛苦你们了(수고하세요)."

문을 나서는 지현정과 서한유의 얼굴에 행복한 미소가 걸렸다. 언니들, 매니저들 몰래 아무도 없는 연습실에서 먹는 야식의 맛은 무엇과도 바꿀 수 없었다.

"내일 얼굴 많이 부을까?"

"에이, 아침엔 스케줄 없잖아. 얼음으로 찜질 좀 하면 가라앉아."

서한유와 지현정이 문을 막 나서는데, 쿵 소리와 함께 지현정이 문 앞에 서 있던 남자와 거세게 부딪히고 말았다. 어찌나 세게 부딪혔는지, 지현정은 뒤로 엉덩방아를 찧고 말았다.

"아야야……."

엉덩이를 문지르며, 지현정은 눈살을 찌푸렸다.

"아, 앞 좀⋯⋯."

앞 좀 잘 보고 다니라는 말이 쑥 튀어 나가려다 중국어가 익숙지 않아 들어가 버렸다. 어차피 미안하다는 소리 듣기도 힘든 곳이라는 건 알고 있었다. 말썽 일으켜 봐야 좋을 것도 없고.

하지만 상대는 그럴 생각이 없었던 모양이었다.

"잠깐만."

한국어였다. 지현정의 눈이 남자의 얼굴로 향했다.

"한국인? 아, 진짜. 앞 좀 똑바로 보고⋯⋯ 에? 작곡가님?!"

많이 본 사람, 아니, 아주아주 잘 아는 사람이었다. 지현정의 눈이 휘둥그레졌다. 다름 아닌 강윤이었다. 이미 옆에 있던 서한유는 돌처럼 굳어버린 지 오래였다.

"아⋯⋯!!"

서둘러 딤섬이 든 봉지를 뒤로 숨겼지만 이미 때는 늦었다. 김이 모락모락 나는 봉지, 그것도 가게 앞에서 발각되었으니⋯⋯ 빼도 박도 못하고 현장범 신세.

"⋯⋯가면서 이야기하자."

혀를 찬 강윤은 앞서 걷기 시작했다. 앞서가는 강윤의 등을 바라보며, 지현정은 연신 눈만 껌뻑였다.

언제 들어온 건지, 그것보다 여기는 어떻게 알고 온 건지, 우연인지, 스토커인지, 뭔지!!

"⋯⋯우리가 잘못 본 거⋯⋯아니지?"

하지만 평소에 침착하기로 소문난 서한유도 지금은 예외인 모양이었다.

"⋯⋯본인⋯⋯ 맞아."

"아_으으으……."

언니들이나 매니저 오빠나 사장님에게까지 쓰리 펀치를 맞을 걸 상상하며, 지현정은 머리를 쥐어뜯었다.

멀지 않은 곳에 차가 있었다. 운전석에는 강윤과 항상 함께 다니는 문 비서가 기다리고 있었다.

"회장님, 차는 사셨…… 어라? 한유 씨, 현정 씨까지?"

"언니……."

감정이 풍부한 문 비서의 큰 눈이 더더욱 커질 때, 서한유는 아무 말도 하지 못했다. 반응을 보니 완전히 우연의 산물로 걸린 꼴이었다.

"……아하하."

지현정도 어색한 웃음을 흘렸다. 호랑이한테 물려가는 기분만 느낄 뿐이었다.

차가 숙소로 출발했지만, 강윤은 아무런 말도 하지 않았다.

'한유야. 작곡가님 화 많이 났을까?'

'나도 모르겠어.'

말없이 창가만 바라보는 강윤의 모습에 두 사람은 가슴을 졸였다.

숙소에 도착한 후, 차에서 내린 두 사람에게 강윤은 담담한 어조로 말했다.

"늦었다. 지금은 올라가서 쉬고, 내일 이야기하자."

"……아, 네."

"……."

지현정은 꾸벅 인사하고 올라가려 했지만, 서한유는 그 자리에 머물러 있었다. 뭔가 이상하다는 걸 느낀 지현정은 서한유에게 속삭였다.

'안 가?'

'……'

서한유가 계속 그대로 있자 지현정도 안절부절못하며 그대로 있었다.

한편, 로비 한쪽에 놓인 소파에 앉은 강윤은 문 비서에게 말했다.

"한 팀장하고 에디오스 매니저들 다 호출해 주세요."

"네, 회장님."

서한유의 눈이 질끈 감겼다. 함께 서 있던 지현정의 눈도 커다래졌다. 다들 곤히 자고 있을 시간이었다. 항상 직원들의 편의를 봐주기로 소문난 사람이라고 들었는데…….

서한유가 강윤의 앞에 섰다.

"회장님, 제가 잘못했어요. 매니저 오빠들은 잘못한 게 없어요."

"……나중에 이야기하자."

"회장님."

서한유가 계속 잘못했다고 빌었지만, 강윤은 무시한 채 다른 곳으로 눈을 돌렸다.

'……독하다.'

지현정의 목울대가 출렁였다.

겨우 야식이었다. 이제는 최고의 스타가 된 에디오스에게 이 정도 일탈도 용납 못 해준다니…… 더 이해가 안 가는 건 에디오스 멤버들은 그런 통제를 받아들이고 있다는 점이었다.

얼마 지나지 않아 매니저 팀장 한태형과 에디오스의 매니저 두 명이 졸린 눈을 비비며 달려 내려왔다.

"……회, 회장님 오셨습니까."

막 잠이 깼는지 한쪽 머리가 삐죽 솟은 한태형 팀장이 반바지와 티셔츠 차림으로 달려 내려왔다. 어찌나 급하게 달려왔는지 티셔츠까지 거꾸로 입었다.

"문 비서."

우스꽝스러운 모습이었지만, 강윤은 아무렇지도 않게 문 비서에게 손짓했다. 곧 그녀는 두 가수가 야식을 먹기 위해 숙소를 이탈했다는 이야기를 했고, 한태형 팀장의 얼굴은 퍼렇게 질려 버렸다.

"그런 일이……."

"사안이 중해서 비상호출을 했습니다. 이해 바랍니다."

"……죄송합니다. 제가 애들 관리에 너무 소홀했습니다."

한태형 팀장은 잔뜩 굳은 얼굴로 깊이 고개를 숙였다.

타국, 그것도 야심한 시각에 가수들끼리 나갔다가 무슨 일이라도 생겼다면…… 상상만 해도 끔찍했다.

사안만큼이나 낮은 어조의 말은 계속되었다.

"……그냥 넘어가기는 힘듭니다. 팀장님을 비롯해 에디오스 팀 모두 징계가 있을 겁니다."

"죄송합니다. 제 책임입니다. 다만, 제가 책임자니 저 혼자 책임지게 해주십시오."

"회장님!!"

매니저들이 소리쳤고, 옆의 서한유는 울기 직전이었다. 겨우 야식 한 번에 징계라니. 가만히 있을 수가 없었다.

"회장님, 제 잘못이에요. 오빠들은 잘못한 거 없어요."

"한유는 내일 이야기하자."

"아니요. 오늘 이야기해요. 오빠들 징계받으면…… 저 가만히 안 있을 거예요."

협박까지 하며 서한유는 강윤을 잡고 늘어졌다. 하지만 협박이 강윤에게 먹힐 리가 없었다. 여전히 표정이 굳어 있는 강윤에게 폭탄까지 던졌다.

"……오빠들한테 해가 간다면 제가 나갈게요. 제 잘못이니까."

"야!!"

지현정이 놀라 소리쳤지만, 이미 이성이 날아간 서한유는 눈시울을 붉힌 채 흐느끼기만 했다.

강윤은 심각한 얼굴로 턱을 쓰다듬었다.

"흐흑……."

이렇게까지 매니저들을 위해 나서다니…….

침묵이 흐르고, 시간이 흘렀다.

강윤은 긴 한숨과 함께 서한유에게 눈을 돌렸다.

"……좋아, 서한유."

"……."

"징계 없으면 앞으로 어떻게 할 건데?"

"절대, 절대 무단이탈하지 않겠습니다. 조절 기간 철저히 지키겠습니다. 절대로……."

서한유의 눈에서 굳은 의지가 느껴졌다. 강윤은 지긋이 바라보다가 세게 박수를 쳤다.

"……좋아. 징계도 없는 걸로 하지."

"감사합니다."

서한유는 강윤에게 몇 번이나 고개를 숙였다. 매니저들도 안도의 한숨을 쉬었다.

"……늦었네. 한유하고 현정이는 들어가 봐."

"혹시 우리 가고……."

"내가 두말하는 사람이었니?"

지현정의 말에 강윤의 눈매가 가늘어졌다. 서늘한 눈빛에 두 사람은 떠밀리다시피 고개를 숙였다.

"꼭, 꼭이에요."

"알았어."

서한유는 몇 번이나 당부하곤 자신의 방으로 올라갔다. 지현정도 함께 방으로 돌아간 후, 강윤은 어깨를 으쓱였다.

"아, 촌극이군요."

촌극이라는 말을 들은 문 비서가 고개를 갸웃했다. 한태형 팀장은 축 처진 어깨를 들어 올렸다.

"감사합니다, 회장님. 아아, 한유 고집이 보통이 아니라서……."

강윤의 입가에 웃음이 새어 나왔다.

"아닙니다. 모처럼 재미있었어요. 몰래카메라 하는 느낌? 한유 성격에 이젠 야식은 생각하지도 않겠죠."

"그럴 겁니다. 한유가 다 좋은데, 이상하게 야식은 끊지를 못

해서…… 일탈하는 것 따라붙는 것도 한두 번이죠. 별수 없이 회장님 손까지 빌렸습니다. 도움 주셔서 감사합니다, 회장님."

"아닙니다. 필요하면 언제든 말하세요."

언제 그랬냐는 듯, 로비의 분위기는 화기애애했다. 매니저들은 낄낄댔고, 영문을 모르는 문 비서는 여전히 의문 어린 눈빛이었다.

막내 매니저 김세휘가 머리를 긁적이며 설명을 해주었다.

"그게, 저희끼리 짰어요."

"짰다고요?"

"네, 한유는 다 좋은데 식탐 통제를 잘 못 하잖아요. 콘서트 연습이 보통 빡센 게 아니잖아요. 그래서 그런지 연습 끝나고 야식을 그렇게 찾더라고요. 처음엔 빵, 과자로 시작해서 나중에는 양고기까지 먹고 오더라고요. 그동안은 한두 번이겠거니 하고 몰래 따라붙었는데, 이젠 다이아틴 현정이하고 죽까지 맞아서 거의 매일이 되니까…… 그렇다고 저희 말은 은근히 안 듣고."

한태형 팀장이 말했다.

"한유가 이상한 자존심이 있습니다. 매니저들 말을 잘 안 들어요. 회장님 말은 잘 듣지만…… 콘서트도 코앞인데 몸매 조절에 실패하면 큰일이잖습니까. 마침 회장님이 예정보다 일찍 오셔서…… 급한 대로 부탁을 드렸습니다."

결국, 짜고 치는 고스톱이었다는 이야기였다. 문 비서는 바보가 된 기분이었다.

강윤은 멍해진 그녀를 보고 피식 웃고는 가볍게 박수를 쳤다.

"다음에는 매니저들도 스스로 해결할 방법도 생각해 보는 게 좋겠습니다. 가수들과 밀당하는 것도 능력이니까요."

"네."

"밤이 늦었습니다. 모두 수고했습니다."

"수고하셨습니다."

밤이 깊어가고 있었다. 모두를 올려보내곤 강윤도 숙소로 향했다.


다음 날.

연습실에 가기 전, 강윤은 추만지 사장을 만나기 위해 윤슬엔터테인먼트 중국지사로 향했다.

추만지 사장은 어제 있었던 이야기를 들었는지 안색이 별로 좋지 않았다.

"……이번이 몇 번째인지. 죽이 너무 잘 맞는 것도 문제군요."

"이제는 안 그럴 겁니다."

"그럴까요? 흠……."

추만지 사장은 몇 번이나 앓는 소리를 내고는 화제를 돌렸다.

"오늘 미팅이 있다고 들었습니다."

"네, 연예소식9라고 아십니까?"

"아, 알고 있습니다. 혹시 그곳과 미팅이 잡혔습니까?"

강윤이 고개를 끄덕이자 추만지 사장이 얼굴에 화색을 띠었다.

"중국에서 가장 큰 연예정보지 아닙니까. 설마 그곳에서 인터뷰를 요청했습니까?"

"네, 에디오스 특집을 다루고 싶다고 하더군요."

"오호라. 잘됐군요. 콘서트도 코앞인데. 꼭 하십시오. 대륙 최고의 스타들만 다룬다는 특집 아닙니까."

추만지 사장은 박수를 쳤다. 은근히 다이아틴이 먼저 기사로 나갔다며 자랑하는 것도 잊지 않았다.

"긍정적으로 생각하고 있습니다."

"그럼 오늘 애들 연습하는 곳은 저 혼자 가야겠군요."

"먼저 가셔야 할 것 같습니다. 저도 끝나면 바로 가겠습니다."

이야기를 마친 후, 강윤은 윤슬엔터테인먼트를 나서 약속이 있는 카페로 향했다.

윤슬에서 멀지 않은 곳에 위치한 카페에 도착하니, 창가에 트렌치코트를 입은 여성이 우아한 모습으로 커피를 마시고 있었다.

[조희영 기자님?]

문 비서가 다가가 말을 걸었다. 그녀는 자리에서 일어나 강윤을 향해 손을 내밀었다. 훤칠한 키와 짧은 단발이 묘한 조화를 이루는 여인이었다.

[안녕하세요. 조희영입니다.]

[이강윤입니다.]

간단하게 통성명을 한 후, 이야기가 시작되었다.

[보내주신 기획안 잘 봤습니다. 에디오스 특집이라, 좋더군요.]

[좋게 봐주셔서 감사합니다. 그런데 회장님이 직접 나오실 줄은 몰랐어요. 그러잖아도 뵙고 싶었는데. 영광입니다.]

[하하하. 아닙니다. 에디오스 특집 9개라. 어떤 특집인지 들어봐

도 되겠습니까?]

[바로 본론인가요?]

성질도 급하다면서, 조희영 기자는 바로 서류와 함께 본론을 꺼내들었다.

멤버별 특집 기사들 1개씩과 콘서트 특집 1개, 앞으로의 계획 1개까지. 총 8가지의 기사들을 차근차근 이야기했다.

1시간 남짓한 시간이 훌쩍 지나갔지만, 강윤은 시간 가는 줄 모르고 그녀의 이야기에 빠져들었다. 에디오스 멤버들에 대해 많이 조사했는지 이야기에 막힘은 전혀 없었다.

[……사전 조사를 많이 했군요.]

[인터뷰어에겐 기본이죠. 칭찬 감사합니다.]

[이 정도면 바로 기사로 써도 될 것 같은데요?]

[에이, 이거는 조사지 인터뷰가 아니잖아요?]

강윤의 농담을 여유 있게 받으며 그녀는 손가락 1개를 폈다.

[그리고 마지막 1개.]

[기대되는군요.]

설레는 강윤의 표정에 이전과 달리 그녀는 뜸을 들이다가 눈을 빛냈다.

[에디오스를 만든 남자, 이강윤. 그는 누구인가?]

쿵.

생각지도 못한 이야기였다. 강윤은 놀라 책상을 쳤다.

to be continued